U0091339

妙廚小芝女

1

文創風 705

風白秋 著

目錄

自序

風白秋

在寫這套書之前，我從來沒想過自己的小說竟然會有出版的一天。

因為年少便出國，很早就吃膩了披薩、漢堡、牛排與火腿，向家人和朋友們抱怨過無數次後，當時還年輕的我只能拿起鍋鏟，照著網路上的食譜烹調食物，以滿足自己的亞洲胃。

多年過去，從花兒般的糯米燒賣到顫巍巍的灌湯小籠包；從鮮美的爆魚到回味無窮的醬香牛肉乾；從酥脆的炸天婦羅到爆漿雞排、鹽酥雞，甚至是各種香甜的水果乾，每一種我都試著親自去做，畢竟亞洲美食是我的最愛。

這一道道料理，激發了我想寫美食小說的慾望。在某個夜深人靜的夜晚，飢餓難耐的我，在床上翻來覆去睡不著，終於克制不住內心的衝動，提筆為這長長一篇故事起了個頭。從靈感閃現到完整成書，一路上的經歷與許多事情相似——開頭激情澎湃，中間舉棋不定、偶爾節外生枝，最終圓滿達成目標。

第一次寫長篇小說，過程其實有些痛苦，經常一句話反反覆覆更改數次，不管怎麼讀都覺得少了點什麼。哪怕身邊的好友們全都說可以了、不錯了，我仍是煩惱得直撓頭，一再投入修改大業之中。

儘管如此，每次寫完一章的時候，都有一種難以言喻的成就感。隨著劇情一點點地推進，我覺得自己彷彿就在故事中那些角色的左右，親眼看著他們從無到有、用自己的雙手拚搏出一切，看著他們陷入磨難、糾結，面臨復仇的艱辛以及遇到真愛時的臉紅心跳——這一切讓我或是提心弔膽，或是會心一笑。

當這套書完結的時候，我的心彷彿被剝去重要的一塊，然而矛盾的是，心底最深處也盈滿異樣的滿足。這是我親手創造的天地，一個能同讀者們分享的世界。

在這個世界中，不知你們是否會隨我一道研究眾多美食的作法？會不會琢磨起那些方法做出來的菜好吃與否？甚至自己動手做一次？

肚子咕嚕、咕嚕叫的夜裡，會不會像我一樣看著書中的美食望梅止渴，然後在心底暗罵我為何寫得那麼誘人，幾次拋開了書，卻又按捺不住地拾起來往下看？

說不定，我們會同時因為一件發生在故事角色身上、令人開心的小事而彎起嘴角；或為了他們遇到的挫折而皺眉，想衝進書中暴揍反派一頓，卻只能耐著性子看著他們自己一一化解，最終長吁一口氣。

你們讀著書時那或嗔或喜的樣子，光是想像，就讓我忍不住會心一笑。

感謝購買這套書的你們給予我肯定，賦予我繼續寫下去的勇氣，在此對你們一鞠躬，愛你們！

第一章　晴天霹靂

秋風蕭瑟，伴隨著一場場秋雨，天氣慢慢變冷了，小溪裡的水也多了幾分涼意，村裡的婆娘們都趁著晌午天最熱的時候來洗衣裳。

在這個略有寒意的清晨，溪邊只有一個瘦弱的身影蹲在那裡不停捶捶打打，努力洗淨自己手裡那已經髒得看不出花樣的裋褐。這個人，正是陳玉芝的娘李氏。昨日她的女兒玉芝從炕上栽下來磕破頭，流了一灘血。

不知道那孩子現在情況怎麼樣，有沒有醒來……

李氏一顆心沈甸甸的，匆忙洗好手裡的衣服趕回家，拽著在院裡劈柴的丈夫陳忠繁進屋去看女兒。一進屋，看到女兒躺在炕上一動也不動，包著額頭的破布滲出一片血跡，忍不住又哭了起來。

此時陳玉芝迷迷糊糊地轉醒，耳邊傳來一個女人哭哭啼啼地埋怨一個唉聲嘆氣的男人的聲音。恍惚中，她以為自己人在醫院，試圖說話卻怎麼也發不出聲音來，無奈之下只能凝神靜聽兩個人在說什麼，聽了一會兒之後，她心都涼了……

她這具身體才五歲，昨天剛過生辰，因為家裡窮，她又是個女娃，所以沒有大辦。這個邊哭、邊抱怨的女人是她娘，她娘在她生辰這天想做一碗蒸蛋給她吃，她奶奶雖然不太樂意，但是終究給了她娘一顆雞蛋，她娘蒸好以後就端進屋子裡。

誰知她娘剛餵了她一口，二房的小兒子——她那七歲的小堂哥就衝了進來，在地上撒潑打滾要吃蒸蛋。她娘急急忙忙把蒸蛋放在炕頭旁的櫃子上，起身去扶她那小堂哥，而她這個一年吃不到一次蒸蛋的小孩，看到吃了一口的美味蒸蛋突然從眼前移開，一時著急探出身，想要伸手去拿蒸蛋，結果就頭朝下從炕頭摔到地上。

這可憐的孩子就為了一碗蒸蛋去了，倒楣的陳玉芝就這麼穿越過來……

前世她是個普普通通的平凡人，按部就班地上完大學以後，找了一份安安穩穩、收入一般的工作，興趣是做料理、在陽臺上種花跟種菜，生活雖然平淡，卻頗有滋味。人生當中唯一算得上有波瀾的，就是她的戀情，她和男朋友是玩網遊的時候認識的，透過網路談了一年多的戀愛，不顧一千多公里的距離，兩個人見了面後決定在一起。

雙親的不贊同，沒有讓她放棄這段感情，經過三年的異地戀，彼此的父母漸漸認可了對方，男朋友也來到她居住的城市發展，一對小情侶開開心心地準備結婚，誰知竟遭逢不幸。

一天晚上，男朋友加班，陳玉芝懶得做飯，決定出去買點男朋友最愛的燒烤讓他當宵夜。路上她看到一輛摩托車摔倒，騎士躺在路中央起不來，她趕緊跑過去扶他。沒想到，這時候突然從小路竄出一輛汽車，直接撞向他們。

在一陣急促的喇叭聲與緊急煞車聲中，陳玉芝感覺自己飛了起來，落地的那一瞬間，她感覺不到任何疼痛，腦海中出現的第一個想法就是——靠……早知道不出門買吃的了！

接著，她想到爸媽和男友，不知道他們聽到自己車禍的消息，會不會很難過……然後就失去了意識。

等她再睜開眼，就成了陳家三房最小的女兒了。

正當陳玉芝處在穿越時空這個晴天霹靂的打擊中、整個人失魂落魄的時候，李氏還在抱怨丈夫。「你看我的芝芝，從小沒吃好、沒穿好，一年就這麼一碗蒸蛋，還不讓她吃……兆毅害她流了這麼多血，我對不住她，都是我沒用，才讓二嫂挑唆兆毅欺負我閨女……這次我不管什麼長幼、尊卑了，自己的孩子自己疼，等會兒閨女醒了，我就找二嫂算帳去！」

陳忠繁一臉著急又茫然，只能站在一旁搓著手勸她。「別、別啊……燕娘，再忍一忍，我們就能分家了……」

正說著話，陳忠繁瞥見陳玉芝睜開了眼睛，他不禁歡喜地大喊。「芝芝！妳醒了！」

李氏急忙擦了擦眼淚、撲到炕頭，仔細地端詳陳玉芝的臉，輕輕摸著她額頭上止血的布條，輕聲問道：「芝芝，還疼嗎？頭還暈嗎？」眼裡的擔憂幾乎要溢出來。

在這一瞬間，陳玉芝決定假裝自己失憶。畢竟在這個年代，五歲的孩子已經開始幫家裡幹活，有自己的性格了，想完全隱藏住自己的本性挺難的。哪怕別人看不出來，親娘總會有感覺，到時候萬一讓人以為她遭鬼怪附身，說不定會被用火活活燒死！

陳玉芝張張嘴想說話，可是努力了半天，只發出了一個音節。「水……」

聽到她這麼說，陳忠繁急忙從炕尾端來一碗水，小心翼翼地餵給陳玉芝喝。

一口氣喝了一大碗水後，陳玉芝感覺嗓子舒服多了，她緩緩地開口道：「你……你們是誰？我呢……我又是誰？」

短短兩句話，震得陳忠繁和李氏兩個人膽戰心驚！

他們不由自主地對視了一眼，李氏剛剛止住的眼淚立刻奪眶而出，抱著陳玉芝哭喊起來。「我的兒，妳忘了娘嗎？我的兒啊！三郎，快去請薛郎中過來，快去啊！」

陳忠繁慌忙應下，轉身掀開門簾快步跑了出去。

他一離開，就有兩個男孩跑了進來，一個十歲左右，一個七、八歲的樣子。他們先是看到陳忠繁匆忙離去，又看到李氏抱著陳玉芝痛哭，以為陳玉芝情況不妙，眼淚馬上流了下來，異口同聲大叫——

「芝芝！」並朝炕頭衝了過去。

剛跑到炕頭，兩人就看到在母親懷裡的妹妹朝他們眨了眨眼睛，他們的動作頓時僵住了，眼淚跟鼻涕還掛在臉上，配上因為驚愕而瞪得大大的眼睛，顯得十分滑稽。

陳玉芝沒忍住，「噗嗤」一聲笑了出來，她伸手抹了抹李氏臉上的眼淚，輕聲道：「您是我娘嗎？別哭了，好嗎？」

說著，她又指了指自己的頭道：「頭暈……」

李氏聽了這話，急忙把陳玉芝放平，讓她躺在炕上，接著擦乾眼淚對她說：「是娘不好，娘忘了我們芝芝剛醒來，妳躺一會兒，娘去盛碗粥給妳。」

她又轉頭對兩個小男孩說：「兆亮、兆勇，你們兩個人照顧好妹妹，妹妹忘了一些事情，不要吵妹妹，讓她好好歇著。」

說罷，她低頭抹了抹眼角，轉身出了門。

陳兆亮到底大一些，看到瘦小的妹妹埋在被子裡，睜著黑葡萄般的圓眼盯著自己，包裹傷口的淺青色棉布襯得她一張小臉煞白，越發顯得脆弱不已，讓他險些又要哭出來。

吸了吸鼻子，陳兆亮忍住眼淚，哽咽道：「芝芝，娘說妳忘了一些事，那妳還記得二哥嗎？」

他順手拽來身後的陳兆勇，問道：「妳三哥呢？認得他嗎？還有我們大哥，妳也不記得了嗎？」

陳玉芝擺擺手說：「我不記得了，我連自己是誰都不曉得……你是我的二哥嗎？能不能告訴我家裡還有誰？」

這時李氏端著一碗高粱粥進來，聽到陳玉芝的話，忍不住又流下淚水。她坐在炕頭扶起陳玉芝，一邊餵她吃粥，一邊嘆著氣告訴她這個家的情況。

陳玉芝穿過來的這家也姓陳，陳家的老爺子叫陳大林，駝山村人，十二歲起去鎮上的木匠鋪子做學徒，十六歲出師以後家裡安排他娶親，婚後就留在鋪子裡做木匠師傅。

原配妻子為他生下四兒一女後撒手而去，當時最小的陳忠華才五歲，最大的陳忠富也不過十三歲，陳大林自己手忙腳亂地照顧了兒女一年以後，實在撐不下去，決定娶個媳婦回來帶孩子。

他不在乎女方的相貌，只求這個人能幹又強悍，讓他可以無後顧之憂地在外面賺錢養家。不過一個鰥夫帶著五個孩子，是別想娶到黃花大閨女了，最後他沒出聘禮，娶了隔壁路北村的寡婦孫氏。

孫氏只有兩個女兒，她萬萬沒想到丈夫是個短命的，冬天喝酒後一腳踩空，掉進別人挖的漚肥坑裡，弄碎了薄薄一層冰，就這麼淹死了。孫氏無子，村裡又傳她剋夫，孫氏的婆家人商量過後，決定在她丈夫過百日時把她趕回娘家。

不過孫氏異常潑辣，在婆家大鬧了一場，鬧到村長跟里正出面也打不了圓場，還說她非要去縣衙裡告狀打官司不可。

婆家怕了孫氏，給她一筆小錢，要她和兩個女兒分出去，以後再從她丈夫的姪子中過繼一個給她丈夫繼承香火，彼此往後再無瓜葛。

孫氏就這樣離開了婆家，正巧遇上陳大林在找能幹的媳婦，雙方一合計，覺得這個日子能過下去，於是她帶著兩個女兒進了陳大林家的門。

原本陳家已有四兒一女，加上孫氏的兩個女兒，一共七個孩子張嘴討食，生活過得非常艱難。陳大林沒日沒夜地在鎮上做活掙錢，孫氏則負責打理家務與地裡的活，每年春種秋收的時候，他們就像住在地裡般辛勤工作，幾個蘿蔔頭也捲起袖子做自己力所能及的活。

日子好歹一天天過了下去，兩個老的努力了大半輩子，讓七個孩子都成了親，也攢下了十五畝田。現在不只兒子大了，連孫子都能下地幹活，他們鬆快起來，不再那麼拚命，陳大林──如今大家口中的「老陳頭」，每天早晚會去地裡巡視一趟，孫氏則在家裡盯著媳婦做事。

陳玉芝是陳家三房的小女兒，有三個哥哥，巧的是她的名字也叫「玉芝」。陳玉芝暗暗欣喜，這樣就不用適應新的名字了，她上輩子已經頂著「陳玉芝」這個名字活了二十六年，要是換掉了，別人叫她，她肯定反應不過來。

說起陳家這些孩子的名字，全虧老陳頭腦筋動得快。當初他在鎮上當木匠的時候，有個說書先生來訂做醒木，老陳頭嬉皮笑臉地賴著說書先生，非讓這個有點墨水的人為妻子腹中的孩子取個好名字不可。

說書先生搖頭晃腦地將輩分定為「忠」，又說了「富貴繁華」四個字，老陳頭人喜，深深覺得這四個字寓意良好，於是又求爺爺、告奶奶地求說書先生也想好孫輩的名字，又說等他閉了眼，再下一輩的名字他就不管了。

老陳頭的一張嘴哄得說書先生很是開心，於是給了他的孫子們「厲志貞亮，勇毅雙全」八個字，定了「吉兆」的「兆」字當作輩分，還順便給孫女們「芳、荷、芝、茉」等看起來就溫柔的字，至於女孩們的輩分要用哪一個字，由老陳頭自己決定。

老陳頭喜出望外，偷偷用東家的好木頭雕了一個五福捧壽紋的醒木送給說書先生，雙方皆大歡喜。陳家兩輩的名字就這麼定了，和村子裡那些「拴子」、「狗子」之類的名字相比，氣質完全不同。

李氏剛說完上一輩的事情，陳忠繁就撩開門簾帶著一個鬚髮全白的老郎中進來了。見狀，李氏忙把薛郎中請到炕頭，讓他為陳玉芝把脈。

薛郎中把完脈，沈吟了一下開口道：「這傷沒有大礙，至於為什麼忘了事，實在說不準。我瞧她腦袋裡沒瘀血，休養個幾天，開兩帖藥吃上十天看看有沒有效果吧！如果還不成，就把孩子送去鎮上看看。幸虧她還小，記事快，忘了一些事也罷，人沒事就好。」

陳玉芝心想，既然這傷不礙事，那原主怎麼就去了呢？不過，真要說起來，穿越時空、靈魂重生這種事更沒道理就是了⋯⋯

李氏聞言，內心頓時寬慰不少。她生怕女兒忘了事情是因為腦子裡有瘀血，她娘家村裡有個人就是磕了頭失去記憶，郎中診斷說有瘀血，開了一堆活血散瘀的藥讓他日日服用，錢沒少花，結果不到一個月人還是去了。既然寶貝女兒不會走到這一步，那麼喪失一些記憶也無妨。

知道玉芝的狀況沒什麼大問題後，一家人都放鬆下來，兆亮連忙幫薛郎中提藥箱讓他為玉芝換藥、開方子，兆勇則喊著「我去告訴爺爺跟奶奶」，跑出了屋子。

陳忠繁搓著手不知所措，在原地轉了幾個圈子之後，他猛然一拍腦門道：「哎呀！我去找娘要診金！」說罷也出了屋。

李氏眼巴巴地看著薛郎中寫完藥方、從藥箱拿出十天分的藥後，請薛郎中去上房坐，待薛郎中一出門，她就二話不說去煎藥了。

滿屋子的人散得飛快，眨眼間只剩下玉芝一個人躺在炕上，她忍不住打量起屋子裡的一切。

這是一個玉芝上輩子沒見過的農家屋，兩邊屋簷低低的，中間房梁稍微高一些，但感覺不過兩公尺二、三十公分而已，周圍只開了兩扇小小的窗戶，上面糊了紙，整間屋子昏昏暗暗的，採光極其不好。

玉芝轉了一圈腦袋，發現除了靠近炕頭的地上有一個矮墩墩、長條形的衣櫃，跟炕尾一個放被褥的炕櫃，再沒有其他家具，看得出來家境很貧困。

西牆上有塊窄窄的門簾擋著，可能是另一間屋子，只是現在玉芝沒辦法過去看，只能老老實實地躺著。她嘆了一口氣，這是穿到種田的人家了，看樣子接下來少不了吃苦受累。希望自己的爹娘不會任人拿捏，不講理的親戚少一點吧……

想著、想著，玉芝聞著被子上皂角的清香氣息，慢慢地睡了過去。

此刻上房的氣氛實在算不上好，老陳頭和孫氏先是聽兆勇說玉芝沒事，剛鬆了一口氣，就見陳忠繁進來，低頭悶聲叫了聲「爹、娘」，隨即不再言語。

老陳頭知道這是要診金來了，他嘆了口氣也不吭聲，孫氏反倒先開了口。「老二，薛郎中說診金多少？」

陳忠繁頭也不抬，憋著氣答道：「一百七十文錢……」

孫氏和老陳頭一驚，竟然要這麼多錢，一百七十文錢夠一大家子過十天半個月的了！空氣一下子凍結，三個大人都沒說話，兆勇看看這個、看看那個，沒敢出聲。

這時揹著藥箱的兆亮掀開門簾讓薛郎中進來，老陳頭忙下地作揖道：「又麻煩老哥哥了，老哥哥的醫術沒得說的，我們玉芝全靠你救回來！」

薛郎中是精明人，看到一旁低頭站著的陳忠繁，轉念一想就明白方才他們談話的內容。他偷偷在心裡嘆氣，開口道：「陳老弟不必如此，玉芝那孩子我也喜歡得緊，診金如果不湊手，那就先把藥錢結了吧！我這也是實在價，一個銅板沒掙，從鎮上的藥房花多少錢買藥，就多少錢算給你們，權當我為了玉芝白跑一趟腿罷了。」

一段話說得老陳頭面紅耳赤，回頭狠瞪了孫氏一眼。孫氏有些坐不住了，從懷裡磨磨蹭蹭地掏出一個灰撲撲的布包，小心翼翼地放在桌上，打開以後裡面是一堆銅板。

孫氏數了一百七十文錢遞給薛郎中道：「薛老哥，我們真的不是想賴帳，你看家裡就剩這幾個銅板了……」

說罷，她低頭看著僅剩的二、三十個銅板，嘆了一口氣。

薛郎中沒有拒絕，拿了錢就轉身告辭。

他離開以後，老陳頭盤腿窩在炕上吧嗒、吧嗒地抽著旱煙，孫氏翻來覆去地數著那二、三十個銅板，巴不得多數出幾個來似的。兆亮跟兆勇機靈地跑回屋子看妹妹了，陳忠繁依然像塊木頭一樣垂著頭一動也不動，整個上房陷入了詭異的寧靜中。

猛然間，院子裡一聲尖叫打破了僵局。「三嬸嬸！您潑我一身水做什麼?!」

第二章 地位低落

原來李氏煎好藥以後，打了些水讓玉芝擦了擦臉和手，出門收拾的時候，不小心把一部分水潑在路過的二房家十一歲大女兒陳玉荷身上。

說起陳玉荷，她可不是好相與的。

老陳頭的二兒子陳忠貴和妻子范氏成親三年才得了這麼一個閨女，自然把她放在手心上捧著，有了她以後，經過四年才生了小兒子陳兆毅。陳玉荷過了四年獨生女的日子，等到弟弟出生時，已經養成了她飛揚跋扈的個性。

陳忠貴兩口子雖然有了兒子，但是也沒忘記女兒，他們覺得女孩子潑辣一點掌得住家，所以越發把她慣得無法無天。除了老陳頭和孫氏，哪怕就是自己的親爹娘，她都不放在眼裡，何況是這些叔叔、嬸嬸跟堂兄弟姊妹。

如今李氏潑了陳玉荷一身髒水，在她看來就跟割了她的肉差不多，當場跳腳發起飆來。

李氏臉色蒼白地解釋道：「玉荷，三嬸嬸沒看見妳才順手潑水出去，不是故意往妳身上潑的……」

玉荷不管三七二十一地大喊。「娘啊……娘！您快出來看看吧，三嬸嬸她埋怨我們家兆毅、埋怨您啊！這是變著法對我使壞呢！」

她話音剛落，西廂就跑出一個矮小的婦人，正是躲了三房一整天的范氏。

自從兆毅跑回西廂，抽抽噎噎地說玉芝磕到頭以後，范氏就一直心神不寧。她知道昨天是玉芝生辰，自家婆婆雖然摳門兒，但是孩子們生辰時，還是會單獨開個小灶，讓他們蒸一碗蒸蛋吃。那可是用一整顆雞蛋蒸的，上面還撒了點蔥花跟秋油，香得能讓孩子們把舌頭吞進去！

看著李氏端著蒸蛋進了東邊小廂房，范氏眼珠子一轉，拽來在院子裡趕雞玩的小兒子陳兆毅，對他說：「你小堂妹今日生辰呢！娘看到你三嬸嬸端著蒸蛋進屋了，雞蛋給那個丫頭片子吃太浪費，你快去跟你三嬸嬸要，她若是不給，你就撒潑打滾！」

陳兆毅一聽到有蒸蛋吃，竄得比那被趕的雞還快，他一進小東廂就躺在地上打起滾來，哭喊著要吃蒸蛋，哪裡知道小小的陳玉芝因此送了命！

在陳玉芝跌破頭、李氏方寸大亂的時候，他竟然還不忘爬起來端起那碗蒸蛋，跑回自己家所在的西廂，一邊抽泣、一邊吃，嘴裡含含糊糊地說著剛才發生的事情。

范氏聽得一身冷汗，這可是要出人命的大事！想拍兒子兩下給個教訓，她又捨不得，只能惴惴不安地躲在屋裡避開三房。幸好三房忙著救治玉芝，暫時沒人理會兆毅，她算是躲過了最可能被人找上門算帳的時候。

誰知自家兒子會闖禍，女兒也不差，這個時候范氏正心虛呢！可是聽到女兒在院子裡號哭，無奈之下只能衝出去。

「三弟妹！都是我們兆毅的錯，兆毅他命苦啊……一年到頭吃不上一口雞蛋，家裡的雞蛋都賣了錢給你們兆志讀書了！妳的兒子吃香喝辣，又在學堂唸書，我可憐的兆毅還在為了吃雞蛋在泥裡打滾……今天妳把怨氣發在玉荷身上，我的閨女有什麼錯呢？是我不好，我不該窮得讓兆毅吃不起雞蛋，讓他饞得跟妳要！我在這裡跟妳磕頭，妳就饒了我們一家吧！」

說罷，范氏也不看李氏那青紅交加的臉色，「咚」的一聲朝李氏跪下，擺出一副要磕頭的架勢。

李氏在一旁見范氏鬧得一佛出世、二佛升天，恍神間沒能阻止范氏，就這麼被她磕了一個響頭。

這下可了不得了，范氏原本只是做做樣子，料想李氏定會扶她起來，萬萬沒想到李氏竟然站著不動，她平白向這弟妹磕了一個頭，頓時假哭變真嚎。

范氏跪在地上抹淚喊道：「老天爺啊！這個家的人都缺了良心，竟然讓嫂子給弟妹磕頭！我命苦嫁到這個家來，吃得比豬差、穿得不如路邊的乞丐，現在還被弟妹逼著磕頭，我活著還有什麼意思啊……兆毅他爹，等我走了，你再給娃兒們找個硬氣的後娘吧，娃兒們跟著我吃苦受罪啊！」

說完，范氏站起身來悶頭就要衝向院牆，玉荷跟她配合，馬上撲到范氏身邊抱著她的腿哭道：「娘啊！您走了，我和兆毅怎麼辦呢？我們在這個家會被欺負死的！若是娘走了，我就帶著兆毅跟您一起去了吧！」

范氏低頭看著女兒，轉身摟住她，娘兒倆就這樣坐在院子地上抱頭痛哭。

孫氏掀開了上房的門簾，衝著范氏母女吼道：「號什麼喪呢？我和妳爹還沒死，要號喪就滾回娘家號去！讓妳爹娘看看他們教出來的好女兒，看看誰還願意娶你們范家的閨女當媳婦！」

聽到這番話，范氏猛然從地上跳了起來，也不顧女兒有沒有摔倒，忙擠出笑容對孫氏說：「娘，我這不是心裡委屈嗎？老三媳婦可是受了我一個響頭呢！」

孫氏不接過話頭，狠狠地瞪了范氏一眼，吼道：「快滾去做飯！午飯都不做，要讓爺兒們幹完活回來吃糠噝風呀？」

范氏堆著笑連聲答應，拍了拍衣服跟褲子，還順手拉起仍蹲在地上的陳玉荷，娘兒倆在孫氏殺人的目光下一溜煙地往灶房去了。

看著范氏走遠了，孫氏回頭瞪著面色蒼白的李氏道：「日日鬧著給妳那個賠錢貨閨女吃雞蛋！現在你們幾個高興了吧？家裡存的那一點錢都給薛郎中了，如今沒錢買糧，要是存糧沒了，就先讓你們三房斷炊，再賣了那個丫頭片子！」

說罷，孫氏不再看李氏，掀起門簾回到上房，瞪了還站在原地的陳忠繁一眼後上了炕，一言不發地盤腿坐著。

老陳頭這時候才開口道：「老三，去吧！剛才娘兒們吵架，咱們男人不好摻和，現在回去看看你的媳婦跟孩子吧！」

陳忠繁應了一聲轉頭出去了，看到媳婦站在自家廂房門口，臉色發白、嘴唇發抖，兩個兒子一左一右扶著她才沒倒下。

見狀，陳忠繁快步上前代替兆勇扶住李氏，半拖半抱地把她帶進了屋子。

李氏渾身都在發抖，不知道是氣的、還是傷心的。

陳忠繁把李氏抱到炕上讓她躺下，玉芝趕忙湊過去對李氏說：「娘，您和二伯母生什麼氣呢？二哥說二伯母是個渾人，又拉得下顏面，我們跟她計較，只能自己憋屈吃虧。」

方才院子裡的動靜這麼大，玉芝就是不出門也聽得見，可是她知道自己不適合出去說些什麼，只能乖乖待在屋子裡等李氏他們回來。

女兒就是母親的貼心寶，明明再普通不過的幾句話，從玉芝嘴裡說出來，李氏就聽到心坎裡去了，她顫抖著唇反過來安慰玉芝。「芝芝別怕，娘不會讓妳奶奶把妳賣掉的！」

陳忠繁安撫妻女道：「娘就是嘴上說說罷了，不會真的賣了芝芝的，再說……」

他壓低嗓音道：「爹也不是糊塗人，這可是他親孫女呀！」

李氏一顆心稍稍安定下來，正要張口說些什麼，門外突然走進一個少年。

這個少年約十三、四歲，他一進門就匆匆忙忙地看向在炕上的李氏和玉芝，見她們手拉著手說話，才鬆了一口氣。

他上前握住玉芝另一隻小手，說道：「芝芝，妳可好些了？大哥下課回來了，今日我幫妳帶了花生糖，又脆又甜呵！」

玉芝這才明白，眼前這個文雅少年就是二伯母口中「吃香喝辣又去學堂唸書」的自家大哥陳兆志了。

兆志從袖子裡摸出一小包油紙慢慢打開，裡面是三塊小小的花生糖。他挑起一塊塞到玉芝嘴裡，花生糖特有的焦香味在口中傳開，玉芝差點哭了出來。

才來到這裡半天，卻像是過了一個世紀那麼久。

離開了最愛的父母和男友，穿越成一貧如洗的農家小女兒，從今早醒來到現在，玉芝一直沒回過神，只能憑本能說話跟做事。直到現在吃了一塊花生糖，這上輩子再熟悉不過的味道，讓她控制不住激動的心情，嘴唇都抖了起來。

兆志見到妹妹一臉想哭的表情，嚇了一跳，手足無措地哄道：「芝芝別哭，是糖壞了嗎？這是大哥的同窗給的，不好吃嗎？這樣吧，大哥買新的給妳，好嗎？」

聞言，玉芝努力平復心情，朝兆志笑了笑，說道：「不是的，大哥，糖很好吃。是因為太好吃了我才想哭，我從沒吃過這麼好吃的糖……」

兆志放下心來，又捏起一塊糖想餵給玉芝，玉芝瞧見兆勇那渴望的眼神和不停吞嚥口水的喉嚨，輕輕搖了搖頭，拿起紙包裡的最後一塊糖，趁兆勇不注意時塞到他嘴裡。

這個舉動讓兆勇呆住了，愣了一陣子後，他才開始慢慢咀嚼起花生糖，一邊嚼、一邊露出了幸福的微笑，彷彿在品嚐什麼珍饈似的，看得玉芝心頭一陣發酸。

她從兆志手裡拿過另一塊糖要餵給李氏，李氏搖著頭死活不接受，要玉芝自己吃，而玉芝又非要李氏吃不可，兩個人在炕上推來推去的，看得其他四個男人笑了起來。

最後還是陳忠繁發話了。「孩子他娘，這是孩子孝順妳的，妳就吃了吧！推三阻四的，不怕寒了孩子的心？」

無奈之下，李氏只得任由玉芝餵她吃下那塊花生糖。

陳忠繁見李氏吃了糖，才道：「我帶孩子們去上房看看爹跟娘，兆志今天回來還沒去看他們就先回屋，估計爹正等著呢！」

李氏點點頭，等他們幾個出去以後，李氏摟著玉芝，又忍不住抹起眼淚道：「芝芝，都怪娘太軟弱了，明明曉得妳二伯母的話都是歪理，也知道該怎麼反駁她，但是娘當時腦子一片空白，什麼都說不出來，只能讓妳跟著娘受委屈，娘對不起妳啊！」

玉芝從李氏身上感受到濃濃的母愛，她把頭埋進李氏懷裡，摟著李氏軟軟道：「娘，這不怪您。嗯……您也知道我忘了所有的事情，能把咱們家的情況再說一些給我聽嗎？」

李氏點點頭，一邊緩緩地拍著玉芝的背，一邊慢慢地講述陳家的狀況。

雖然家裡的孩子多，生活也過得清苦，然而老陳頭畢竟是在鎮上見過世面的人，他覺得讀書是件好事，哪怕不能考取功名，當帳房先生或說書先生都能混個肚飽，不必像自己出力氣刨木頭，也不用像村裡其他人一樣在土裡刨食。

原配妻子過世那一年，老陳頭終於攢夠了錢，送當時十三歲的大兒子陳忠富去鎮上最便宜的學堂唸書。陳忠富在讀書方面有點天賦，無奈啟蒙太晚，跟他同年的人大部分都唸了好幾年書，他怎麼也追不上人家的進度，夫子都說他是讀不出功名來了。

兩年以後，陳忠富覺得字已經認得差不多，就退了學，憑著自己識字又嘴甜，去了鎮上出名的銀樓「白玉樓」當跑堂的。

自十五歲起在白玉樓工作，陳忠富整個人的身價都不一樣了。他讀過書，說出來的甜言蜜語硬是比普通人有水準，哄得大姑娘、小媳婦們各個花枝亂顫，看在他的面子上買了不少首飾。

白玉樓的于掌櫃看他是個人才，沒幾個月就把他的月錢漲到每個月三百五十文錢。陳忠富是個有心眼的人，每月只往家裡交兩百文錢，剩下一百五十文錢自己存起來，一年下來就攢了將近二兩銀子。

說起現在的地價，上等田一畝不過八兩銀子，中等田一畝六兩，下等田則是一畝四兩。若是二十年前，陳忠富一年存下來的工資能買將近半畝上等田，可說是相當能掙錢了。

此外，他長得濃眉大眼，看起來老實可靠卻內有乾坤，著實引人注意，後來就被于掌櫃姨家的表妹韓三娘看中了，想招他做女婿。

于掌櫃這個姨表外甥女姓趙，有兩個兄弟，年方十五，正是好婚嫁的年紀。她家開了一間糧油鋪子，靠于掌櫃的人脈做生意，不過由於她爹沒什麼能耐，所以他們一家人雖然不愁吃穿，卻沒有多餘的錢。

這個情況導致趙小姐在婚嫁上有些艱難。他們家看不上那些在土裡刨食的鄉下人，卻又攀不上鎮上的少東家們；想找個窮秀才吧，自家又出不起供女婿讀書的錢。挑來挑去就一直挑到了十五歲，眼看即將過了訂親的花季，陳忠富就這麼出現在了韓三娘面前。

于掌櫃對陳忠富讚譽有加，他覺得陳忠富這種人以後一定會有出息，哪怕待在白玉樓跟著他混，當個小管事也沒問題。這種潛力股，韓三娘當然要抓住了，她帶著女兒趙嬌娘去白玉樓買首飾，順便相看陳忠富。

第一眼看長相，趙嬌娘就同意了，再看陳忠富口齒伶俐，自己上前要買首飾也被他哄得眉開眼笑的，回到家後她撂下一句「全憑爹娘做主」就扭身進了屋。韓三娘趕緊遞信給于掌櫃，于掌櫃就找陳忠富透露這件喜事。

這對陳忠富而言真是從天而降的好運，儘管他有些積蓄，可是老家那邊窮得不得了，媳婦的影子還不知道在哪裡呢！突然間就攀上了鎮上的嬌小姐，這麼一門好親事怎能不讓人欣喜若狂?!

結了這門親之後，陳忠富就和趙嬌娘搬到鎮上居住，時至今日已經快二十年了。

他們生了三個孩子，大兒子陳兆厲今年十七歲，他八歲啟蒙，十五歲那年中了童生，準備後年下場考院試。陳忠富早就對大兒子的將來有了打算，決定等他考中秀才以後再談親事。

大女兒陳玉芳十五歲，是玉芝這一輩最大的女孩，她已經訂親了，對象是親哥哥兆厲的同窗，也是個童生，院試過後他們就會成親；二兒子陳兆貞十二歲，和親哥哥在同一個學堂讀書。

大房已經分家，只有逢年過節才會回到駝山村，雖說這麼做顯得不夠孝敬父母，但是老陳頭一向偏心大房，其他人也拿他們沒轍。眼看大房的日子越過越好，每年只往家裡交少少的錢，一家五口又在鎮上過得逍遙自在，二房陳忠貴和四房陳忠華不樂意了。

陳忠貴比陳忠富小兩歲，家裡只供得起一個孩子讀書，自然選了長子，十一歲的陳忠貴就跟著老陳頭學習木匠手藝，哪怕師傅是親爹，這苦也夠他受的了。過了幾年，陳忠貴終於熬到出師，可這個時候家裡又忙著讓陳忠富娶鎮上的小姐，一家數口幾年積攢下來的錢，一下子花得差不多了，輪到陳忠貴要成親時，只有范氏願意不要聘禮嫁給他。

范氏是路北村的人，與陳家幾兄妹的後母孫氏出自同一村。范氏家裡有幾畝薄田，日子勉強過得去，按理說在村裡不愁嫁，然而范氏的模樣……只能說是一言難盡。

說起來，范氏的五官其實不難看，雖然小鼻子、小眼睛、小嘴巴，可冷不防一看還算是清秀，只是……她的膚色比天天在地裡幹農活的漢子還黑，個子更和十二、三歲左右的小姑娘一樣矮。

陳忠貴十九歲還沒說上親，一是人家嫌棄他家裡兄弟姊妹太多，二是真拿不出聘禮來。

巧的是，某天陳忠貴送後母孫氏母女三人回路北村的娘家時，被范氏看到了。十六歲的范氏對看起來憨厚的陳忠貴動了春心，回家託人打聽後得知他還沒訂親，於是不要彩禮也要嫁過去。范氏的爹娘心想，有人肯娶她就不錯了，於是請人上陳家說親。

見人上門說親，老陳頭猶豫了，就找陳忠貴來商量。

陳忠貴憋到十九歲，已經到了「只要對方是個女人就行」的地步，連忙答應了這門親事。娶回家後才發現范氏是個「活寶」，陳忠貴恨得直扯頭髮，新婚第二日就回鎮上做活。

由於兩個人聚少離多，加上范氏本身不易受孕，第三年才生下陳玉荷，又過了四年才生下二房的獨苗陳兆毅。

第三章　火烤泥雀

三房就是玉芝父母這房，陳忠繁只會種地，主要的工作是跟老陳頭一起管理家裡的十五畝地，至於他與李氏之間的感情，就是「正月十五花燈節上一見鍾情」這種橋段。

李氏家裡算是小有積蓄，給閨女五兩銀子、一只銀鐲子跟一個炕櫃當嫁妝，這麼多年過去，銀子早沒了，只剩一個炕櫃還擺在炕尾。

四房陳忠華娶媳婦的聘禮是三個哥哥湊的，其中三房出了足足一兩銀子，讓他娶回同村的林氏。他們兩個人是青梅竹馬，感情好得蜜裡調油，成親七年以來育有一雙兒女，就是六歲的女兒陳玉茉和三歲的兒子陳兆雙。

陳忠華不安於現狀，每日都琢磨著怎麼掙錢，他去集市賣過菜、跟別人一起打過獵，甚至還想去鎮上的鏢局學武當鏢師。不過被老陳頭以父親的權威壓迫之後，每天只能在家幫忙種地，閒暇時才能在村裡閒晃，思考新的致富之道。

至於老陳頭跟原配妻子生的那個女兒，名叫陳蘭梅，排行在正中間，上有兩個哥哥、下有兩個弟弟。

雖然她十歲左右就沒了親娘，但是家務活樣樣拿手，又生了張圓臉跟大眼睛，正是各家婆婆選媳婦時喜歡的福相，加上她娘生了她四個兄弟，村裡的人都說她一定也很能生兒子，因此某種程度上算是「美名遠揚」了。

到了論及婚嫁的歲數，周圍幾個村好幾戶人家都來求娶陳蘭梅，最後老陳頭選擇了家境殷實、擁有三十畝田的錢家獨子錢大柱。

陳蘭梅進門第二年就生了錢家長孫錢振興，兩年後又打破錢家幾代單傳的定律，生下女兒錢花兒。有了一子一女以後，錢家兩老和錢大柱都心滿意足了，沒想到四年後陳蘭梅又生下了兒子錢振業，這可樂壞了錢家人，他們足足擺了三天流水席宴客，簡直把陳蘭梅捧到天上去了。

母女倆越聊越起勁，把陳家上上下下、從老到幼都分析了一遍，最後李氏長嘆一口氣道：「按理說妳還有兩個姑母，就是妳奶奶帶過來的兩個女兒，可是她們倆在陳家一點都不吃香。親娘性格潑辣，自己又不姓陳，一到年紀就匆匆配了出去，十幾年沒回過門了，也不知道過得怎麼樣。」

玉芝假裝無聊地低下頭想了想，接著抬起頭問李氏。「娘，您剛才說二伯父跟叔叔對大伯父有意見，這又是怎麼一回事呢？」

李氏怕閨女萬事不記得，懵懵懂懂地在家裡得罪了人，恨不得對她說個清楚，見她有興趣，便細細講了起來。

原來陳忠貴見陳忠富得全家之力娶了趙氏，自己卻娶了條件跟趙氏有如雲泥之別的范氏，心裡自然不舒坦。尤其是大房一家長年住在鎮上，日子過得滋潤，自己卻日復一日地出力氣掙錢，而媳婦管家也沒一套，整個家亂糟糟的，生活越來越沒滋味。

陳忠貴抱怨陳忠富不往家裡交出全部的工錢，畢竟他們還沒分家，掙的錢自然該歸公。

至於陳忠華，他一心想靠做生意發財，所以試圖透過他那成為白玉樓三管事的大哥做點小買賣，沒想到陳忠富直言他不是那塊料，不肯給他任何幫助。

這下他得罪了兩個兄弟，陳忠貴跟陳忠華鬧起來的時候，老陳頭拚了老命才壓住他們。正巧兆厲讀了幾年書說要考童生，老陳頭靈機一動，拍板決定等兆厲考上童生就把大房分出去，以後再也不用往家裡交錢，自己過自己的日子去──理由是考上童生就代表家裡說不定要出個有功名的人了，身為未來秀才老爺的父母，也該自己當家做主，現在大房少交的錢，就當作兆厲的學費了。

這種敷衍的理由糊弄不了陳忠貴與陳忠華。無奈之下，老陳頭決定他不管兆厲的學費了，讓大房夫妻倆自己出，但是以後二房、三房、四房的長子年滿八歲都要進學，這個學費就由公款出。

陳忠貴和陳忠華不由得陷入深思，他們自己出去闖蕩，不知道能混到什麼地步，萬一以後連兒子讀書的錢都掙不出來就糟了，為了兒子有一條保底的路，他們才咬著牙應下。

那時兆厲不過十一歲，在他之後年紀最大的男孩就是三房的兆志，當時他七歲。兆志成為這項政策的頭一個受益人，過完年長了一歲後，就被好好打理一番，送去了學堂。

本以為這個決定最是讓大房受益，不料兆厲堪稱時運不濟──第一次考童生前吃壞了肚子，在考場拉得昏過去，還是巡考的雜役看到他倒在臭號門口才把他救了出來；隔年他被分到臭號旁邊的座位，聞著旁邊傳出來的陣陣惡臭，又想到上次考試時自己的痛苦遭遇，根本無心答題，交了白卷就出來了……

就這麼三蹉跎、兩耽誤，直到十五歲時兆厲才考上童生，大房終於徹底分了家。

那時兆志十一歲了，他讀書很有天分又努力，夫子誇了又誇、讚了又讚，甚至經常單獨讓他開小灶，還送他一些紙筆，光榮地成為被別人家的父母拿來當作標竿的孩子。他今年才十三歲，夫子已經說他過完年後上場，必能考中童生。

「所以娘是說我們明年就能分家？能離二伯母遠遠的了？」玉芝臉上堆滿了天真的笑容，說道：「娘，我不喜歡二伯母，剛才她嚇到我了呢！」

李氏摸了摸女兒的小臉蛋，說道：「是呀！所以妳爹總是勸我多忍讓妳二伯母，因為再過半年我們就兩不沾邊了。兆毅今年七歲，翻過年妳哥哥考上童生分了家，他才會開蒙，所以妳二伯母不甘心，覺得妳爺爺設的分家條款對我們家有利，大夥兒賺的公款拱兆志上位，我們卻要一走了之。

「其實娘和妳爹早就商量好了，二房跟四房幫忙供兆志唸書這麼多年，就算分家了，我們也會拿出一部分錢補貼兆毅跟兆雙上學堂。只是現在還沒分家，不好說出口罷了，誰知妳二伯母……唉……」

李氏搖了搖頭，翻身下地去端來剛煎好的藥，說道：「芝芝，快喝了藥睡一會兒吧！妳剛醒過來，可不能太費神思！」

玉芝點點頭，乖巧地喝了藥躺下，沒多久就進入了夢鄉。

時光眨眼便過，距離陳玉芝穿越過來已經兩個月了。

此時地裡的莊稼都已經處理完畢，家裡男孩多，用不上玉芝，於是李氏強按著玉芝養傷，不讓她下地，在陳家的小東廂裡從深秋過到嚴冬，每天用白菜跟清粥餵養，整個人白胖了不少。

呼嘯的寒風吹著窗紙不斷發出聲響，窩在炕上的玉芝一直提心弔膽的，生怕打著圈的風把窗紙吹破了。

自從兩個月前范氏大鬧一場後，家裡整個安靜下來。大夥兒每天都默默地做著自己該做的事情，明明隔天就要進入臘月，卻沒有即將過年的熱鬧氣氛。

玉芝服用完薛郎中開的藥後，陳忠繁夫妻就沒再抓藥回來煎給女兒喝了。家裡實在拿不出多餘的錢，過年時還要準備兆志學堂夫子的年禮，如今他們只盼著回家過年的大房能帶些拿得出手的東西，好用來送人。

「唉……」

玉芝發出了稚嫩的嘆息聲，小小的人兒縮成一小團，皺著眉唉聲嘆氣，別提多逗趣了。開始放年假的兆志一進屋就看到這一幕，差點沒笑出聲來。

兆志脫下鞋子爬上熱呼呼的炕，順道捏了捏玉芝的小手，假裝一本正經地問道：「誰惹我們芝芝不高興了呀，怎麼自己在這裡苦惱呢？這小臉再皺下去，就要擠出褶子啦！」

說罷，他又捏了捏玉芝圓潤不少的小臉。

玉芝一巴掌拍掉兆志的手，一臉嚴肅地說道：「大哥！你說我們怎麼做才能掙點錢？每天喝稀粥、吃醃菜，嘴裡都淡得沒味了！還有你跟二哥、三哥的束脩，真是好大一筆錢呀！

「我看二哥還有三哥跟著你學認字、唸書的時候那麼認真，他們一定也很想去學堂吧？如果我們分家的話，能不能送他們去學堂呢？要是有錢就好了……」

這些話戳中了兆志的心事，他看得出兩個弟弟學習時的認真勁，也竭盡自己所能地教導他們，可是他畢竟連個童生都不是，很多地方只能大概教一下，不能好好解釋。想到兩個弟弟渴望的眼神，兆志不自覺地內疚起來。

看到兆志黯然的表情，玉芝才察覺自己說錯了話，這不是往兆志的傷口上撒鹽嗎？多虧自己這具身體年紀還小，玉芝豁出去一番撒嬌賣萌，終於逗笑了兆志。

正當玉芝絞盡腦汁思考還有什麼辦法能哄兆志的時候，兆勇一陣風似地衝進了屋裡，眼睛發亮地盯著兆志與玉芝，看得玉芝驚了個哆嗦。

兆勇看了他們一下，接著就跑過去抓住玉芝的手往下扯，喊道：「芝芝，快！二哥逮到老家賊了，我們去烤了吃！」

玉芝一聽就反應過來這「老家賊」說的是麻雀，那可是肉呀！兩個多月沒碰肉的玉芝再也忍不住，就著兆勇的手翻身下炕，胡亂套上了棉衣就要往外跑。

不過她剛邁出一步，就被手長腳長的兆志一把抓住，說道：「先把衣裳穿好，難道妳想得風寒嗎？」

兆志一邊說、一邊幫玉芝扣好棉衣上的釦子，又下炕仔細為她穿好鞋，自己也整理了一番之後，才握住她的手緩緩跟著兆勇向外面走去。

此刻玉芝的內心真是煎熬不已，自家這個大哥真的是做什麼都不緊不慢的，平時看著倒有一番文人氣度，可是這種可以吃肉的關鍵時刻還慢吞吞的，簡直把她急得頭頂都要冒煙了！

沒多久，兆志跟玉芝被兆勇帶到了兆亮藏身的地方。

駝山村之所以有此名，是因為村裡的人家都是順著一個坡度輕緩的山坡蓋房子，他們挖平一層山坡蓋一間房子或者一個小院，一層不過住個五、六家，戶與戶之間都留了一人高、兩人寬左右的山體作為天然的院牆與隔斷。

這樣一層一層地蓋上去，就像梯田一樣，遠遠一看極為整齊，鄰里之間既保證了一定的隱私性，又有點雞犬相聞的意思。

兆亮的秘密藏身處，就是自家小院與隔壁金寶四家的隔斷。兆亮跟兆勇把中間的山體偷偷挖空，弄出了長長矮矮的一段隧道，留了一個狗洞大小的入口方便進出，兩家大人都不知道。

這個洞裡的空間十分狹窄，他們擠在一起，滿懷期待地等兆亮拿出麻雀。兆亮也沒有賣關子，幾個人剛坐好，他就從寬大的破棉襖中掏出了一串麻雀，就著微弱的光線，看得出約有七、八隻。

「這麼多！」玉芝不由得吞了吞口水，問道：「二哥，這是怎麼抓到的？你打算怎麼吃呀？」

在眾人眼裡玉芝已經失去了記憶，所以問這些問題一點也不奇怪。

兆亮拍了拍胸脯回道：「我們都是拿樹枝串著直接烤，可好吃了！這是今日二哥帶著徐三墩子一起趴在雪地裡用笸籮蓋來的，用的餌還是三墩子從他家偷的糧食呢！待會兒二哥烤給妳吃，保證妳叫好！」

玉芝知道兆亮是為了自己才大費周章逮來這幾隻麻雀，一顆心頓時暖洋洋的。這兩個多月以來，她一個人穿越過來的苦悶與遠離雙親及男友的痛苦，已經緩緩被這家人撫平了。疼愛自己的雙親和兄長們，讓玉芝覺得她慢慢融入了這個家庭，逐漸把他們當成自己的親生父母與哥哥。無論如何，她都會想出讓這個家擺脫貧困的方法——玉芝在心底握了握拳，為自己打氣。

兆亮見玉芝似乎看這串老家賊看呆了，以為她饞得受不了，於是他伸手拍了拍玉芝的臉讓她回過神後，就開始將麻雀的內臟處理乾淨，正要掰開麻雀的嘴撕掉皮的時候，突然被玉芝出聲攔住。

「二哥！先別去皮，沒有鹽，我們換個方法吃吧！」

說罷，玉芝就要兆志挖起洞裡的泥，再讓兆勇出洞挖一坨雪回來，又要兆亮支起一個小柴堆把火升起來，接著把雪放在火邊，一邊讓雪融化，一邊往上撒泥攪拌，最後弄出一灘濕濕的黃泥。

玉芝拿起一隻去了內臟的麻雀，用黃泥仔細裹住牠的毛，小心翼翼地不讓泥進到麻雀的肚子裡，然後一層一層地慢慢堆疊，裹成了一顆泥蛋。

其他三個哥哥們看著覺得好玩，也照著玉芝的手法開始裹泥蛋，很快地，八隻麻雀就都用黃泥裹好了。

接下來玉芝要兆亮小心地把柴火堆移開，快速地在已經烤軟的地面上挖一個洞，把八個麻雀泥蛋放進去，又堆上土踩實，再把柴火堆移回去。

三個哥哥滿頭問號地跟著玉芝忙活，現在事情做完了，他們排隊出去抓了一把雪洗手，再回到洞裡坐下，就著火烤手。

「芝芝，妳這是什麼方法？我每年冬天都逮老家賊來烤，還沒見過有人這麼吃呢！」兆亮是真的感到疑惑，他怕妹妹這麼做會糟蹋了麻雀。但是想到妹妹在屋裡待了兩個月，估計悶壞了，讓她開心一下也好，大不了明天他去哄哄三墩子，讓他再從家裡偷些糧食繼續逮麻雀吧！

玉芝笑咪咪地盯著柴火堆，她晃了晃白嫩的小臉，隨口胡說道：「我是聽娘說的呀，娘說她小時候村裡的小夥伴逮到老家賊都是這麼做的，可好吃呢！」

她心想，反正幾個哥哥不至於因為這件事特地跑去跟自家親娘對質，當然她說什麼就是什麼了。

三個哥哥一聽是娘說的，都點了點頭，接下來一起盯著柴火堆，盼望麻雀快點熟。

此時玉芝想起了之前的問題，她假裝無意地開口問道：「大哥、二哥、三哥，這兩個月我天天吃粥，吃得臉都白了，我們什麼時候才有錢買豬肉吃呀？」

說完玉芝還把小臉湊到幾個哥哥面前晃了一圈，證明自己所言非虛。

兆志一把捧住玉芝的臉捏了幾把才放開她，笑嘻嘻地對她說：「再忍幾個月吧！等我考上了童生，就有資格去書店抄書了，抄書掙了錢之後，就買肉給芝芝吃，讓妳吃成一個小胖子。」

玉芝氣呼呼地揉了揉自己被捏疼的臉，說道：「大哥，這還要等好幾個月呢！」不過她很快就轉念道：「但是大哥既然這麼說了，就代表你的字寫得很好吧？如今已經進入臘月，快要過年了，我們可以寫春聯來賣呀！」

玉芝越想越興奮，越想越覺得這個辦法好，忍不住開心地揮起手來。

兆志好笑地看著手舞足蹈的玉芝，忍不住潑冷水道：「想得太美了，寫春聯賣之前，得有錢買紅紙跟筆墨，這些我們可買不起。最關鍵的是，我們去哪裡賣呢？自從我的字能見人後，大家都拿著紅紙跟筆墨上門找我幫忙寫，這些人都是鄉親，家裡的長輩不會同意我收錢的。附近這十里八村的情況大概都是這樣，畢竟每個村裡總是有一、兩個人讀過書啊！」

看到玉芝僵住的小臉，兆志還是沒能忍住地笑出聲，又道：「更何況，就算爹娘支持，我們也只能去鎮上擺攤，那裡是要收攤位費用的，聽說一天要十文錢，春聯兩幅不過一文錢，這錢可不好賺。再說了，春聯這東西鎮上的人偶爾才買，大部分人都是買了紅紙找人幫忙寫，所以過年的時候，鎮上不過只有兩、三家在賣春聯。」

聽到兆志這麼說，玉芝徹底對賣春聯賺錢這條路死了心，她的肩膀垮了下去，整個人無精打采的。

第四章　無肉不歡

三個哥哥不忍心看妹妹不高興，忙轉移話題，討論起這麼烤麻雀會不會好吃、要多久才能熟、為何以前沒見過這種作法之類的，終於讓玉芝積極起來，反正一計不成再想別的法子就是。

玉芝不再鑽牛角尖後，專心地盯著柴火堆，等到時間差不多時，她要兆亮移開柴火堆，小心地撥開土，挖出泥蛋，待不燙手後，往地上用力一磕，再輕輕除去糊在外面的那層泥。只見麻雀的毛都被泥黏住，剝開泥巴的時候便直接被撕了下來，沒多久一隻光溜溜、香噴噴的新鮮叫花麻雀就出爐了！

玉芝不自覺地吞了吞口水，聞到那濃郁的香味，就已經讓人垂涎欲滴。她小心翼翼地用雙手捧著那隻麻雀，撕下一條麻雀腿一口咬下去——肉質細嫩卻略有嚼勁，雖然沒有加鹽調味，不過因為肉本身鮮香，燜烤得久，連骨頭都酥了，吃起來別有一番滋味。

啃完了肉，玉芝忍不住仔細吮吸起骨髓，滿足的表情彷彿一隻舔到肉湯的小狗，看得三個哥哥一陣發笑。

四個孩子擠在一起，一人吃了一隻，剩下的實在捨不得吃。儘管他們從未吃過這麼美味的麻雀，但幾個孩子都是懂事的人，打算帶回去給陳忠繁和李氏嚐嚐。

兆亮一邊打包其餘四顆泥蛋，一邊嘟囔。「老家賊竟然還有這種作法，娘都沒和我說過，以前也只是剝下皮來烤，娘還嫌糊腥，不肯吃呢！」

這話讓玉芝腦中靈光一閃，連忙追問道：「二哥，你是說我們村裡沒有這種作法是嗎？」

說著，她又轉頭問兆志。「大哥，鎮上有賣用這個方式料理的老家賊嗎？」

兆志沈思了一會兒，回道：「沒有，我從未在鎮上看過有人賣這種作法的老家賊。」

玉芝頓時歡喜起來，她覺得這是條掙錢的好路子，於是連忙與三個哥哥商量。「哥哥，你們說從未見過老家賊用這種方法烹調，如果我們去鎮上擺攤賣這個，能不能掙到錢呢？我們賣得便宜一些，自然會有人買去下酒或給娃兒們解饞吧？掙了錢以後我們就能每天吃豬肉，過完年再送二哥跟三哥上學堂去！」

兆勇眼睛一轉，覺得賣老家賊這件事能成。

他個性機靈，每日又跑來跑去和村裡的孩子們玩成一片，知道冬日裡很多孩子都會用筐籮罩幾隻老家賊來吃。這東西的肉少，要用重油炸才好吃，但是誰家捨得用這麼多油來做這玩意兒呢！於是村裡的孩子們只能用小木枝串著，用火隨便烤來吃，黑糊糊的一團不說，也稱不上好吃，不過是自我安慰吃了一次肉罷了。

想到這裡，兆勇率先同意玉芝的提議，並把自己的想法分享給哥哥們與妹妹。

兆志跟兆亮一聽，也覺得這個掙錢之道不錯。冬天本來就會有很多老家賊飛進村裡人家的灶房偷吃，牠們個頭小、飛得快，只能轟趕卻很難徒手抓到，轟走後不久又會飛回來繼續偷吃，讓很多人煩心不已，「老家賊」的稱呼因而流傳開來。抓老家賊來烤不但能賣錢，還能幫忙除害，可謂一舉兩得。

玉芝見哥哥們心動，繼續分析道：「老家賊雖說徒手難抓，但是用筐籮罩就不算難了，何況村裡老家賊簡直成災，二哥一會兒就能抓八隻，家家戶戶的娃兒都去抓，一天不知道能抓多少隻！我們只要出一些錢收老家賊就行，反正泥土與水不需要任何花費，攤位費用一日不過十文錢，到時讓爹去鎮上堆個土灶，連鍋子都不用，一隻賣五文錢，賣個兩隻就回本了！」

這番話實在太有吸引力了，讓幾個男孩子一下子忘了玉芝不過是個五歲的小女孩，不應該這麼精明的。

兆亮與兆勇被玉芝說得蠢蠢欲動，那句「過完年再送二哥跟三哥上學堂去」的誘惑，讓兩顆小小的心臟像油煎肉似地翻來覆去、滋滋作響，恨不得明日就去鎮上賣老家賊。

不只是他們，兆志也很心動，但是他明白就算成本再少也得花錢，於是決定回去跟爹娘商量一下再說。

拿著剩下的泥蛋從洞裡爬出來，四兄妹激動得小臉通紅地往家裡跑。到家時正巧碰到去上山砍柴的陳忠繁和李氏回來，玉芝又發揮了撒嬌的功夫，把爹娘哄回屋裡。

兆志代表兄妹四人說出想去鎮上賣老家賊的想法，陳忠繁聽了不禁沈思起來。兆勇很是著急，看到自家爹爹不說話，急忙砸碎了一顆泥蛋，剝好後遞給陳忠繁道：「爹，您嚐嚐看，在鎮上一定好賣！」

泥蛋的保溫效果很不錯，這麼冷的天裡經過了一段時間，裡面的麻雀竟然還是微燙的。

陳忠繁接過麻雀，撕下一條腿放進嘴裡慢慢嚼起來，越吃眼睛越亮。

他不笨，聽孩子們說了這麼一大堆，自然明白這生意做得成，只是不曉得味道如何。若是滋味一般，誰願意花錢買這無二兩肉的小雀鳥呢？如今一嚐，覺得這東西吃起來確實不錯，於是把剩下的大半隻遞給李氏，讓她也嚐嚐。

接著，陳忠繁轉過頭，嚴肅地對四個滿懷期待的孩子說：「這事爹同意了，但是我們還沒分家，要先和你們的爺爺、奶奶交代一下才行。兆志，你跟著我去一趟上房吧。」

玉芝心底感到一陣失望，但也知道爹這麼做才是對的。

她來自遙遠的未來，家族觀念自然沒有這個時候的人這麼強烈。不管什麼事情，她都會先想到自家父母跟哥哥，而不是其他人。玉芝低下頭提醒自己以後做事要仔細一些，不要在外人面前暴露一些現代人的觀念。

兆志、兆亮與兆勇三兄弟對自家爹爹這個提議沒意見，兆志揣著兩個泥蛋轉身跟著陳忠繁去了上房。

李氏吃了一條麻雀腿後，把剩下的肉撕成三份遞給孩子們，還提出了自己的意見。「你們這個老家賊的作法確實新奇，但是沒有鹽調味，吃起來總有些寡淡，鎮上的人嚐過鮮之後，怕是不會再回頭買了。」

玉芝聽到李氏說「作法確實新奇」時，心猛然漏跳了一拍，生怕在哥哥們面前穿幫，幸好兆亮跟兆勇沈浸在事情可能會成功的喜悅中，沒注意聽李氏說話。

她連忙打斷李氏。「娘！您說我們烤好之後撒點鹽如何？」

李氏道：「這個作法十分簡單，不過是控制火候時需要注意一些罷了，如果單單撒點鹽，最多三、五天鎮上就會有人賣同樣的東西了。」

這可難倒了玉芝，她不知自己穿到什麼時代，更因陳家日日吃稀粥配醃菜，所以不曉得這裡有什麼調味料，就算有孜然、胡椒之類的，只怕陳家也不會有。

玉芝想了想，問李氏道：「娘，如果過年要燉肉的話，會用什麼調味呢？」

李氏不假思索地回答。「不過用秋油、秦椒跟大料罷了。」

玉芝聽了眼睛一亮。前世她是個美食愛好者，也經常下廚做飯，秦椒她聽過，就是花椒的另一種名字，有了花椒跟鹽，不就可以做椒鹽了嗎？

想到烤好的麻雀撒上椒鹽，玉芝忍不住嘿嘿笑出了聲，嚇了自家娘親跟兩個哥哥一跳，忙問她怎麼了。她神秘地眨了眨眼睛道：「有個關於調味料的秘密，等爹和大哥回來以後我再跟你們說！」

此時上房的老陳頭與孫氏品嚐起兆志帶來的麻雀，聽了陳忠繁和兆志的話，老陳頭也覺得這生意做得成，就是這個成本嘛……

老陳頭放下手中的麻雀腿，咂了咂嘴才開口道：「老三，這生意看著還不錯，但是家裡拿不出收老家賊的錢了。快過年了，走親戚的年禮都還沒買，肉跟菜什麼的也沒準備，總不能過年了還日日吃稀粥吧！」說完他瞄了孫氏一眼。

孫氏虎著臉回瞪了老陳頭一下，轉頭朝陳忠繁道：「老三，家裡有多少錢你大概有數，日子是過不下去了。都說年關、年關，每回過年我都咬緊牙關，操持你們上下老小這麼多張嘴吃飯。」

嘆了口氣，孫氏又接著說：「本來家裡還有些積蓄，兩百文錢也能湊合著過年，誰知你家那玉芝真是個賠錢貨！我不開口跟你們要過年的錢就不錯了，怎麼還反過來打剩下這幾十文錢的主意？你們三房想得倒是挺美！」

這番話憋得陳忠繁與兆志的臉都紅了。

說起孫氏，她也是為陳家付出了一切，好歹拉拔了這麼多孩子長大，沒賣掉他們，也沒餓死哪一個。但是她那張嘴真是不饒人，明明做了好事卻總是要冷嘲熱諷，為陳家擔心也要拿話刺刺人家才滿足。

陳家這幾個孩子對孫氏的觀感很複雜，一邊感激她撐起家裡、帶大了他們，一邊又要時常忍受她的喝罵，所以他們對孫氏是尊敬有餘、親近不足。哪怕是最小的陳忠華，孫氏嫁過來時他不過六歲，完全可以把他養成自己的親兒子，她卻連這點心力也不肯出。

其實孫氏根本不在乎這些兒女對她的看法，她覺得自己對得起陳家了，以後兒子們當然要為她養老送終，既然對他們好或不好結果都一樣，那不如照自己的心意過個痛快！

兆志見陳忠繁被堵得說不出話來，於是上前一步行了個禮道：「爺爺、奶奶，我爹娘自然不敢讓你們出這個錢，只是想徵求爺爺跟奶奶同意。如果你們覺得這件事情能成，那麼我們就是借錢也會去做；如果你們認為不成，那這事就此作罷。」

孫氏一聽就嚷道：「我不管你們做不做，只要不耽誤家裡的活、不找我要錢就行！」

老陳頭也點點頭道：「這門生意家裡就不摻和了，算你們三房自己的，但是錢要上交一半，你們同意嗎？」

這對三房來說已經算是意外之喜，本以為兩老最多給他們一些零用錢，萬萬沒想到還能留下一半。

陳忠繁點頭如搗蒜，答應之後帶著兆志出去了。

孫氏看著陳忠繁父子的背影，皺了皺眉對老陳頭說：「你這老頭子怎麼突然這麼通情達理了？沒分家的人賺的錢都應該交上來，你竟讓他們私自留下一半？」

老陳頭舉起剛才咬了一口的麻雀腿，邊啃邊說：「玉芝到底是因為二房才遭了罪，讓三房自己攢點錢給孩子補補沒什麼。再來就是老大媳婦從成親就沒和我們住在一起，老二媳婦是光身嫁進來的，老四媳婦則是把自己的嫁妝看得死緊，一分錢也不往外掏，只有老三媳婦……唉，她嫁到咱們家時帶的嫁妝，這些年明裡暗裡都補貼家用了，用了兒媳婦的嫁妝錢，我心裡有愧啊！

「再看今日出頭的是誰？是兆志！這孩子在鎮上學堂的成績數一數二，童生是跑不了了，秀才也可期。以後他就是有功名的人了，咱們何必在這點小事上給他使絆子，等他功成名就了，就會記得我們的好。」

孫氏細細一想之後，覺得老陳頭的說法句句在理，也就作罷了。「只盼他們能多掙點錢，讓這一大家子過個好年吧！」

陳忠繁和兆志笑咪咪地打開小東廂的房門，剛邁進屋就瞧見一大三小盯著他們父子看，還異口同聲地問道——

「爹娘怎麼說的？」

「爺爺、奶奶怎麼說的？」

兆志賊兮兮地笑道：「你們猜！」

看到他這樣子，急得兆亮跟兆勇差點撲上去拉他的手，李氏跟玉芝也瞪大了眼睛，有些不知所措。

陳忠繁從背後拍了兆志的後腦勺一下，說道：「鬧什麼鬧，看把你娘他們急的！」說著他轉頭對李氏道：「爹跟娘同意了，只要我們交一半的錢到家裡就行，就是……他們不出本錢。我這兩天去鎮上找找有沒有扛大包的活計，幹個幾天掙些錢，你們在家先收老家賊吧！」

李氏聽了，一則以喜、一則以憂。喜的是掙錢的生意就在眼前，憂的是冬天根本找不太到扛大包的活計，不然丈夫早就去做了。他會這麼說，必定是打定主意私下接一些二道販子的活計。

有一些人攬了扛大包的生意，自己卻不願意做，他們會拿走大半的錢，再把出力氣的活轉讓給一些急需用錢的人。一般扛大包的工作一天下來怎麼樣都有十七、八文錢，但是接轉出去的活計，一天只能賺個六、七文錢，但凡吃得上一口飯的人都不會接這種活，錢沒掙多少，身體就先累垮了。

李氏心疼自己的丈夫，於是轉身從炕櫃抽屜最裡面摸出一小塊紅布，打開一看，是一截小拇指大小的銀錠子，陳忠繁看到了，一張臉頓時漲得通紅。

這是李氏陪嫁那只銀鐲子的最後一截，這些年來家裡日子過得拮据，她的嫁妝銀子都拿來補貼家用，這銀鐲子也一點、一點鉸了，換成一口口米、一塊塊布。

陳忠繁上前兩步，按住李氏的手道：「不能用，這是妳最後一點念想了！」

李氏微微一笑道：「我的念想從來都不是嫁妝，是你跟孩子們，再說我爹娘與兄弟都還在呢！一只鐲子不至於是我的念想，要是真思念他們，回娘家看看便是，難道你不願意讓我回去？」

陳忠繁雙眼隱約含淚，結結巴巴地說：「不……不是……」

幾個孩子這才明白這一小截銀錠子是哪裡來的，玉芝心底湧上一股酸楚，上前摟住李氏道：「娘，等我們掙了錢，我買銀鐲子給您！」

李氏噗嗤一聲笑出來。「傻閨女，老家賊的生意不過掙個辛苦錢，還想著給娘買銀鐲子呢？」

玉芝不好意思地低下頭，接著又抬起頭大聲說：「娘！就算這次沒辦法給您掙只銀鐲子，往後我也一定會為您買下全套銀頭面……不，我要給娘掙全套的金頭面！」

一番話說得全家人都笑了起來。

陳忠繁剛剛在兒女面前失態，此時有些不自在。他咳了咳，把黏在李氏身上撒嬌的玉芝抱到炕頭，接下來全家人脫鞋上炕，一起商量這個生意要怎麼做才好。既然是孩子們想到做這個買賣的，自然讓他們先發言。

兄妹四個面面相覷了一會兒，兆志率先提起話頭。「我覺得這門生意暫時沒什麼問題，只是不知道價格該怎麼定？還有要用多少錢收老家賊？如果生意做起來了，咱們家這麼幾個人逮的老家賊肯定不夠用。」

第五章　鎮上擺攤

陳忠繁畢竟是農閒時去鎮上做過活的人，想了想，他說道：「價格定高了怕是沒人要買。如今肥豬肉二十文錢一斤，瘦肉十七文錢一斤；鎮上一碗素麵四文錢，一碗肉澆頭麵六文錢；高粱麵跟白麵做的雜麵素包子一文錢一個，肉包子則是三文錢兩個。

「我們賣的老家賊雖說是肉，但確實小了些，也很難吃飽。要是賣得太貴，還不如去切一小塊豬肉回家煮來吃，所以老家賊的價格不能太高，我覺得一隻三、四文錢就差不多了。」

兆亮接過話道：「我和徐三墩子兩個人罩了半個上午老家賊，最後一人分了八隻，時間拉長一點的話，大概能抓二、三十隻；若是許家三兄弟那種手快的，怕是一上午就能逮四、五十隻！」

玉芝聽了，偷偷在心底算起帳來，一隻賣三、四文錢，如果能把每隻的成本控制在一文錢以內的話，還是有賺頭的。既然一次能抓這麼多麻雀，可以用兩文錢三隻去收，假設一隻賣四文錢，一天賣三十隻就能淨賺一百文錢，這對現在的陳家來說算是鉅款了。

兆志也想到了成本和收入的問題，他說道：「既然如此，我們就用一文錢一隻的價格收老家賊，一隻賣四文錢吧！爹，等去了鎮上，我們就自己堆個土灶，反正土跟雪不花錢，費點力氣就行。」

玉芝搖搖頭說：「大哥，一個素包子也是一文錢，如果把一個素包子和一隻老家賊擺在面前讓人選，一般人都會選素包子吧？我覺得用兩文錢收三隻老家賊這個價格可以，畢竟拿出去賣的東西不能像自己吃的那樣不調味，調味料也是一筆支出……」

說到調味料，李氏想起剛才玉芝說的話，忙問道：「妳這孩子剛才說有關於調味料的秘密，而且非要等妳爹和大哥回來才肯開口，現在大家都在，快說吧！到底是什麼？」

玉芝反問李氏。「娘，秦椒除了拿來燉肉，還有其他時候會用到嗎？家裡還有多少？要怎麼樣才能找到大量的秦椒呢？」

李氏想了想，回道：「家裡只用它來燉肉，這東西長在山上，沒人種。咱們農家人一年根本吃不了幾次肉，所以大家都是隨用隨摘，最多曬一點過冬用，就妳爹覺得有用處，秋天收了好大一包，全曬乾了，堆在柴房的角落裡。」

玉芝頓時欣喜若狂，自家爹爹運氣也太好了！她說道：「娘，用小火烘香秦椒，鹽也用小火烘黃，再把兩樣東西混在一起碾成粉末，撒在烤好的老家賊身上一定很香。您覺得呢？」

李氏思索了一下，點頭道：「秦椒加熱以後確實香，再加上鹽……這調味料成，而且鎮上也沒人這麼賣。妳這孩子是怎麼琢磨出來的呢？」

玉芝心想，自己以後還會說出許多來自現代的主意和方法，難道還能每回都找藉口不成？不如這次編個理由一勞永逸。「我也不知道，摔傷那時候我做了個怪夢，恍惚間，有個白鬍子爺爺來找我，他穿著藏青色棉襖、黑色布鞋，告訴我好多料理的作法。雖然我醒來以後什麼都不記得了，但奇怪的是只要一遇到狀況，就會想起他說的那些東西，我甚至會算數，也會記帳了呢！」

眾人一聽，皆是大驚失色。

只見陳忠繁抖著嘴唇問道：「這……這個老人家左邊的眉尾是不是有顆紅痣？」

玉芝胡亂點頭道：「嗯嗯，好像有。」

她認定自家爹爹這麼說，肯定是聯想到認識的人身上去了，她就來個順水推舟，說不定還能幫自己圓謊。

得到玉芝的「證實」，陳忠繁眼眶泛紅道：「是……是大伯父！」

「大伯父？」李氏疑惑地問道。她嫁來這些年，從沒聽過有這號人物。

陳忠繁緩緩道來。「大伯父和大伯母無兒無女，所以對我們幾個孩子特別好。娘去世以後，他們還幫忙爹拉拔過我們一陣子，可是他家日子也不好過，最後因為太過勞累早早過世，大伯母傷心過度，沒幾個月也撒手跟著大伯父一起去了。

「大伯父最疼我，說幾個孩子當中我最像他，還曾想過繼我去大房那邊。可是爹有點不樂意，大伯父就沒有勉強，結果他還沒到五十歲就走了……」

說著，陳忠繁擦了一把眼淚，又道：「大伯父讀過幾年書，可能看我們芝芝可憐，才教她怎麼算數跟記帳吧！原來大伯父一直在看著我們……至於料理，大概是上天給芝芝的禮物。」

玉芝沒想到自家還有這位伯公，她隨口一說，正好戳中了陳忠繁的淚點。她湊過去用小手幫陳忠繁擦了擦眼淚，坐在他身旁無聲地安慰他。

陳忠繁拍了拍玉芝的小臉，緩了緩情緒，繼續道：「這是芝芝的奇遇，萬一傳出去，芝芝說不定會被當成鬼上身給燒死，所以誰也不許往外說，聽到沒?!」

說罷，陳忠繁挨個兒瞪了三個兒子一眼，看到他們一一認真地點了點頭，才放下心來。

接下來全家人沈默了一會兒，讓心情平復下來。

兆志想了想每個人說的話，總結道：「那初步就決定用兩文錢三隻這個價格來收老家賊，賣價一隻四文錢吧！那個……椒鹽，就靠娘和芝芝了，鹽一斤十文錢、攤位費用一天十文錢，一日的成本估計二十文錢。不過我建議先別收老家賊，明日我與兆亮、兆勇多抓一些，先看看賣得如何，再決定要不要在村裡收。」

大家聽了，都覺得兆志的方法很穩妥，此時兆勇插話道：「那這道料理要叫什麼名字？總不能就叫『烤老家賊』吧？」

這話驚醒了眾人，陳忠繁說道：「對呀，我們還沒取名字呢！」

接下來大夥兒陷入了沈思，還是兆志開口道：「老家賊又叫麻雀，裹了泥烤出來的顏色黃燦燦的，不如就叫它『黃金雀』吧！快過年了，討個吉利。」

陳忠繁、李氏與幾個孩子都一臉驕傲地看著兆志，紛紛誇這名字取得好。

商定隔天各自負責的事情之後，一家人該做活的去做活，該讀書的去讀書，晚上早早休息，只待第二日到來。

第二天天氣乾冷，之前下的雪厚厚地蓋在大地上，沒有半點融化的跡象，這種狀態最適合罩麻雀了。兆志三兄弟找孫氏要了一碗穀子就離開，絲毫不在意孫氏陰沈的臉色與喋喋不休咒罵著他們的嘴。

李氏和玉芝在小東廂門口，先是合力用篩子抖落採摘秦椒時沒清理乾淨的雜物，再用前陣子隨手搭起來煎藥的小土灶慢慢烘香已經曬乾的秦椒，烘好後全收起來放在布袋裡。母女倆一鍋接一鍋地烘，來來回回忙得滿頭大汗。

陳忠繁目送三個兒子出門後，拿起李氏最後那截銀錠子去買鹽，順便預定明日鎮上市場的攤位。

兆毅好奇地蹲在李氏母女身邊看她們烘秦椒，時不時地問一句；范氏則和玉荷靠在西廂門口不停地瞥向小東廂，看這母女倆忙些什麼。

看了半天，范氏都沒看出門道來，她忍不住想鬧，又怕被上房的公公跟婆婆聽見，只能掐著嗓子罵兆毅。「死不著家的狗胚子！你娘少你吃、少你穿了？天天湊在別人面前獻什麼殷勤，給老娘滾回來！」

兆毅脖子一縮，站起來慢悠悠地往西廂挪，剛到屋子門口就被范氏一把拽住拉進房，她自己也跟著進去。玉荷瞪了李氏母女兩眼之後，氣呼呼地進屋，還用力摔門表達自己的不滿。

這震天聲響讓孫氏從上房探出頭罵道：「死丫頭，妳遭了瘟啦？拆房子呢！門要是壞了，讓妳一家子晚上凍成個挺屍！」

孫氏罵得大聲，西廂卻一點動靜也沒有，彷彿沒聽到這些話一般，她只能罵罵咧咧地轉頭瞧向李氏和玉芝那邊。

想到那碗穀子，孫氏就心疼，剛要開口罵幾句，又憶起老陳頭的話。她張了張嘴，到底把衝到嘴邊的話咽了下去，門簾一摔回了上房。

這些動靜對李氏母女沒造成絲毫影響，兩個人很有默契地一個烘、一個裝，沒多久就處理好全部的秦椒，回了小東廂。

陽光穿過枝椏，照在這個不大的農家小院上，讓院牆上的雪越發顯得潔白乾淨。院子裡空無一人，只有幾隻雞縮在太陽能照到的牆角取暖，呈現出幾分冬日的靜謐。

這份寧靜很快地被陳忠繁打破，他興沖沖地快步走進小東廂，三步併成兩步朝坐在炕上的母女走去，接著掏出一斤鹽、一塊厚厚的木牌還有一串銅錢，興奮地對李氏說：「那截銀錠子足足有八分重，我買了一斤鹽，又去監市那裡繳了攤位費，攤位在乙排三位，是個靠前的好位置，明天把木牌掛在灶臺上就行。這是剩下的六十文錢，孩子他娘，妳趕緊收起來吧！」

這讓李氏和玉芝十分歡喜，李氏忙替陳忠繁倒了杯一直在炕頭溫著的水，又去炕櫃放錢。

陳忠繁將水一飲而盡，走到門邊用小土灶開始烘起鹽，待鹽的顏色微微泛黃後，就裝到另一個布袋裡。

待一斤鹽都烘好之後，陳忠繁洗淨、擦乾一個蒜臼，按照兩斤秦椒跟一斤鹽這個比例，將兩樣材料的混合物慢慢磨成粉末，再放進洗淨備用的一個小醃菜罈子裡。

看到罈子慢慢填滿，玉芝別提有多開心了，這可是自家發家致富的第一步呢！

李氏簡單地把屋裡收拾了一下，就趕著去灶房做全家的午飯。老陳家三個媳婦一人輪一天做家事，這天剛好輪到李氏，她無疑是三個媳婦中做事最仔細的一個。

范氏做飯純屬糊弄人，煮的粥經常連米都沒爛就出鍋了，不過她臉皮厚，被孫氏罵也不痛不癢，下次還照樣這麼做。

至於四房的嬸嬸林氏……玉芝只知道她做事算是俐落，其餘的就不清楚了。

她穿越過來兩個月，四房基本上屬於隱形人。除了吃飯的時間，玉芝和她的叔叔沒見過面，嬸嬸林氏只要沒做活，就整天躲在小西廂裡毫無存在感，玉芝只跟她打了幾次招呼而已。

快吃午飯的時候，兆志三兄弟回來了，一人提了幾串麻雀。這些麻雀是用細細的草繩從牠們嘴巴伸進去又從屁股穿出來的，兄弟三個從天亮開始忙活了一上午，起碼罩了有四、五十隻。

孩子們回來以後，院子裡很快就熱鬧起來，李氏煮完飯之後，拿出一個大盆裝滿雪，放在燒了炕的炕洞門旁讓雪慢慢融化，一家人再去上房吃飯。

吃過飯，陳忠繁照例在上房陪老陳頭聊一會兒，李氏則帶著孩子們去洗碗。當全家人一起回到小東廂時，大盆裡的雪已經化成水了，甚至微微有些溫熱。

陳忠繁把這盆水搬到小東廂屋子後面與院牆之間的一小塊空地上，掏出幾支鈍鈍的刀片，準備處理麻雀。

這些刀片的前身是家裡一把破舊的菜刀，陳忠繁特地去鎮上求鐵匠幫忙用快刀切成一段一段，他又用人家的磨刀石胡亂磨了磨，覺得差不多了才帶回家來，剩下用不著的一點廢鐵，就頂了鐵匠的工錢。

一家人蹲在地上挑掉麻雀的內臟，李氏看兆勇跟玉芝年紀小，就讓他們倆負責把清理過內臟的麻雀洗乾淨。這樣一邊挑、一邊洗，沒多久就處理完了，數了數，竟然有五十三隻麻雀！

李氏把髒水倒掉，又挖了一盆雪放在炕洞旁邊，和陳忠繁出去挖土了。四個孩子就待在家裡朝洗淨的麻雀肚子裡細細抹上一層椒鹽，打算先醃漬一番。

等到陳忠繁夫妻兩人回來的時候，麻雀已經全部抹上椒鹽，雪也融化了。陳忠繁開始調濕泥，調好後把一隻隻麻雀裹起來，他還特地把泥蛋搓得圓圓的，以便烤出來好看些。

完成所有準備工作後，玉芝指揮哥哥們把一顆顆泥蛋放在小東廂屋裡的窗戶底下，這樣既不會因為空氣寒冷凍成硬泥球，也不會因為炕燒得太熱導致乾裂。

隔日天還沒亮，一家人就起床了，由於家裡沒有牛車，所以他們得步行去鎮上，大約要花半個時辰。

陳忠繁挑著滿滿兩桶土，李氏揹著五十三顆泥蛋，手上抱著一罈最重要的秘密調味料——椒鹽。兆志挑著兩個空桶，兆亮揹著一捆柴，兆勇和玉芝能照顧好自己就不錯了，所以什麼都沒拿，空著手跟在爹娘與哥哥們後面。

一家人就這麼摸黑往鎮上走，走了好一段時間，終於抵達鎮口。陳忠繁把兆志挑著的空桶裝滿了雪，打算做土灶的時候用。

青山鎮是個挺繁華的地方，但此時天還沒亮，路上行人並不多。不過陳家人趕到市場的時候，看到大部分攤位都擺好東西了，他們趕緊找到乙排三位的攤子，開始堆土灶。

用來烤麻雀的土灶構造很簡單，先堆出一個方形的灶，中間隔出三層，上方再鋪一層灶臺就行。土灶最底下那層與最上面那層燒柴，中間這層先淺淺地鋪上一層土，放上泥蛋，再用土把這些泥蛋蓋住，稍微壓實一些即可。

天色亮起來的時候，麻雀差不多烤熟了，來市場的人也漸漸多了起來。許多人趕著早上來買菜，看到這個攤位只有一個土灶，灶臺上擺了一個小罈子，卻沒有碗筷，都好奇地瞅了幾眼。

玉芝覺得時候差不多了，於是從土灶裡小心地挖出一顆泥蛋，稍稍放涼了一些，她把泥蛋舉起來喊道：「瞧一瞧、看一看！您絕對沒吃過的新東西，吃了會發財的黃金雀！五文錢一顆，買四送一！只要二十文錢，您就能帶著五福黃金雀回家了！過年時必定福氣、財氣雙雙盈門，各位還在猶豫什麼呢？」

陳家人都沒想到玉芝還有這一手，頓時全呆在那裡。

只見玉芝個頭小小的，和土灶一樣高，說起話來卻有條有理，白嫩的小臉上滿是諂媚的笑容，非但不讓人討厭，反而使人發笑。

清亮脆甜的童音引起眾人的注意，紛紛靠了過來。

一個拎著籃子、胖胖的大嬸從人群中擠了出來，問道：「小娘子賣的是什麼？依稀聽到什麼黃金、什麼福氣的。」

玉芝看到圍觀的人越來越多，笑得越發開心。「大嫂子，這是我家祖傳的秘方『黃金雀』，包妳吃了一隻想吃兩隻，吃了兩隻想吃三隻，一天不吃上幾十隻都不過癮呢！」

被玉芝這麼一個能當自己女兒的小姑娘喊了聲「大嫂子」，胖大嬸頓時心花怒放，配合玉芝道：「小娘子說的『黃金雀』是什麼？我只看到妳手上這顆泥蛋，難不成這泥蛋還能帶來黃金跟福氣？」

周圍的人聽了，便附和道：

「是呀……」

「就是說呀！怎麼看都是泥巴嘛！」

就是現在！

在眾人表達疑慮之際，玉芝用力把泥蛋往灶臺上一磕，泥蛋瞬間裂開了粗粗一條縫。她順著縫隙扒開土撕下麻雀的皮，不過兩三下工夫，一隻光溜溜、烤得黃燦燦、香氣撲鼻的麻雀就露了出來。

第六章 成功出擊

玉芝小心翼翼地從小罈子裡捏出一撮椒鹽撒在麻雀上，然後撕了一條麻雀腿遞給胖大嬸，又把那隻麻雀撕成幾份，分給前排的人品嚐。

胖大嬸一口就吞了那條麻雀腿，細細咀嚼以後眼睛一亮道：「不得了，越嚼越香，連骨頭都烤得酥脆了，能直接嚥下去呢！」

說著，她又問：「這黃金雀多少錢一隻來著？」

玉芝笑嘻嘻地答道：「五文錢一隻。不過我們家今日第一次來賣東西，所以前一個來買的人都是四文錢一隻。十名以後的人也不用擔心，只要一次買四隻就送一隻，二十文錢就有五隻，算起來也是四文錢一隻。四文錢買一隻黃金雀下酒比滷菜值多了，這可是肉呢！」

嚐過黃金雀的人都覺得這味道很新奇，仔細琢磨玉芝這個娃兒說的話，也覺得確實有道理。

胖大嬸說道：「妳這小娘子好一張嘴，聽妳這麼一說，不買都不行了。給我五隻，我帶回去讓我那口子下酒去！」

陳家人沒想到這麼快就開張，還一次就賣出五隻，陳忠繁手忙腳亂地從土灶裡挖出五顆泥蛋擱在灶臺上稍微放涼，玉芝見狀不禁發愁。

她到底習慣了有塑膠袋的日子，完全沒想到泥蛋該怎麼裝，還有椒鹽又該怎麼給人家。

剝開泥蛋撒上去立刻吃掉還行，帶回家以後肯定涼了，可是不當場撒，又沒東西裝椒鹽給別人。

陳忠繁一家沒做過買賣，完全沒想到容器這個問題，此刻全傻了眼。

玉芝笑得越發諂媚，小心翼翼地對胖大嬸說：「大嫂子，我家第一次出門做買賣，忘記帶油紙了，您這籃子有地方放嗎……」

胖大嬸翻了翻籃子，說道：「有呀！沒事，妳就放籃子裡吧！」

說完，胖大嬸抽出一張紅紙，一看就是從剛買的糕點上撕下來的，她把紅紙遞給玉芝，叮囑道：「調味粉多裝點，我家那口子口味重！」

「欸！」玉芝響亮地應了聲，一邊把紙遞給李氏示意她裝椒鹽，一邊對胖大嬸解釋。「今日是我們的疏忽，大嫂子別見怪，原本一隻花五文錢買的人才能買四送一，今日我就多送大嫂子一隻，以示我們的歉意！」

說罷，玉芝低頭從土灶裡挖出一顆泥蛋放在灶臺上晾著。

眾人一聽都笑了起來，有人說：「這小娘子看起來不過五、六歲，說話竟跟小大人似的，真是有趣！」

胖大嬸也笑得前仰後合，說道：「好呀，小娘子，今日我就占妳這個便宜了！」

她數了二十文錢遞給玉芝，拿著六顆泥蛋和一包椒鹽抬腳就要走，玉芝趕緊出聲喊住她。「大嫂子回去把這黃金雀放在灶臺上，晌午吃應該還是熱的，晚上才吃肯定涼了。若是涼了，就在做飯生火時把它扔進灶裡稍熱片刻，這樣就會像剛出爐的一樣香了！」

胖大嬸歡快地答應了，道謝後提著籃子離去。

好的開始是成功的一半，玉芝乾脆要陳忠繁把泥蛋都挖出來，沒多久四十六個蛋就擺滿了整個灶臺。

玉芝露出內疚的表情說道：「今日只能讓大家自己帶紙包著回去了。為了表達我們的歉意，剩下這些黃金雀和剛才的大嫂子一樣，前十位每隻四文錢也買四送一，十位以後的人每隻五文錢，買三送一！」

眾人覺得這個價格很不錯，身上有紙的都多買了幾隻帶回家吃，沒帶紙而且只買一隻的，就讓玉芝剝開來直接撒上椒鹽現場吃。

陳忠繁負責幫人裝黃金雀，李氏裝椒鹽，兆志收錢，兆亮看著土灶裡的火，兆勇則和玉芝一起招呼客人。

短短一刻鐘，黃金雀就賣完了，玉芝只得說道：「實在不好意思，今日東西準備得不夠，請各位明日再來。不過咱們就長記性嘍，明日肯定帶上油紙，所以到時候一律五文錢一隻，買四隻送一隻。」說罷做了個鬼臉。

客人們見狀都笑了，本來因為沒買到黃金雀而有些鬱悶的情緒也煙消雲散，很是平和地慢慢地散去。

陳家人圍成一圈在灶臺附近蹲下，玉芝趕緊要兆志算錢。

算完之後，兆志直接報了一個數，竟然是一百八十四文錢，也就是淨賺了一百六十四文錢，全家人的心都沸騰了！

兆勇雙眼發亮地看著玉芝，剛才她做買賣時那遊刃有餘、口齒伶俐的樣子讓他感到陌生，還有一絲羨慕。

他想掙很多錢，不想再每天填飽肚子後就滿村子瘋玩。看著賣出去的一隻隻黃金雀、收回來的一個個銅板，他異常滿足，感覺渾身上下熱血沸騰。

玉芝數出一百文錢遞給陳忠繁，說道：「爹，我看這生意能長時間做下去，您不如去找監市先續個十天的攤位吧！」

陳忠繁點點頭道：「我去監市那裡，估計人不少，要等上一會兒，你們幾個先在鎮上逛逛，現在還早，好多店都是剛開門。」

這話正合玉芝心意，她說道：「爹，那我們約好半個時辰以後在鎮口見吧，誰先到就等一下。」

陳忠繁應下，轉身找監市去了。

此時玉芝小聲對李氏說：「娘，我看以後每日能賣兩、三百隻黃金雀，我們得去買點鹽，再買點別的調味料加在裡面，不然很快就會被人吃出配方。」

李氏深以為然，三兄弟一聽這話也皺起了眉頭，於是五個人帶著八十四文錢直奔雜貨鋪。

這個時候單賣的調味料種類真的很少，大部分都是在中藥店販售，玉芝在雜貨鋪晃了一圈，沒發現有什麼新鮮的調味料，於是只買了一斤鹽。

正要結帳的時候，玉芝猛然間看到櫃檯上有一個微微敞開的布袋，裡面裝著小顆粒狀的東西，似乎是胡麻！

玉芝一直往上跳，想看得更清楚一些，兆志見狀把她抱了起來。

擺脫了抬著脖子仰視掌櫃的命運，玉芝仔細看了看櫃檯上那袋東西，正是胡麻！她裝作好奇地問道：「掌櫃叔叔，這是什麼東西？」

齊掌櫃正準備幫玉芝結帳，聽到她的問題，笑咪咪地回答。「這是咱們省城濟南府附近產的胡麻，榨油香得很！」

玉芝這才知道原來自己生活在山東，雖然不知道是哪個朝代，但是知道具體的地理位置，也夠她開心的了！

「那胡麻多少錢一斤呢？」玉芝問道。

齊掌櫃以為她在跟自己閒聊，於是好聲好氣地答道：「胡麻貴一些，三十文錢一斤。」

這麼貴！玉芝倒吸了一口冷氣。

一斤胡麻都夠買三斤最好的白麵粉了，但是椒鹽加上胡麻，就會變成另一種味道，那香氣光想就讓人流口水……

玉芝裝出害羞又糾結的樣子砍起價來。「掌櫃叔叔，我想買些胡麻回家榨油，讓娘親過年時給我做些好吃的，能不能……算我便宜一些呀？」

聽到眼前這個娃兒要買胡麻，齊掌櫃很是驚訝，他不由自主地看向站在玉芝後乃半步的李氏。

李氏剛要開口，就見玉芝轉頭朝她眨眼、點頭，她壓下了心中的疑問與反對，朝齊掌櫃說：「是呀！我這女兒嘴饞得不得了，非要吃去年她表姊送的一種用胡麻油做的點心。我跟她說鎮上沒得買胡麻，萬萬沒想到掌櫃的店裡竟然有，今天她可真是走了好運，遇見這麼一個有見識的掌櫃。」

齊掌櫃被捧得笑容滿面，他側頭對玉芝說：「過獎、過獎。胡麻的進價不便宜，我只是先小進一些試試看好不好賣，不料第一天到就被你們遇著了，這是小姑娘和胡麻的緣分呀！哈哈哈哈哈哈哈……」

玉芝滿頭黑線，什麼叫她和胡麻的緣分啊……不過這麼說也沒錯，她正急著改椒鹽的配方呢，胡麻就出現了。

想到這裡，她朝齊掌櫃甜甜一笑道：「拜託掌櫃叔叔了，如果這胡麻太貴，娘親肯定不會買，人家真的好想吃胡麻油做的點心啊……」

齊掌櫃很乾脆地降價，還順道逗了逗玉芝。「那就二十五文錢一斤吧！今日就當我和小娘子交個朋友了！」

玉芝一張小臉頓時僵住。交個朋友……這忘年之交忘得可真夠遠的，起碼忘了四、五十歲吧？

她那生無可戀的表情取悅了齊掌櫃，他秤了高高的一斤胡麻，加上鹽，一共收了三十五文錢，還塞給玉芝兩塊糖，又拍了拍她的小腦袋。

玉芝順口問道：「掌櫃叔叔，您知道那個紅紅的、辣辣的，能用來做菜的東西嗎？」

齊掌櫃一愣，回道：「妳是說食茱萸嗎？應該只有食茱萸是有辣味又能入菜的吧？」就這麼一句，玉芝便知道這個時代還沒出現辣椒了。她又問：「掌櫃叔叔，那您這裡有包東西的油紙嗎？」

「自然有了！」齊掌櫃回頭從櫃檯底下抽出兩種大小的油紙，介紹道：「大的三文錢一張，小的一文錢五張，一張大的能裁出十六張小的。」

玉芝看了看，這小張的油紙也不小，一張小的能裁成四張摺成裝椒鹽的小紙包，或是直接拿來包泥蛋，於是決定買八張大的回家自己裁。

付完二十四文的紙錢、謝過齊掌櫃之後，一家人出了雜貨鋪，玉芝和兆勇把兩塊糖分了吃掉。

此時天色已經大亮，街上的人也漸漸多了起來，李氏覺得現在不是問女兒為何要買胡麻的好時機，還是先去跟丈夫會合比較重要。

幾個人隨著人流往鎮口移動，玉芝被兆志抱在懷裡左顧右盼，突然看到一家藥鋪。玉芝想到應該問問食茱萸的價格，於是指揮兆志抱著她進去。

大大小小五口人進了藥鋪，李氏一進去就腿軟，總覺得抽屜裡那些中藥價格都很高，大兒子懷裡揣著的那二十五文錢怕是要飛了……

兆志抱著玉芝去櫃檯前問小學徒。「打擾了，請問這裡有沒有賣食茱萸？」

小學徒頭也不抬地打著算盤答道：「山茱萸八文錢一兩，食茱萸四文錢一兩。」

想了想，玉芝覺得這個價格還行，於是偷偷摸摸地伸出小手比了個「五」。

兆志會過意來，對小學徒說道：「我要五兩食茱萸。」說罷就數了二十文錢遞過去。

小學徒接過錢數了數，抽出一張紙包了五兩食茱萸遞給一旁的兆亮，接著抬頭笑了笑，說道：「您的五兩食茱萸，謝謝惠顧，慢走。」

玉芝搖了搖頭，覺得這個小學徒的態度讓人無語，但她沒說什麼，隨著母親與哥哥們一起出了藥鋪，往鎮口去了。

陳忠繁靠在挑桶的扁擔上不知道等了多久，不停地探頭往裡張望。終於看到妻子跟兒女時，他歡喜地上前一把接過兆志懷裡的玉芝、一肩挑著扁擔，一家人出了鎮門，慢慢地往駝山村走去。

等到路上沒人的時候，李氏才問玉芝。「芝芝，妳買胡麻和食茱萸做什麼呢？」

玉芝笑了笑，回道：「娘，胡麻加在椒鹽裡可香了，而且從雜貨鋪掌櫃的話聽來，鎮上知道食茱萸的人肯定不多，這才是我們獨一份的調味料！」

說著，她看了看兆亮手裡拿的食茱萸，說道：「食茱萸的味道辛辣，如今天氣寒冷，大部分買黃金雀的人都要拿它去下酒，味道自然越重越好。我們把食茱萸磨成粉，這樣客人就能選擇要辣的還是不辣的，生意一定會更興旺！」

聽了女兒的話，李氏有些驚喜又有些意外，不禁點了點玉芝的頭道：「妳這小腦瓜子是怎麼長的……」

說著，李氏突然想到丈夫的大伯父，立刻吞下其餘的話，只是面帶笑容地看著玉芝。

但接著她憂心忡忡地說道：「黃金雀雖然好賣，可是現在老家賊一隻都不剩了，就算回去讓三個孩子罩到晚上，最多也只能罩個五、六十隻吧？」

兆志倒是早就打算好了，看這生意的勢頭，他決定回去請村裡的孩子們抓麻雀，可是今日賺的錢只剩下五文，不夠他們收麻雀。

玉芝顯然也想到了這個問題，她接過李氏的話。「爹、娘，我們今日收了老家賊記下數目，明日再給他們錢可使得？」

兆志眼睛一亮，這是個好辦法！他說道：「別人不知道行不行，但是許家三兄弟肯定可以！」

聽他這麼說，兆亮便接話道：「徐三墩子也行！」

兆勇慌忙插話。「賈狗兒一定也會答應！」

玉芝笑道：「那我們還怕什麼呢？這樣就夠啦，快些回家準備吧，明日還要早早出攤呢！」

一家人不再閒聊，快步往村裡趕，終於在吃午飯前回到家。吃完午飯後，陳忠繁留在上房交代了一下今日的買賣與支出情況。

孫氏聽到他們很快就掙了一百八十四文錢，眼睛都直了，接著得知一上午這些錢就幾乎被花了個精光，差點沒氣得暈倒。

她剛想張嘴罵人，就被眼明手快的老陳頭一把按住手。老陳頭抽了一口旱煙，說道：「老三，你這買賣家裡既沒出錢也沒出力，我就不管了，今日你們掙的錢自己用掉了也沒啥，但是明日開始你可不能不往家裡拿錢了。好了，去忙活吧！」

陳忠繁低聲應下，轉身出去了。

孫氏一顆心急得像火在燒，這麼掙錢的買賣，竟然每日只須往家裡交一半，這可是讓三房攢大錢了，她不禁埋怨起老陳頭。

老陳頭也沒想到小小的老家賊這麼掙錢，但是之前孫氏捨不得給三房本錢，自己又做了順水人情，如今若要改口，怕是要為了這幾個錢跟兒子還有孫子們離了心！

且不說上房兩老那起伏不定的心思，陳忠繁從上房回來以後，三房就忙了起來。陳忠繁提著桶子出去挖泥、裝雪，三兄弟去聯繫自己的小夥伴收麻雀，李氏和玉芝則開始用小火烘鹽、秦椒、胡麻與食茱萸。

按理說，胡麻應該採用和秦椒一樣的比例，然而胡麻實在太貴了，玉芝無奈之下只好減少它的比例。

李氏被玉芝指揮著去灶房拿了一斤新黃豆，用小火慢慢炒，一直炒到酥脆可口為止。忙活了半天，該烘乾的烘乾、該炒香的炒香，最後她們按比例混了一小罐有鹽、秦椒、胡麻、黃豆的椒鹽，接著又混了一罐加入食茱萸的麻辣椒鹽。

準備工作都完成之後，李氏和玉芝裁好了紙，接著就坐在炕上摺小紙包。玉芝把一張張裁成正方形的紙摺成三角形小信封的形狀，看起來新奇又有趣，李氏也學著她摺。

四張大紙摺出了兩百五十個小紙包，摺完以後玉芝仰了仰頭，覺得自己的小脖子都快折斷了。幸好另外四張大紙裁好以後能直接拿來包泥蛋，省去了一番功夫。

陳忠繁回來時，已經把兩種椒鹽都磨成細細的粉末了。他隨老陳頭學了些簡單的木工手藝，剛才出去挖泥時，他特地撿了兩個一掌寬的小樹墩，削掉外面的樹皮、挖掉裡面的芯，很快就做出兩個木罐，還都帶著正好卡在上面的蓋子。

李氏把這兩個木罐洗乾淨、用布擦乾後放在炕上烘著，一會兒就乾透了。她又用剩下的一點油紙在木罐裡鋪上一層，防止木頭返潮，這才小心翼翼地把磨好的兩種椒鹽各自放了進去，蓋上蓋子後，拿到稍微涼一點的乾燥處防潮。

第七章 收入攀升

冬天日短，忙活完這些，天已擦黑。此時兆志三兄弟回來了，每人身上掛著好幾串麻雀，彷彿披著麻雀大衣。

玉芝看到三個哥哥的造型，忍不住哈哈大笑起來，三個男孩子你看我、我看你，也露出了笑容。

李氏忙讓孩子們上炕取暖，自己則和陳忠繁到屋後處理麻雀。

今天的麻雀實在太多了，村裡幾個與兆志三兄弟要好的孩子聽說老家賊能換錢，一個個都紅了眼，趴在雪地裡不挪窩，一籠一籠地逮，八個孩子一下午竟罩了兩百四十隻。

三兄弟身子暖和過來以後，就跑去屋後幫忙挑掉麻雀內臟，玉芝則蹲在旁邊一隻、一隻清洗乾淨，洗到最後小手都凍麻了。

清理完畢後，一家人去上房喝了一碗稀粥，又回到小東廂為麻雀抹椒鹽、裹泥蛋。

玉芝將一百隻麻雀仔細抹上麻辣椒鹽，裹好泥蛋以後，她跑去灶房摳了一堆漆黑的鍋底灰用木片捧了回來，又找了幾根細直的樹枝遞給兆志道：「大哥，咱們用鍋底灰在麻辣味的老家賊泥蛋上刻出『財』字，普通的刻上『福』字，這樣乾掉以後就是黑色的，燒過了也看得出來。」

眾人覺得這實在是個好主意，幸虧三兄弟都會寫這兩個字，一人一根小樹枝寫完兩百四十顆蛋後，匆匆洗漱各自睡下，準備第二日繼續奮鬥。

隔天，一家人又摸黑趕到市場，把昨日買的十日攤位牌掛上去後，就開始生火烤泥蛋。天色大亮的時候，泥蛋正好出爐，還真有昨日沒買到的人早早來排隊等著。

只聽玉芝脆生生地問排在第一個、滿臉褶子的大叔道：「大叔，您今日是要『福』黃金雀，還是『財』黃金雀呢？」

一群人聽了全呆住，褶子大叔問道：「黃金雀竟然還分『福』和『財』？這兩樣又怎麼分呢？」

「這『福』呀，就是昨日那種味道的黃金雀，我們又加了一些秘料，絕對比昨日的更香；這『財』呢，就是辣味的，正適合冬日下酒呢！我看大叔的面相是福財兩全，肯定都想買回去嚐嚐吧？」玉芝板著小臉一本正經地解釋，說到最後自己都忍不住笑了起來。

一番話說得褶子大叔臉上的紋路更深了，他指著玉芝道：「這女娃兒也太機靈了，誰家命好有這麼一個嘴甜的娃兒，看得我都想抱走了。成！今日大叔就來個福財兩全，兩樣各給我三隻吧！」

周圍的人也對玉芝誇讚不已，引來了更多人圍觀。

玉芝一張小嘴說個不停，把來買黃金雀的人哄得眉開眼笑，陳家人則是分工明確、手腳飛快，一個時辰不到就賣出一百來隻。

那個胖大嬸也來了，說道：「哎喲，小娘子果然還在，昨日我買了幾隻黃金雀給我那口子下酒，他和他兄弟們吃得開懷，誇了我一頓。今日我買了菜回去，那遭瘟的竟說又約了兄弟們吃酒，看到沒有黃金雀，趕緊催我出來買呢！」

玉芝指著兩顆泥蛋，又說了一遍福跟財的區別，胖大嬸聽了開心不已，畢竟誰都樂意聽吉祥話，何況玉芝臉色白嫩、眼珠漆黑、唇角帶笑，看起來就討喜。

胖大嬸手一揮道：「今日我多買一些讓那遭瘟的跟他兄弟吃個夠，給我五隻福跟五隻財！」

玉芝脆生生地答應，接過胖大嬸的籃子裝了十顆泥蛋，又躲著眾人多塞了一顆給胖大嬸，再朝她眨眨眼睛。

胖大嬸笑得更開懷，心滿意足地拿著黃金雀回家去了。

日頭漸漸升高，黃金雀迅速賣完，陳忠繁代表全家向沒買到的人道歉，保證明日還來，人群才慢慢散去。

今日收的錢實在太多，來不及在市場數，陳家一家人匆忙去雜貨鋪買了些鹽、胡麻與油紙，又去藥鋪買了食茱萸才趕回家。

到家時已經過了午飯時間，三房一家在灶房一人喝一碗稀粥，就跑回小東廂算帳。不算不知道，一算嚇一跳。

今日的黃金雀一隻都賣五文錢、買四送一，扣除送胖大嬸的那顆和幾個會砍價的、抹零的，共賣了一千一百多文錢。扣除買材料的費用後，竟然還剩下一千零四十幾文錢，全家人頓時說不出話來。

玉芝打破沈默問道：「大哥，昨日我們收老家賊的帳記了嗎？下午還要人家幫忙呢，先把錢給他們。」

兆志點點頭，掏出一張縐巴巴的紙，上面記了人名與隻數。許家三兄弟一共罩了一百零二隻，徐三墩子罩了二十三隻，賈狗兒年紀最小也罩了二十七隻，剩下八十八隻就是陳家三兄弟罩的了。

玉芝數出三堆銅錢遞給兆志三兄弟，讓他們交給各自相熟的小夥伴，徐三墩子的錢照二十四隻的給，所以他今日抓到的量要扣一隻。

收老家賊的錢一下子就支出了一百零二文，玉芝又數出五十八文錢遞給兆志道：「大哥，這是你和二哥、三哥的老家賊錢。」

因為徐三墩子那邊湊了個整數，所以陳家三兄弟這邊得少算一隻，錢才會剛剛好，不過今日抓完之後，玉芝會幫他們補回去。

兆志忙推辭道：「這怎麼使得！我們都是為了家裡忙活啊，怎麼能給我們三個工錢？」

玉芝賊賊一笑道：「大哥忘了我們還要交一半的錢給爺爺跟奶奶了吧？假使你們不拿，就要分給他們了呵！這些錢自己留著，年後上學堂的時候買點筆墨紙硯也好呀。」

陳忠繁和李氏也點頭稱是。

三兄弟這才恍然大悟，於是兆志拿了二十文錢，其餘兩人各自分了十九文錢，錢都藏好之後，他們帶著小夥伴的工錢出門繼續罩麻雀了。

玉芝算了算，剩下的錢足有八百八十二文，她分出一半，拿了個整數遞給陳忠繁，又把帳算了一遍，讓他說給上房兩老聽。

送陳忠繁出了小東廂後，玉芝就和李氏開始處理調味料了。

上房的老陳頭與孫氏看到四百四十文錢時，都傻住了。

昨日那將近兩百文錢的收入，他們已經覺得頂天了，今日三房竟然直接送來四百四十文錢，這還只是一半呀……也就是說，他們賺了將近一兩銀子？一天將近一兩銀子，一個月就能買三畝上等田了！

這一切的起源不過是二十文錢的成本，孫氏悔恨得捶胸頓足，為了省錢，她讓三房賺來的一半收入脫離了自己的手。

老陳頭的手也抖了起來，他強撐著最後一絲理智，讓陳忠繁回屋去了。

待陳忠繁一出門，老陳頭就把煙袋鍋子往孫氏身上抽了兩下，咬牙切齒低聲道：「妳這個頭髮長、見識短的死老婆子！為了不給老三這二十文錢，讓他們得了天大的好處！」

孫氏剛嚎一聲，就被老陳頭摀住嘴教訓道：「閉嘴，要是被老三聽見，小心明日他就少給錢了。」

這話嚇得孫氏連連點頭。

陳忠繁對上房發生的事情一無所知，他回屋後就和妻女一起準備明日出攤用的東西。

天剛黑，兆志三兄弟就回來了，這次比昨日還誇張，三個人竄進屋時彷彿三隻麻雀精，嚇了李氏好大一跳。

原來許家三兄弟、徐三墩子跟賈狗兒見陳家真的把麻雀拿走，想到今日就能收到錢了，內心都很火熱，大清早的就起來罩麻雀。

待拿到昨日的工資，幾個人歡喜得不得了，各自散開去更遠的地方罩麻雀，一天下來共罩了四百來隻。

三房眾人去上房用了晚飯就回來繼續幹活，忙到夜深了才腰痠背痛地躺下，沒一會兒就打起了呼嚕。

轉眼間過了五日，這幾天陳家三房忙得日以繼夜，一個個眼眶深陷。度過了前兩、三天生意最高峰的時期，現在黃金雀的需求量趨於平穩，差不多每天能賣個兩百多隻。上午賣完了，下午就回來收麻雀、準備明天要用的東西，身體實在難以負荷。

按理說，上房現在平均每天能收到四百多文錢，一大家子想吃什麼都買得起，但是事情卻沒這麼簡單。

一則過完年後，二房的兆毅就要上學堂，家裡得攢錢幫他跟兆志出束脩；再則孫氏每天收錢時，都忍不住想到三房自己留了另一半，心裡到底不平，就把著錢不給三房用，還頓頓讓他們喝稀粥。幸好玉芝機靈，日日都在鎮上買幾個包子給父母跟兄長們墊肚子，眾人這才沒餓昏了。

這日三房一家人回來，一個個累得連說話的力氣都沒了，六個人挨著躺在炕上喘氣，玉芝緩口氣之後說道：「爹、娘，我們不能再這麼熬下去了，得雇人才行！」

其實陳忠繁看到妻子跟兒女天天累成這樣也心疼得要命，於是贊同道：「沒錯，一定要雇人。主要是處理老家賊比較麻煩，雇個人做這件事，我們一家人負責準備調味料，這樣速度就快多了。

「以後兆志、兆亮跟兆勇不用再去罩老家賊了，留在家裡幫忙吧，那幾個小子每天抓個兩百多隻不成問題。他們現在也學會跟別人收老家賊了，聽說價格是一文錢兩隻，再讓我們用兩文錢三隻收。」

兆勇聞言笑道：「爹，這是我幫賈狗兒出的主意。最近村裡的老家賊明顯減少了，我怕供不上，就告訴他能去別村收了再賣給我們，這樣既省事又賺錢，所以現在許家三個哥哥和三墩子哥哥都這麼做。」

聞言，玉芝感興趣地看向兆勇。

在她心中，自己這個三哥還是個小孩子，不料竟能想出這種主意來，看來他經商天分挺高的嘛。

大夥兒對雇人這件事一致表示同意，不過要雇誰卻是個大問題。李氏嫁過來這麼多年，忙著打理家務、照顧丈夫跟孩子，與村裡的婦人們都是泛泛之交，一時半刻還真想不出雇誰比較適合。

其實他們開出來的條件不難，就是不能多嘴、手腳要麻利。

此時玉芝突然想到了一個人，提議道：「爹、娘，你們說雇嬸嬸怎麼樣？」

「妳嬸嬸？」李氏疑惑道。

「是呀！嬸嬸很安靜，做起活來也俐落。重點是，我們日日往上房交這麼多錢，爺爺跟奶奶卻不高興，覺得我們自己留著的更多。如果雇用嬸嬸，那也算是變相補貼家裡，爺爺跟奶奶心裡應該會舒服一些。」

李氏越想越有道理，公婆的意見快要壓不下來了，不知道什麼時候就要爆發，雇用老四的媳婦確實能緩和一下局面。

想到這裡，李氏摟著玉芝親了一口道：「娘的小人精，小腦袋瓜子真好使呢！」

玉芝不禁羞澀地摸了摸臉。

事不宜遲，陳忠繁這就起身去上房跟兩老商量此事，李氏跟幾個孩子則是咬著牙、爬起來烘調味料。

老陳頭跟孫氏果然很高興，當下喚來四兒媳婦林氏，問她願不願意。

陳忠繁道：「弟妹，現在我們每日差不多要處理兩百多隻老家賊，每隻都要清理內臟洗乾淨，妳可做得？」

林氏低頭想了想，說道：「可以，只是不知工錢怎麼算？」

這點三房早就商量好了，陳忠繁回道：「妳看清理十隻一文錢如何？兩百隻就是二十文錢。」

林氏盤算了一下，說道：「兩百隻不過一、兩個時辰就能清理乾淨，比鎮上的活計輕鬆多了，我可以接，謝謝三哥跟三嫂了！」

陳忠繁忙道「客氣」，雙方約定好待會兒就開工後，便各自回屋。

今日三個男孩子都在家，烘香調味料的速度比往日快了許多。等到調味料都烘好了，三個兄弟就出去找小夥伴們收麻雀，並告訴他們，明日開始直接把麻雀送到家裡來。等到三兄弟身上掛滿麻雀進了小院，林氏才從小西廂過來準備幹活。

玉芝覺得光是這點就足以證明林氏是個有眼色的人。這個嬸嬸與他們生活在同一院牆下，還能控制住自己的好奇心，等到麻雀到了才過來做活，算是不可多得了，沒看見范氏天天都在指桑罵槐嗎？

說起來，農村這種地方沒有秘密，不過負責罩麻雀那三家的大人都很低調，加上現在大家都在窩冬，所以還沒有其他人發現陳家三房在鎮上擺攤。

林氏過來向陳忠繁及李氏打了聲招呼，就去屋後處理麻雀了，陳忠繁開始和黃泥，李氏則帶著孩子們在屋裡磨調味料。

洗好麻雀後林氏什麼也沒問，說了一聲就回去小西廂。

陳忠繁把處理好的麻雀拿進屋，一家人坐在地上，一邊細細地抹椒鹽、裹泥蛋，一邊討論起林氏。

「之前弟妹都不吭聲，沒想到今日一看，竟是做活踏實又沈得住氣的人。」

說完，李氏站起來洗了洗手，從炕櫃數出二十文錢遞給玉芝道：「芝芝，送去給妳嬸嬸，娘剛才一時太忙忘記了。」

玉芝應了一聲，把錢揣到懷裡後，出門奔著小西廂去了。

范氏在院子裡瞧見玉芝，看到她向小西廂走去，心裡很是不爽快。之前老四家的人和誰交情都一般，如今怎麼和三房有了交集?!

這麼一想，范氏喊住玉芝道：「玉芝啊，妳找妳嬸嬸做什麼去？」

玉芝回頭笑了笑，說道：「二伯母，我娘要我向嬸嬸借一條紅布綁東西呢！二伯母有嗎？有的話借我一條吧，我就不去找嬸嬸了。」

范氏嚇得連忙擺手道：「誰有啊！快走、快走，別在這裡礙我眼！」

玉芝撇了下嘴沒再理她，進了四房的小西廂。

一進小西廂，玉芝就見到屋裡靠著炕頭處的地面上，與三房一樣擺著一個和炕差不多高的矮長櫃子，但是櫃子旁多擺了一個大衣櫃。

大衣櫃的垂直方向有張雕花桌子貼著牆擺放，底下放著一大、一小兩個箱籠，旁邊甚至有一張梳妝檯。炕上除了小炕櫃，還擺了一張炕桌，整個小西廂看起來高檔許多。

這怕是全家最好的屋子了，怪不得叔叔跟嬸嬸要關起門來過自己的小日子……

玉芝暗想，看來這幾年叔叔不是沒掙到錢，而是都掙到「自己家」裡了吧？

她從懷裡掏出二十文錢，抬頭對著林氏笑道：「嬸嬸，我娘要我送今日的工錢來給您。」

林氏也沒客氣，接過錢道：「遇到妳二伯母了？」

玉芝抬頭裝無辜道：「嗯，我怕二伯母搶我錢，就沒告訴她我來找您做啥呢！」

林氏摸了摸玉芝的頭道：「妳這小機靈鬼，回去跟妳娘說，如果日後妳二伯母又問起來，就說快過年了，我請她挑選幫兆雙做衣裳的樣式。」

說罷，遞給玉芝一塊糖糕，送她出了門。

第八章 出售食譜

見玉芝捏著糖糕回屋，李氏嚇了一跳，問道：「這東西妳是哪兒來的？」

玉芝回道：「嬸嬸給的。」接著她把在小西廂看到的家具擺設說了一遍，又道：「娘，我看叔叔、嬸嬸的日子比咱們好過多了，爺爺跟奶奶的上房都比不上他們那邊！」

李氏不知想到了什麼，久久沒有說話，陳忠繁也變得沈默，幾個孩子不知道發生了什麼事，只能盯著自家爹娘瞧。

陳忠繁嘆了口氣，說道：「當年你們叔叔非要娶你們嬸嬸，家裡拿不出太多聘禮，就算爺爺跟奶奶湊了全家的錢，也還差一兩銀子，是……是你們娘拿出嫁妝中的一兩銀子，讓他娶了親。」

說著、說著，他低下頭道：「你們叔叔當時哭了，還保證成親以後會設法還錢，你們嬸嬸進門後，也專程來謝過我們。這些年過去了，我和你們娘一直以為你們叔叔家日子不好過，從未主動提起這件事。如今看來，這個家的兄弟中只有我一個傻子。如果我們像過去一樣既沒本事又沒錢，只怕你們嬸嬸也不會讓芝芝進屋吧！」

四兄妹這才恍然大悟，卻又不知如何安慰爹娘，只能在原地互相用眼神交流。

李氏看到幾個孩子擠眉弄眼的，倒是笑了出來，說道：「算了，都過了這麼久，今日不過是讓我徹底死了這條心而已。」

說完她站起來拍拍手道：「快去把裹好的泥蛋刻上字，咱們今日的工就算做完了，這些天可是第一回能這麼早歇下呢！」

現在「福」、「財」兩個字全家都會寫了，人多動作快，沒一會兒就刻完，能上炕睡覺了。

正當玉芝迷迷糊糊、快要睡著的時候，突然聽到李氏壓抑的抽噎聲，她瞬間清醒了過來。聽到陳忠繁悄悄安慰李氏的聲音，玉芝久久無法入睡……

第二日，李氏就像沒事一樣，依舊笑容滿面地跟家人在鎮上擺攤。

黃金雀還剩兩、三隻就賣完的時候，突然來了一個少年，直接朝陳忠繁道：「這位可是黃金雀的老闆？小的是泰興樓的小二，我們掌櫃的聽說您家的福財黃金雀是一絕，想請您到店內一敘呢！」

幾個人都沒反應過來，玉芝卻懂了。

小說裡都是這麼寫的，一定是酒樓老闆要買她家的黃金雀方子，他們要走上發家致富的道路了！

玉芝興奮地搓了搓手，暗地裡戳了戳她爹，示意他答應。

一家人有些搞不清楚狀況地跟著小二往泰興樓走，路上玉芝撒嬌讓兆志抱她，然後趴在他耳邊說道：「大哥，他們肯定是要買咱們家的方子，就賣了吧！賣了方子，我們還能做別的來賣。」接著又對兆志說賣多少錢才合適。

兆志好笑地看了玉芝一眼，不知道自己這個妹妹哪來這麼多奇怪的想法，他拍了拍她的後背，小聲說：「放心，大哥看著呢！」

玉芝知道她的大哥個性腹黑不吃虧，也就放下心，決定待會兒不隨便出頭，專心當她的小孩子。

走了大約一刻鐘，就到了泰興樓。

泰興樓位於鎮上中心稍微靠東的地方，屬於富人區，出入者皆是有頭有臉的人物，是鎮上最大的酒樓，可說是沒有競爭對手。

陳家眾人站在酒樓門口，內心都有些退縮，畢竟他們從未踏入過這種高級場所。哪怕玉芝上輩子看過許多古裝電視劇，第一次站在這種雕梁畫棟的古代建築前，也忍不住感到震撼。

小二見幾人被鎮住了，也沒露出嘲諷的表情，只出言提醒他們。「幾位請往這邊來，掌櫃的正在二樓雅間等候。」

經他一說，陳家人才回過神來，隨著小二上樓進入雅間。

泰興樓的掌櫃正端坐在主位上等他們，見陳家人到來，他站起來示意他們入座，隨即坐下來開口道：「各位應該知道我請你們來是為了什麼。在下姓朱，是泰興樓的掌櫃。前幾日聽客人的小廝提起您家在城西市場賣的黃金雀，都道下酒最好。酒樓最是喜歡下酒的小菜，不知您家有沒有意向賣予我們泰興樓？」

說罷，朱掌櫃起身為陳忠繁倒了杯茶，接著便坐回原位，不再出聲。

陳忠繁第一次見到高檔酒樓的大掌櫃，又聽說他要與自家做生意，腦子瞬間一片空白，張了張嘴，卻不知道該說什麼。

兆志畢竟在鎮上唸書，腦子又靈活，見自家爹爹開不了口，主動問道：「不知朱掌櫃想怎麼買我們家這黃金雀呢？」

朱掌櫃挑眉看向兆志，見他衣裳雖然有些破舊，但身形高瘦、腰板挺直，看起來有股讀書人的氣息，便答道：「實不相瞞，在下聽說這黃金雀後，便讓小二去買了幾隻回來嚐嚐。這作法讓人一望便知，至於調味料……」

朱掌櫃停下一笑，繼續道：「本樓的灶房大廚嚐了調味料，只嚐出秦椒、鹽、食茱萸……跟胡麻。」

陳家眾人大驚失色，自家調味料最大的秘密不過就是胡麻，沒想到泰興樓的大廚一嚐就知道了！

還是兆志穩了穩心神，詢問朱掌櫃。「既然朱掌櫃都曉得了，今日找我們來這裡所為何事？」

朱掌櫃答道：「雖說大廚嚐出了這幾味，不過跟您家的調味料相比，總感覺少了一分醇厚。儘管不仔細嚐嚐不出來，但是泰興樓要就要最好的，所以才把各位請來商量，不知缺少的最後一味調味料是什麼，能否與朱某做個買賣？」

眼看自家的調味料幾乎都被人嚐了出來，沒有任何討價還價的餘地，玉芝深深覺得自己低估了古人的專業程度。雖然她早做好了會被人山寨的準備，然而輕易被人嚐出秘密配方這件事，還是讓她受到了打擊。

看到妹妹低著頭無精打采的樣子，兆志不知該如何安慰她，只能先打起精神應付朱掌櫃。「不知朱掌櫃對最後一味調味料有何想法？又想做什麼樣的買賣？」

朱掌櫃微微一笑道：「說起來，這最後一味調味料其實並不重要，不過是輔味而已，假以時日，泰興樓的大廚也能研究出來，只是嫌麻煩罷了。況且，這調味料是你們家先創的，我總覺得應該跟你們商量一下才好，畢竟朱某雖是生意人，卻憑良心做事。」

兆志問道：「不知朱掌櫃想出多少銀子買下最後一味調味料？」

「二兩銀子。另外，賣予泰興樓以後，這最後一味料您家就不能再用了。」

玉芝忍不住插嘴道：「這二兩銀子只是買斷最後一味料？也就是說，秦椒、胡麻跟食茱萸我們還是能用？」

朱掌櫃不因玉芝是個小孩子就輕視她，反而為她率先發現這句話的意思而稱奇。「不錯，您家還能繼續在城西市場賣黃金雀，只是不能用這最後一味料了，不過我想平頭百姓應該也嚐不出有沒有加那一味料的區別吧！」

玉芝想了想，暗地朝兆志做了個手勢，示意他答應。

兆志接收到暗號，開口道：「朱掌櫃，這買賣我們做了！」

朱掌櫃彷彿早就猜到他們會答應，他立刻遞上二兩銀子和早已準備好的紙筆，對兆志說道：「我看小哥的樣子是會寫字的，不如就把完整的方子寫在紙上，我們一手交錢、一手交方子吧！」

兆志接過筆，兩三下就寫好遞給朱掌櫃，朱掌櫃看了一眼，嘆道：「萬萬沒想到，這最後一味竟然是隨處可見的黃豆粉！」

玉芝仗著年紀小，直接走到朱掌櫃身邊出言提醒。「朱掌櫃，這黃豆一定要用小火炒香再磨粉，直接磨是不行的。」

朱掌櫃見玉芝的模樣討喜，不由得伸手摸了摸她的頭。

此刻玉芝心中早已有了想法，她踮起腳尖，假裝神秘兮兮地湊到跟朱掌櫃耳邊說：「朱掌櫃，其實我家還有一道跟調味料相關的菜呢！因為家裡窮沒法做，這回一併賣給您怎麼樣？」

陳家其他人沒料到玉芝會有這個舉動，不過想起陳忠繁那過世的大伯父，他們也就不吭聲了。

朱掌櫃見玉芝一副古靈精怪的樣子，頓時童心大起，也湊到她耳邊說起悄悄話。「是什麼呀？快偷偷告訴伯伯！」

話雖如此，他的聲音卻一點都沒壓低，在場的人全聽見了。

見狀，玉芝和兆志不約而同地在心底翻了個白眼，但是卻對朱掌櫃改觀了，本以為他是個冷漠精明的商人，沒想到還有這麼可愛的一面。

玉芝恢復正常的站姿，打蛇隨棍上，順著朱掌櫃的話說道：「朱伯伯，這道菜原名叫『荷葉雞』，聽名字就知道是用荷葉和雞做的，如今雖說天氣冷，但是您這裡定有曬乾的荷葉吧？只要溫水洗淨泡軟，一樣能做出這道菜，不知您有沒有興趣？」

朱掌櫃原本只是逗小孩子玩，沒想到玉芝竟真的說出一道自己沒聽過的菜，不禁大感好奇。「小姪女，快說給伯伯聽，這『荷葉雞』是怎麼個作法？」

玉芝不經意地回頭向兆志使了個眼色，兆志連忙接話。「朱掌櫃既然對『荷葉雞』感興趣，那我們就先商量這個生意怎麼做吧？」

朱掌櫃正了正臉色道：「泰興樓購買新食譜有固定價位，一般來說素菜一道五兩、葷菜一道十兩。契約可以先立，不過如果做出來以後實在不行，我們有資格銷毀契約。不過你們放心，如果泰興樓真的放棄這道菜，以後也絕對不會做。」

兆志想了想，覺得這個價位確實不算低了，他與陳忠繁和李氏商量了一下，又瞥了玉芝贊同的神色一眼，點了點頭道：「可以，那這道菜就賣給朱掌櫃。」

朱掌櫃隨即吩咐小二拿了紙筆，沒一會兒工夫就寫好了兩份賣食譜的契約。

兆志仔細看了看，確定沒有任何問題，上面關於廢棄契約的作法，也與朱掌櫃方才說的一致，於是他逐條唸給家人聽。確認眾人都點頭同意後，陳忠繁就在兩張契約上按了手印。

玉芝聽了契約的內容，心想不愧是泰興樓，各方面的考量都很嚴謹。

在詢問過玉芝之後，兆志將寫了一半的食譜交給朱掌櫃，說道：「朱掌櫃，做荷葉雞要提前一天醃漬，這是醃漬的方子，您先請大廚處理，明日我們過來給您另一半方子，您再給我們十兩銀子如何？」

朱掌櫃一聽自己不吃虧，馬上就答應了，又讓小二喊一個心腹大廚過來，交代他照著方子上的作法先醃漬一隻雞。

從泰興樓出來時，陳忠繁身上多了二兩銀子。這幾日雖說錢沒少掙，但全是零碎的銅板，如今手裡拿著一個小銀錠子，眾人都不自覺地有些激動。

明日正是臘八，過了臘八就是年了，一家人商量著去買些年貨，今年家裡掙了錢，李氏決定為孩子們做一身新棉衣。除了兆志在鎮上唸書，一年還能穿上一件新衣，下面幾個小的的衣服都是破了又補、補丁綴補丁，李氏這個做娘的看在眼裡、疼在心裡，決心改變現況。

觀察一陣子後，他們進了最熱鬧的錦源布莊，由於日子稍微過得去的人家，過年都會花錢為孩子做一身新衣服，所以布莊的小夥計也沒以貌取人，熱情地招待了陳家人。

李氏同玉芝商量了半天後，分別為老陳頭和孫氏買了一疋藏青色和棗紅色的細棉布，為陳忠繁買了一疋淡藍色粗棉布，李氏自己則買了一疋香色粗棉布。

剩下的三個男孩子買了兩疋淡青色細棉布，既然過完年要讓他們都去學堂，自然要穿得像樣一些，而玉芝也買了半疋大紅色細棉布。

今日多了二兩銀子的意外之財，李氏花起錢來格外大方，買好了布，又要了二十斤棉花。

付完錢，看到天色轉暗，眾人便匆忙返村了。

一家子扛著二十斤棉花和六疋半的布走了好久才到家，個個氣喘吁吁。

玉芝癱在炕上，有氣無力地對陳忠繁說：「爹……我覺得我們該買一輛車了，日日去鎮上實在太累，買東西也不方便。」

聞言，李氏爬起來去拿這幾天掙的銅板。抽屜已經裝滿了，李氏直接把抽屜整個拿下來，全家人圍坐在炕上，一人分了一堆銅板數錢。

「我這堆是七百六十四文錢。」兆志率先數完自己的，又從玉芝那裡撥了一些接著數。兆亮隨後也數完了自己那一堆，說道：「這堆是八百二十文錢！」

最後把眾人數的錢全部加起來，扣除成本與今日買布的錢，他們竟在短短七日內淨賺了三千兩百文錢，加上賣調味料配方的費用，總共超過了五兩銀子！

這個成績讓陳忠繁渾身顫抖，李氏也激動得流下眼淚，兆勇更是興奮得跳了起來，有了這些錢，明年就可以去學堂了！

玉芝轉過頭問道：「大哥，鎮上的學堂一年束脩要多少？」

兆志稍微平復了一下心情，緩緩開口道：「一年束脩六兩，相當於一個月五百文錢，年後入學時，還要提兩斤豬肉給夫子當年禮。」

一旁的兆亮聽了，不禁感到失望。這樣一年兩個人要十二兩束脩，家裡才有五兩銀子，看來是不能去學堂了……

看到兆亮黯淡的眸子，玉芝說道：「二哥，你怕是忘了荷葉雞呢！明日還有十兩銀子入帳，夠你和三哥讀書啦！你是不是不相信朱掌櫃會看上我的荷葉雞呀？」

兆勇接過話。「芝芝，我們都相信荷葉雞一定會被朱掌櫃看上的，往後大家繼續努力，一定要掙很多錢，等分家以後搬出去蓋一間大房子，離二伯母遠一些！」

陳忠繁納悶地問道：「你二伯母又惹你了？」

兆勇支支吾吾的，不過最後還是說出了事情的原委。

原來昨日玉芝去了林氏那邊後，范氏越想越不對，覺得三房跟四房肯定有什麼秘密。正巧兆勇去了趟茅房，回小東廂的路上，被范氏一把抓住拎了起來，逼他說出自家跟四房之間是怎麼回事。

范氏知道三房靠賣痲雀掙錢，雖然不知道具體掙了多少，卻曉得陳忠繁日日往上房送錢。之前她躲在門簾後面偷看，只見陳忠繁遞了一個布包給孫氏，沒說兩句就轉頭出了門，差點跟她撞個正著。

她慌忙跑回西廂，等她看到陳忠繁進了小東廂才跑回上房門口，誰知孫氏立刻關上房門數錢，她只能悻悻然地回西廂去。

昨日范氏看到玉芝去小西廂，當時她沒想太多，被玉芝躲掉了，不過等她反應過來後，兆勇正好送上門來。

范氏對兆勇一陣威逼利誘，又掐又罵，不過兆勇也不傻，一律回答「不知道」，范氏最後只能恨恨地扔下兆勇離開。

兆勇回來後，正巧碰上玉芝在說小西廂屋內擺設的事情，當時陳忠繁與李氏心情都不好，他便沒說，只下定決心要多掙些錢，想在分家以後蓋間房子，遠離范氏！

第九章　額外利潤

聽了兆勇的話，一家人心裡都不是滋味。范氏真像塊滾刀肉那樣死皮賴臉、蠻不講理，罵她沒用，又不能打，這種人他們惹不起，只能躲遠一點。

李氏難受得一把將兆勇抱入懷裡，讓兆勇一張臉羞得通紅，想躲開又捨不得母親的懷抱，乾脆動也不動。現在他心底那些憋屈和鬱悶已經一掃而空，反而開口安慰眾人。「爹、娘，我沒事，早些做活吧！明天起來擺了攤，還要去泰興樓賺那十兩銀子呢！」

一番話說得大家都笑了起來，齊聲罵道：「你這小財迷！」

此時許家老大許槐正巧來送麻雀，林氏聽到聲響，從小西廂走出來準備做活。李氏心情頗為複雜地看了林氏一眼，裝作若無其事地低下頭跟她打了聲招呼。

許槐拿了今日收麻雀的錢離開後，眾人並未多聊什麼，認真地開始進行每天都要做的準備工作。

忙活了整晚的三房一家躺在炕上，玉芝又提起那個話題。「爹、娘，我們買輛車吧！普通的板車就行了。現在爹每天揹那麼多泥蛋，娘揹著一部分柴還抱著兩個椒鹽罈子，大哥跟二哥也要揹柴，三哥跟我根本幫不上忙。如果家裡有車，娘就不用跟著我們去鎮上了，可以在家裡歇歇。」

陳忠繁是真的心疼李氏，只要是對李氏有好處的事情，他絕對舉雙手贊成。一聽女兒說買了車，李氏就能在家歇息，心裡就同意了大半。

這幾天李氏是家裡最忙的人，特別是輪到她做家事的時候，天還黑天摸地的就要起來剁菜餵雞，她怕吵醒別人，都是特地把菜端到院牆外剁的。

為了煮午飯，李氏得獨自提前從鎮上返家，等伺候完一家老小吃過飯，她又要刷碗、收拾灶房、清掃院子。做完這些，她急著和女兒一起烘調味料，剛烘完又去做晚飯，大夥兒吃完、她整頓好一切，再回來裹泥蛋。

等大家一起裹完泥蛋，到了要睡覺的時候，李氏才能喘口氣，基本上她一點都不得閒，像個陀螺一樣團團轉。

陳忠繁不忍心，要早起幫她剁菜餵雞；李氏也心疼丈夫，一定要他回屋休息，甚至摔了刀，逼得他只能離開。

如今這個提議可以解決很多問題，陳忠繁咬了咬牙道：「買！不管多少錢，咱們都買，不能讓你們娘再這麼累下去了。天天吃不飽、穿不暖，還要從早忙到晚，不過幾日工夫都瘦了。」

大家長都同意了，就算李氏有點捨不得，也只能接受這個結果。眾人議定第二日離開泰興樓後就去看板車，便各自睡去。

第二日，賣完黃金雀後，陳忠繁一家去了泰興樓，昨日那個名叫「小路」的小二早就在門口等著了，他直接領他們到二樓雅間，還上了熱茶。

不過片刻，朱掌櫃就帶著那位大廚過來了，他一進門就開口道歉。「抱歉、抱歉，今日有些忙，所以來晚了，我們這就開始吧？」

兆志拿出昨晚在家寫好的另外一半食譜，遞給朱掌櫃道：「這是剩下的食譜，雞應該已經醃好了，只要用熱水過一下乾荷葉使它變軟，再照著這食譜做就行。」

朱掌櫃直接把食譜交給大廚，又問清楚雞肚子裡應該塞些什麼，就讓大廚下去做荷葉雞了。

由於食譜上寫的烤製時間是一個時辰，加上朱掌櫃也挺忙的，於是陳家人臨時決定先去看看平板車，等時間差不多了再回來，最後雙方約好一個時辰後見，陳家人就出了泰興樓。

小路送他們離開的時候，陳忠繁乘機向他打探哪裡有專門賣車的地方，小路推薦了一家車馬行。

這車馬行經常販賣稍有破損的二手板車，不過那些車用的都是真材實料的好木材，而且價格便宜，正適合陳家。

根據小路的指示，陳忠繁一家很快就找到了車馬行，正巧有三輛二手板車擺在門口出售。

陳忠繁畢竟學過一些木匠活，他上前一一仔細察看，選出其中一輛破損不嚴重、自己稍微修補一下就能用、外觀看起來有七成新的板車。

這輛板車要價六百文錢，玉芝發揮了她的賣萌技能，哄得老闆娘開懷大笑，最後以五百五十文錢成交，還附送他們一段長長的麻繩，可以用來捆綁貨物。

一家子開開心心地推著車往泰興樓去，兆勇與玉芝仗著年紀小，非要坐在車上讓陳忠繁推他們。陳忠繁也慣孩子，心甘情願地推著他們，甚至每隔一會兒就猛然加速跑個兩步，嚇得兩個小的哇哇大叫，笑得別提多開懷了。

陳家人一路歡聲笑語地回到泰興樓，小路把他們帶回雅間，倒上新的熱茶讓眾人稍微暖暖身子，順便等候朱掌櫃。

沒多久，朱掌櫃帶著大廚過來了，大廚手裡還端著一個托盤，上面是一顆橄欖球大小的泥蛋。

除了玉芝，陳家其他人哪裡見過這麼大的泥蛋，全都好奇地直盯著瞧。朱掌櫃示意大廚放下托盤，接著從托盤邊拿起一根小槌子，輕輕敲碎外層的泥殼，露出裡面黃綠色的荷葉。輕輕揭開荷葉後，一股香氣瞬間噴湧而出，瀰漫了整個雅間，朱掌櫃忍不住嘆了一聲「好」。

兆亮跟兆勇口水都快流下來了，玉芝也是許久沒吃雞，費了九牛二虎之力才壓下吞口水的衝動。

朱掌櫃看見他們一家子渴望的眼神，招呼道：「一起嚐嚐這荷葉雞吧！看看這味道如何如何？」說著又差大廚去端兩盤菜跟幾個餑餑過來。

陳家人雖然一個個饞得眼睛都要黏在雞身上了，但是朱掌櫃發話以後，他們卻沒有任何動作，而是等朱掌櫃先開動。

朱掌櫃暗暗點頭，對這一家子的評價又提高了不少。

不一會兒，大廚帶著小路進來了。小路把兩盤菜、十個白麵饃饃跟十雙筷子放在桌上，卻沒退出去，與大廚一起站在旁邊。

朱掌櫃拿起一雙筷子往雞腿戳了進去，那雞皮彷彿是罩住一汪盈盈春水的薄紙，一旦戳破，裡面滾燙的雞汁就湧了出來，空氣中的香味更加濃郁。

深吸了一口香氣之後，朱掌櫃挾起顫巍巍的一塊雞腿肉，仔細觀察起來。

只見那雞腿肉色澤微黃，蘸著一層亮晶晶的雞汁，在陽光底下越發誘人，讓人忍不住想一口吞下去。朱掌櫃緩緩把雞肉放進嘴裡，剛入口就衝上一股荷葉的清香，雞肉也相當嫩滑，微微有油脂包裹的感覺，卻絲毫感覺不到油膩。

朱掌櫃第一個想法就是——這十兩銀子值了！

細細品嚐、嚥下這雞腿肉之後，朱掌櫃再次招呼陳家人快些品嚐荷葉雞，並把白麵饃饃與兩盤菜往他們那邊推，又轉頭對大廚和小路說道：「你們也一人嚐一口。」

陳家眾人看到大廚和小路都挾了一塊雞肉仔細品嚐後，這才拿起筷子吃了起來。

幾個孩子從出生起就沒吃過白麵饃饃，這饃饃無比鬆軟，越嚼越香、越嚼越甜，他們都捨不得吞下去了！

陳家人筷子下得飛快，不過一刻鐘，他們不但吃光了饃饃跟菜，連荷葉雞也只剩下骨架子了。

飽餐一頓的陳家人看見桌上一片狼藉，從大的到小的，全都臉紅了。朱掌櫃為了化解尷尬，連忙讓小路收拾好桌子，和大廚一起下去。

陳忠繁紅著臉，吶吶地道歉。「朱掌櫃……咱們……咱們這是太餓了，真是對不住，希望您別見笑。」

朱掌櫃擺了擺手，沒當一回事。「有什麼好見笑的，這正說明荷葉雞讓人擋不住誘惑，看來這個生意必然成交了！」

接著，朱掌櫃遞出五個小銀錠子，說道：「你們履行了契約，這是十兩銀子，我換成五個二兩的，方便你們花用。對了，先前小姪女說荷葉雞與調味料相關，我怎麼沒吃出來呢？」

玉芝不答反問：「朱伯伯，您這裡平時都是怎麼用食茱萸做菜的呢？」

「不過是加在菜裡調味罷了，還有別的用法嗎？」朱掌櫃好奇地問道。

玉芝告了聲罪，然後拉過兆志，兩人假裝和李氏竊竊私語一番。明著看似乎是李氏因為避嫌才讓兒子代為回答，實則是玉芝教兆志如何說明。

只見兆志抬頭對朱掌櫃一笑，說道：「朱掌櫃，食茱萸可以碾成粉末，用冒著青煙、離火稍微晾涼的熱油澆之攪勻，就能得到辣油。這荷葉雞雖然鮮美，但是眾口難調，總有些口味偏重喜辣的人。假如在上荷葉雞的時候順便配上一小碟椒鹽與一小碟食茱萸辣油，任食客自行蘸食的話……」

「好！」朱掌櫃拍掌道：「這個法子妙！」

說罷，他掏出一個二兩的小銀錠子道：「就當作我買下食茱萸辣油的作法吧！只是這法子既然賣給了我，你們可不能再外傳了。」

玉芝沒想到竟然因此得了二兩銀子的外快，心中歡喜，便湊到朱掌櫃身邊傳授各種烤雞的竅門。

例如醃漬的時候在雞皮抹上不同分量的秋油控制雞皮的顏色，可以讓荷葉雞看起來更加誘人；或是在雞肚子裡塞上冬菇、野菇等菌類，如此成品別有一番鮮美的滋味；抑或是在雞皮抹上一層蜂蜜，這樣會有獨特的鮮甜味道……聽得朱掌櫃巴不得現在就跑出去拿紙筆記下來。

雖然這些技巧日後自家大廚說不定也能研究出來，但是早一日知道就多掙一日錢這個道理，朱掌櫃還是了然於心的。

最後玉芝神秘兮兮地對朱掌櫃說：「朱伯伯，這荷葉雞的雞皮雖然很有嚼勁，但是您不覺得有些不夠脆嗎？我有辦法讓它變得更脆！」

朱掌櫃摸了摸她的腦袋，問道：「要怎麼做呢？」

玉芝悄聲說道：「在客人面前剝開荷葉雞以後，用燒熟的滾菜籽油把雞從上到下淋一遍就行啦，就像泰興樓有類似富貴花開魚這種菜式對吧？跟那個一樣！」

朱掌櫃對玉芝的話很感興趣。「妳竟是連富貴花開魚都知道？」

玉芝差點想咬舌頭，自己又露餡兒了！這道菜前世稍微大一些的餐廳裡基本上都會有，她沒想太多，直接拿其作法來比喻了，想不到這裡真的有……

她連忙裝出偷瞄李氏的樣子，說道：「當然是我娘說的啦，我可沒見過富貴花開魚呢！」

接著又轉移話題道：「難道朱伯伯就要叫這道菜『荷葉雞』嗎？也太普通了些。」

這倒是說中了朱掌櫃的心事，他想了很久，才張嘴說道：「既然妳剛才說的作法和富貴花開魚有相似之處，不如就叫富貴雞；另外，荷通蓮，而騷人墨客明顯更喜愛『蓮』這個字，這道菜就叫『蓮香富貴雞』吧！」

陳家人聽了以後都在低頭琢磨，玉芝則朝他豎起大拇指道：「朱伯伯太厲害了，這名字真好聽！」

兆志也抬起頭說：「蓮香富貴雞，既有文人喜愛的『蓮』，又有百姓喜歡的『富貴』，這種雅俗共賞的菜名都能信手拈來，朱掌櫃實在是讓在下佩服。」說罷他站起來朝朱掌櫃作了個揖。

朱掌櫃有些不好意思，伸手扶起兆志，說道：「過獎，我看大姪子似乎是個讀書人，以後必定比我有出息得多！」

說著又招呼陳家人。「今日是臘八，各位大清早起來忙活，想必還沒喝一碗臘八粥吧？請在此稍等片刻，待會兒我讓小路送臘八粥過來。我還有些事要忙，得先走了，請各位見諒。」

朱掌櫃離開後沒多久，小路就抱著一小木桶熱騰騰的臘八粥進來，粥裡還放著一把大木勺。

他進門放下木桶，對陳忠繁笑著說道：「掌櫃的出了門，才想起各位現在怕是吃不下臘八粥了，要小的裝好方便你們帶回去，湊個過節的景。」

陳忠繁連忙道朱掌櫃太客氣了，雙方互相推辭了一番，他才答應下來。

小路蓋上小木桶的蓋子以後，打算把東西搬到陳家人新買的板車上，陳忠繁上前兩步攔下他道：「我們都已經白吃乾拿了，怎麼還能讓小路哥再費力幫我們拿過去呢？我自己來吧！」

面對陳忠繁的提議，小路沒有推讓，他畢竟還是個少年，這一桶臘八粥的重量讓他有些吃不消，也怕下樓的時候自己不小心撒了粥。小路在陳忠繁前面開路，領著他出了泰興樓，待臘八粥裝上車以後，目送陳家人朝鎮門遠去。

陳家人出了鎮門，緩緩往駝山村前進，路過木器店時，兆志非要買幾個木碗，說是家裡碗太破了，買些給全家用，於是陳忠繁讓他進去買了十二個木碗。

兆勇和玉芝一出城門就耍賴要躺在車上，其他人也願意慣著這兩個小的，由兆志一一把他們抱到車上躺好。玉芝靠在裝著臘八粥的小木桶旁，感受從裡面透出來的溫暖，再加上剛才大吃了一頓，她不禁有些昏昏欲睡。

正當她快進入夢鄉的時候，突然想起一件事來，問道：「爹，今日我們賣方子這十二兩銀子，還要給爺爺和奶奶一半嗎？」

原本還在嘰嘰喳喳討論年後去學堂的三兄弟突然止住話題，陳忠繁和李氏臉上的笑容也凝結了，一瞬間氣氛冷了下來。

玉芝彷彿沒有察覺到周圍的變化，又問了一遍。「這十二兩銀子，還要給爺爺和奶奶一半嗎？」

陳忠繁和李氏都猶豫了，看到幾個孩子視線集中在自己身上，他們怎麼也說不出一個「給」字，但是不給，又違背了交一半錢給家裡的承諾。

他們畢竟還沒分家……陳忠繁只得輕聲說道：「這……是該給。」

兆勇一下子不高興起來。「爹！我跟二哥年後的束脩就要十二兩，還有筆墨紙硯的錢，若是給了爺爺和奶奶六兩，我們怎麼上學堂?!」

看到弟弟憤怒的樣子，兆亮也低聲附和。「爹，我想上學堂……想讀書。」

這比兆勇發脾氣的話更戳做父母的心，李氏一個沒忍住，眼淚湧了出來，陳忠繁也慢慢停住手中的推車。

冰天雪地中，一家人在杳無人煙的荒郊野外裡頓住，沒人說一句話。

兆志打破了沈默。「當日我們說的是賣老家賊的錢分家裡一半，並不包括賣食譜的收入，更何況……」

他向玉芝使了個眼色，說道：「芝芝提供了方子，這十二兩銀子是她掙的，我們聽她的吧！」

玉芝心領神會，隨即裝出一副氣呼呼的樣子，耍賴道：「我不同意！我早說過做生意是為了掙錢給哥哥們讀書，如果爹娘非要把這筆錢分給爺奶跟奶奶，那往後買賣就別做了。我再讓陳兆毅、陳玉荷還有二伯母推我去磕頭，把腦袋裡的東西全忘光，讓大家回去過以前那種窮日子吧！」

這話嚇得李氏連忙捂住她的嘴道：「胡說什麼呢?!呸呸呸！過臘八說什麼胡話，快點呸呸！」

玉芝嘟著嘴不情願地「呸呸」了兩聲，然後就瞪著陳忠繁。

第十章　興師問罪

陳忠繁被自家閨女用一雙黑白分明的大眼睛看著，不禁心虛得說不出話來。

他知道方子是女兒拿出來的，自己不好做主，更何況這個家能有點起色，全多虧了她的主意，幾個孩子和李氏也付出許多心血。可是他們還沒分家，私自留下這麼一大筆錢，完全違背他從小到大所受的教育。

陳忠繁內心一陣糾結，揪著頭髮蹲了下去。

李氏和孩子們看陳忠繁的樣子不免心疼，特別是李氏。孩子重要，丈夫何嘗不是？現在要二選一，真像是割她的心一般，讓她眼淚止不住地往下掉。

玉芝看到父母為難的樣子，心裡也很不好受，想了想，她開口道：「爹、娘，不然這樣吧！這十二兩當中有十兩是賣食譜得來的，就留給哥哥們唸書，剩下這二兩食茱萸辣油的錢與老家賊的生意有關係，我們不用留下一半，全交給爺爺跟奶奶好嗎？」

兆志一聽，趕緊說：「我同意，這二兩銀子全部給爺爺和奶奶！」

一旁的兆亮跟兆勇也表示贊同。

陳忠繁蹲了一會兒以後，站起身來，咬牙道：「行，就這麼定了！二兩銀子全給你們爺爺跟奶奶，剩下十兩留給你們兄弟唸書！」

幾個孩子這才放下心來，插科打諢哄著自家爹娘露出了笑臉，一行人繼續往家的方向前進。

老陳家從來不過臘八——也不能說不過，再怎麼說，這天都要煮一鍋臘八粥分給左鄰右舍才是。可是駝山村大部分人家餐餐吃粥，對臘八粥自然沒有那麼大的期望，況且許多人家裡所謂的「臘八粥」，不過是平日煮的稀粥裡加了點黃豆罷了。

話雖如此，泰興樓的臘八粥等級可是完全不同，儘管陳忠繁心中有些不安，卻覺得這樣東西能帶給家裡一些喜悅。

陳家三房一行人推著板車進村的時候簡直引起轟動，正巧有孩子在雪地裡罩麻雀，一看到那輛板車，撒腿就往家裡跑，一邊跑、一邊喊。「陳三叔推著車回來啦！」

村裡正經的平板車本來就少，多數是自家上山砍木頭隨便磨了磨，弄成獨輪小推車的模樣好裝點東西。

陳忠繁這輛板車可是從車馬行買的，不但有兩個大輪子，車板兩邊還有粗粗的扶手，前後兩端甚至有能拆卸的擋板，不只人坐在上面時能靠著，要是繫上韁繩，就能套牲口了。

這種板車駝山村只有村長和幾個村老家裡有，全村不超過五輛，而且看起來還沒陳家這輛好。

這個時節大家除了窩冬都沒事做，一聽有熱鬧看，都跑出家門圍觀。陳家人還沒走到村裡第三層，就被趕來的村民團團圍住。

若是別人推板車回來，眾人就算驚訝，也不會這般驚奇。畢竟老陳家窮得可以，陳忠繁也只會在地裡做活，這下卻悶不吭聲地推了一輛板車回來，自然嚇壞了大家。

只見眾人七嘴八舌地問道：

「陳老三，這是哪裡來的車？」

「欸，陳忠繁這是發財了？」

突然間，有一道尖銳的女聲喊道：「喲，許家老大前幾日去我娘家村裡收老家賊，說是供給別人的，我瞅許槐這兩天都往陳家送老家賊，就是幫他們收的吧？陳家這是做什麼買賣發了大財，還躲著我們鄉親呢！」

玉芝尋聲望去，只見是一個約三十幾歲的婦人，她的胸腹突出、後背壯實，但是腿卻細得不成比例，就像一根大頭蘿蔔一樣立在地上。冬日的寒風如刀，將她的臉颳得發紅，配上高顴骨與薄唇，看起來就是一副刻薄、不好相與的樣子。

兆志知道妹妹忘了很多事，在旁邊提醒她。「這是隔壁金寶四家的大兒媳婦，姓蕭。」

只見李氏忽然上前兩步，站在蕭氏面前說道：「是呀！我家是做了點老家賊的小生意，不過賺個辛苦錢罷了，今日這車也是三郎心疼我跟孩子幾個日日勞累，非要買的。」

說罷，李氏對蕭氏微微一笑，移開視線對圍觀的村民說道：「我家這老家賊一天要用上兩百多隻，大家都是鄉親，想賣老家賊給我家的，就去罩了賣予許槐家、徐三墩子家和賈狗兒家。

「這三家的孩子與我家三個小兒最是要好，之前不過是孩子們笑鬧之間說起，他們出於義氣幫我們一個忙罷了。如今我家沒空挨個兒收老家賊，一事不勞二主，麻煩這三家幫幫忙可使得？」

許家娘子蔣氏心領神會，連忙站出來說道：「我家小兒竟從未告訴過我！陳三嫂放心，這事包在我家許槐、許梧跟許桐身上！」

其餘兩家大人也明白了李氏的用意，一致拍拍胸脯說交給他們家孩子就是。

李氏一一向他們道過謝，讓陳忠繁推著車、帶孩子們往自家走去，不理會身後那些村民的議論紛紛。

玉芝第一次見到李氏如此強硬，不禁呆住了。她剛要張嘴問李氏，卻發現她臉色僵硬，手還在發抖。

轉過頭看看幾個哥哥，只見二哥與三哥也是一臉的不可思議，唯獨大哥在偷笑。玉芝心想，待會兒她可要拿小皮鞭嚴刑拷問大哥了！

幾個人剛進家門，就看見老陳頭站在院子裡等他們。

剛才那小兒滿村子喊的時候，他就聽到「陳三叔推著車回來」這句話，但又不好出去迎接兒子一家，只能在院子裡繞圈。短短的時間內，他的腦子裡已經閃過千種、萬種想法，現在終於等到這一家子回來了！

「老三！你們買車了？這車要多少銀子？為何這種大事沒有和家裡商量?!」老陳頭一瞧見陳忠繁，就快步上前質問道。

陳忠繁氣還沒喘勻，就遇上自家親爹一陣暴風驟雨般的盤問，一下子傻在原地。

這事是昨日晚上才商量好要買的，今日遇到適合的就下手了，至於為什麼沒和老陳頭商量嘛……

一是確實沒來得及說，二是陳忠繁忘了。

自家現在算是有點小積蓄，陳忠繁手裡第一次有了自己能決定要怎麼花的錢，玉芝、兆志也不停對他灌輸「你是一家之主，要自己作決定」的想法，於是自家人討論好之後，他就拍板定案，完全忘了應該向老陳頭說一聲。

面對老陳頭的質問，陳忠繁有些心虛，低著頭不說話，還是兆志打圓場道：「爺爺，天這麼冷，我們不好站在外面說話，不如讓我爹先把車卸下，我們回小東廂擦把臉以後，再去上房跟您解釋。」

老陳頭意味深長地看了兆志一眼，哼了一聲轉身離開。

陳忠繁把板車停放在小東廂門口，又把那桶臘八粥拿下來放回屋裡。一家人打了熱水擦臉，邊擦、邊商量待會兒要怎麼向老陳頭與孫氏解釋。

此時陳忠繁已經緩了過來，他看著幾個孩子道：「莫慌，大家一起去向爺爺跟奶奶說清楚。你們幾個不用出聲，反正他們不過罵我兩句罷了。」

玉芝輕輕搖了搖頭，說道：「待會兒爺爺肯定會大發脾氣，我們絕對不能把賣食譜這十兩銀子的事情說出去。大哥，你負責跟爺爺講道理；二哥負責看著爹娘，別讓他們說了不該說的；三哥，如果道理講不清，咱們倆就滿地打滾，用力地哭！」

兆勇想到自己滿地打滾的糗樣，頓時有些猶豫，但是看見妹妹認真的表情，勉為其難地跟著哥哥們點了點頭。

玉芝又囑咐爹娘道：「食譜這十兩銀子就當我們沒掙過，若有不好說的，一律推給大哥！」

趁著擦臉這麼點時間，簡單商討了幾句之後，一家人一道往上房去了。

玉芝還是第一次在非吃飯時間來到上房，一進門就見老陳頭和孫氏兩個人雙雙盤腿坐在炕頭上。

老陳頭和孫氏辛苦了一輩子，兩個人臉上都留下了深刻的歲月痕跡。此時把臉耷拉下來不說話，直直盯著剛進門的三房一家，樣子竟頗有幾分威嚴，就連玉芝猛然一看到他們，也心生幾分不安。

陳忠繁先開口打了招呼。「爹、娘，我們來了。」

老陳頭回了一個「嗯」字就不再說話，陳忠繁沒辦法，只得主動開口道：「爹，今日這車是從車馬行買的二手貨，回家修修才能用，只花了五百五十文錢……」

話音未落，孫氏就嚎了起來。「老三，你全家缺了良心了！爹娘日日在家吃糠喝稀，你一個沒分家的兒子竟然買了車？老天爺，睜眼看看這一家缺德又不孝順的貨吧！

「我命苦啊！嫁來你們家，咬著牙把你們幾個拉拔長大，就盼著你們給我養老，結果呢？看看我這三兒子，瞧我不是你親娘，就不想養我是嗎？我不如現在死了算了！老頭子，你壓服你這三兒子，求他給我買口棺材吧！」說完她就要下地往牆上撞。

老陳頭在孫氏鬧的時候就挨個兒看著三房幾人，只見陳忠繁和李氏有些不知所措，幾次張嘴想說話，又打斷不了孫氏，只能滿臉哀求地朝自己這邊看。

往他們身後瞧，看見十歲的兆亮死死拽住他爹娘的衣角，不讓他們向前，他的牙齒用力咬著下唇，眼睛裡面彷彿有股無名火在燃燒。

旁邊站著八歲的兆勇，他年紀到底小了些，表情多少還是透露出被這景象嚇到了，不過他卻一動也不動地站在那裡，睜大眼睛看孫氏哭鬧，沒有退縮的意思。

再看兆勇旁邊的玉芝，尋常小丫頭遇到這種事早就驚得哇哇大哭，她倒給人看熱鬧的感覺。孫氏如果真的撞了牆，只怕她會舉起手來拍掌，喊一聲「撞得好」。

最後，老陳頭看向牽著玉芝的兆志，竟瞧見一張平靜的臉。他的神情沒有任何波瀾，一雙眸子靜靜地凝視著眼前發生的種種，像是看穿了一切。

老陳頭被兆志的模樣驚得一哆嗦，拽住作勢要下地撞牆的孫氏道：「好了！老三一家還沒說話呢，妳鬧什麼？聽聽老三怎麼說！」

孫氏見好就收，抽出灰色的布巾擤了擤鼻子，坐在一旁小聲抽噎。

老陳頭回頭看了波瀾不驚的兆志一眼，才開口問陳忠繁。「老三，今日你車都買回來了，這是怎麼回事？」

陳忠繁有些緊張地回道：「現在老家賊一天能賣上兩百隻，一顆泥蛋怎麼樣也有三、四兩重，兩百隻就有五十斤了，再加上調味料跟要用的柴，實在有些重……我自己一人搬不動這些，又覺得孩子還小，這才想買一輛車用來推東西，省得他們受累。」

老陳頭也猜到陳忠繁會這樣說，他今日之所以和孫氏演這麼一齣，說穿了，只是不想失去對三房的掌控權罷了。

如今老大在鎮上定居，以後最多給他們一點錢養老。雖然老陳頭不願意承認自己偏心，但是長子在他心目中的地位終究不一樣，他願意付出一切讓老大過得好，不希望以後拖累他們家。

老二沒本事，他的媳婦又是個糊塗人，根本靠不住；老四跟他媳婦都精明得很，巴不得甩開他們兩個老的，完全指望不上；只有老兩三口子樸實孝順、從不抱怨，兆志看起來以後也會有出息。

老陳頭本想等他們倆老得不能動時，跟著三房養老，因為他覺得自己拿捏得住三房兩口子，只要緊抓著他們，就等於掐住那幾個孫子了。

可是現在三房竟連買車這麼大的事情都沒有跟家裡說，誰知道他們是不是背著自己昧下了錢?!

老陳頭抽了口煙袋鍋子，說道：「那為何沒跟家裡商量？別忘了你們還沒分家呢，我們兩個老的還做得了你們家的主！」

陳忠繁一張臉漲得通紅，不知如何開口，總不能說自己忘了吧……

只見兆志接過話道：「爺爺，我們是昨晚才想到要買車的，那時爺爺跟奶奶已經熄了燈歇下，今晨出門的時候，你們都還沒起來，就沒來稟告一聲。正巧，今天遇到有人指點車馬行有賣二手板車，爹怕去晚了挑不到好的，這才匆匆用這幾日掙的錢去買車。本以為爺爺跟奶奶看到車會高興，沒想到……」

說到這裡，他看了孫氏一眼，沒再繼續說下去。

這話聽起來像是在解釋，可是兆志的語氣卻不是那麼一回事，他似乎只是在陳述事實，而且有埋怨他們兩個的意思?!

老陳頭捽了煙袋鍋子，想吼兆志卻沒有任何理由，人家各方面都顧慮到了，就算自己不相信他的說詞，也找不出能反駁的點。

難道要他說，應該半夜把他叫起來問能不能買車？還是說，不用當機立斷買下來，而是返家請示他們，最後落得只能買貴的？何況兆志的話中最重要的一點，就是錢是三房自己的，是他親口答應他們能留錢，總不能讓他打自己的臉吧?!

老陳頭又看向四個孫子。兆志依然面無表情；兆勇與兆亮瞪著他，眼裡的不滿都要溢出來了，再也沒有絲毫害怕與膽怯；最小的玉芝神情滿滿都是嘲諷，像是看穿了他的心思。

四個孩子站在一起，聚成了一塊堅硬的山石立在他們父母身後。老陳頭突然覺得自己錯了，就算他們拿捏得住老三兩口子，怕是也管不住這幾個孫子了。

他忽然失去了追問與責罵的興趣，只揮了揮手，落寞地說道：「行，以後你們的錢自己做主，反正過完年後，兆志若是考上了童生，也就分家了。你們出去吧！」

這個結果讓三房一家嚇了一跳，甚至連態度一直很沈穩的兆志都露出了驚訝的表情。

一旁的陳忠繁和李氏反而著急起來，陳忠繁甚至上前一步喊道：「爹……」

老陳頭擺擺手道：「去吧！收拾完以後歇一會兒，再過來算今日的錢。」

孫氏不解地止住了抽泣，剛想張嘴，就被老陳頭在背後死死拽住衣服。她話沒能說出口，只得眼睜睜看著三房的人一一行禮退了出去。

她轉頭想問老陳頭，為什麼不按照之前商量的去做——也就是先鬧再罵，最後哭著說兩句軟話拿捏住三房。

只見老陳頭的腰微彎，越發顯得瘦小，他撿起煙袋鍋子敲了敲，說道：「罷了，三房那幾個小的……我們是掌握不住了。妳別看兆志不吭聲，其實這一套他早就看透了，我們在他面前，不過是耍把戲的丑角；還有玉芝，不過才五歲，卻……算了，不想了。」

他伸手拍拍孫氏的肩膀道：「這陣子三房送來的錢也有三兩多銀子，拿出來過個好年吧！」

孫氏雖然脾氣暴躁，卻肯聽老陳頭的話，更何況她不是那種死腦筋、不知變通的人，琢磨了一下之後，孫氏雖然心有不甘，也只能咽下這口氣了。

第十一章　慾壑難填

三房一家懵懵地回到小東廂，坐在炕上一會兒了還沒能緩過來……今日這事就這麼過去了？

兆志和玉芝倒是有些明白老陳頭的想法，但又不好跟自家爹娘說得太直接，兆志只能安慰陳忠繁道：「爹，爺爺不過是覺得我們沒與他商量便買了車，有些著急罷了，現在跟他解釋清楚就沒事了。」

陳忠繁低聲道：「爹總覺得你爺爺原本不想這麼輕易放過我們，而且最後他的語氣怎麼聽都不對勁。」

玉芝和兆志對視了一眼，鑽進陳忠繁懷裡撒嬌道：「爹說什麼呢！沒聽出爺爺的口氣哪裡不對呀，不是還讓您待會兒去上房算錢嗎？只要我們把二兩銀子給爺爺，他就會高興，我們也能過個好年了！」

李氏自從回來以後，就一直低著頭坐在炕邊不說話，此時她抬起頭對陳忠繁說：「我們還帶了一桶臘八粥回來呢，你不趁還溫著的時候送去給爹娘，在這裡琢磨什麼呢？就說我們把調味方子賣給泰興樓得了二兩銀子，人家又送了一桶臘八粥就行了，其餘的可別多提。」

說完後，她就掏出今日的銅板挪了一半，連同一個二兩的小銀錠子遞給陳忠繁道：「快去吧，讓爹娘早早嚐嚐大酒樓臘八粥的味道！」

兆志插話道：「娘，我和爹一起去吧，省得爹拿不動。」

李氏看著陳忠繁，終究答應了，玉芝則送他們兩個出門。

看到玉芝從門邊走回來，李氏坐在炕上嘆了口氣，摸著玉芝的頭髮道：「是爹娘拖累你們幾個了。」

幾個孩子看了看彼此，剛想安慰李氏，就被她打斷了。「好了，快來處理明日的調味料吧！」

見狀，他們只能吞下到嘴邊的話，開始忙活起來。

陳忠繁把今日賣老家賊的錢與二兩銀子放在上房的炕頭，說明那二兩是賣方子得來的錢，全都交給家裡。

老陳頭和孫氏一句話也不說，孫氏是被老陳頭掐著手，才忍住沒叫出聲來，老陳頭則是想到加上這二兩銀子的話，短短幾日三房就掙了五兩銀子。如今老大一年的工錢也不過十兩左右，老三家以後……怕是要超過老大家了。

思及此，老陳頭覺得有些不甘心。他不知道自己是怎麼了，明明都是他的兒子，但是一想到老三比老大強，他心裡就不是滋味。

糾結了一會兒，老陳頭終究開了口。「這銀子就讓你娘過年好好置辦。」

又道：「老三，你有出息了，這幾日攢了有三兩銀子吧？明年兆志的束脩就由你跟我們兩個老的各出一半，一邊出三兩，怎麼樣？」

陳忠繁萬萬沒想到老陳頭會說出這種話，著急道：「爹，我還想趁過年前多做些買賣攢點錢，等明年送兆亮跟兆勇去學堂呢！這下三個孩子的束脩都有我的分，我怕自己掙不夠啊！」

兆志聽見老陳頭的話就覺得糟了，想插話卻來不及，自家打算送兩個弟弟上學堂的事情，在最不合適的時機被捅了出來……他不禁閉上眼睛嘆了口氣。

老陳頭和孫氏聞言一驚，老三家竟然還要送兩個小的去學堂？這是掙了多少銀了了?!

孫氏再也忍不住了，尖叫起來。「你這沒良心的狗東西！明年要送你家兩個小的去上學堂？那這樣開春以後，家裡的活計誰來做？柴誰砍？雞誰養？地誰種？一家子光顧著自己，不管家裡！我看你們年也別過了，現在就滾出去！滾！」

陳忠繁被罵呆了，自己這後母不知道是怎麼回事，過去雖然做人潑辣了些、講話難聽了點，卻不像現在這般歇斯底里。看到孫氏雙眼微凸、滿臉通紅、脖子上青筋暴起的樣子，他嚇了一跳，低下頭去。

如果玉芝在這裡，應該一看就懂了。四十七、八歲的女人正值更年期，情緒本來就不穩定，這陣子孫氏覺得自己在三房這邊吃了很多虧，怒氣自然爆發了。

兆志這個時候站了出來，他不管孫氏，盯著老陳頭問道：「爺爺，明年我的束脩，真的要叫我爹出一半嗎？」

老陳頭有些心虛，不自覺地低下頭，碰巧看到那二兩銀子，他心一橫，抬起頭道：「你爹娘這麼能掙錢，出個三兩銀子也不難，你爺爺是真的拿不出來了。」

兆志又問：「那爺爺，兆毅跟兆雙的束脩您也只出一半嗎？」

老陳頭躲開他的目光道：「他們兩家窮，沒你家有本事，你看兆厲的束脩不就是你大伯父自己出的嗎？」

此時兆志垂下頭問道：「那我家能像大伯父家那樣，掙的錢都自己留著，只在逢年過節時給您兩老孝敬錢嗎？」

孫氏轉過頭狠狠地瞪著兆志說：「狗東西想得美！不給錢，我就去村裡、鎮上還有學堂鬧！說你們不孝順，要害死我們兩個老的！」

老陳頭沒說話，低頭默許了孫氏。

兆志輕笑一聲道：「好，我知道爺爺跟奶奶的想法了，我們的束脩自己想辦法。只是剛才奶奶說起了家裡的活……我就不懂了，兆毅不過比兆勇小幾個月而已，兆勇打五歲起就跟著兆亮上山撿柴、剁菜餵雞，兆毅七歲了還在家趕著雞玩；兆亮與兆勇春播、秋收的時候都隨我爹娘下地，兆毅呢？」

老陳頭的頭越來越低，他也知道這些年三房做的事多，地裡的活基本上都是老三跟他孩子負責的。平時老二在鎮上、老四不著家，只有春播、秋收的時候他們才會搭把手。

至於家務，就屬老三媳婦最勤快。老二家那個不說了，老四家的是戳一下、動一下，要她處理的她都會做，可是沒交代的，她理都不理。

玉芝也是三、四歲起就跟在她娘身後幫忙打下手，玉荷十一歲了卻還不懂得打理家務，而老四家的玉茉……老四媳婦嫌棄家裡吃得不好，早早就把玉茉跟兆雙送回娘家養著，這兩個孫子、孫女就像林家的人一樣，老四這些年攢的錢也都送到那邊去了吧！

這些事其實老陳頭都看在眼裡，但他總覺得都是一家人，只要表面上和和氣氣的，日子就過得下去，何必計較誰做得多、誰做得少？沒想到老三夫婦沒說什麼，兆志卻拆穿了這一切。

雖然兆志礙於長幼有序，沒直接點名大房、二房與四房家的大人，只拿兆勇和兆毅比，不過他的言下之意不僅老陳頭聽了出來，孫氏也懂了。

孫氏更加惱怒，大聲罵道：「缺了良心的小崽子！你是在埋怨我們兩個老的偏心？怎麼，我使喚不得你家這群貴人了？以後我們兩個老的不能動了，你家是不是要把我和你爺爺抬到地裡、刨個坑活埋呀?!」

陳忠繁聽了這戳心窩子的話，眼淚都要流出來了，兆志卻淡淡地說：「奶奶說的是哪裡話，爺爺跟奶奶養我爹長大，出錢供我讀了五年書，這些恩情我們都記得，以後肯定孝順你們。至於兆毅跟兆雙讀書的錢，以後我家每年都會出二兩銀子，一人給滿五年，就當還這些年來二伯父跟叔叔供我讀書的情了。」

兆志嘴上說二房與四房供他讀書，但是這個家誰都知道，二房陳忠貴拿回來的錢少得可憐。

按理說，木匠算是賺錢的行業，無奈陳忠貴的手太笨，這麼多年了還不會雕花，只能做最基本的白板櫃子，連卯榫都偶爾會弄錯。若不是看在老陳頭這麼多年來結下的好人緣的分上，東家早就把他趕出去了。

其實陳忠繁比陳忠貴有天分得多，不過老陳頭是個心中有死規矩的人，一定要按照順序安排好兒子們才行，所以他寧願把木匠師傅這個位置留給陳忠貴，而非陳忠繁。

四房陳忠華就不用說了，這幾年來都沒見他給過家裡一分錢，兆志讀書的費用大部分是賣農作物的收入以及陳忠繁農閒時候去鎮上出力氣掙的錢。

老陳頭哪裡聽不出兆志的意思是以後分了家，他們就只會管兩個老的，不會理叔伯、兄弟了！他萬萬沒想到兆志竟是個這麼強硬的人，甚至有些六親不認。

他顫抖著唇道：「兆志……你……你是讀書人，就不怕我去告你不孝嗎?!」

兆志略帶笑意看著老陳頭說：「爺爺，雖說過去有『孝廉取士』這種作法，本朝也以『孝』為先，可我大周朝先帝隆德皇帝早已對此做了注釋。

「若父告子不孝，須由縣令起依次下查，當地里正、戶長與村長都要走訪鄉鄰、查明實情，之後簽字上報，甚至還有專門的郎中查驗告狀之人的身體有沒有受到虐待。

「若案情屬實，則判被告流放之刑；若是不實的指控……就要責罰誣告者三十大板；若發現冤案，則從里正、戶長到村長一路懲罰到底。所以『父告子不孝』在大周算是重案，您說依我爹平日的表現，會讓村裡的人和村長覺得他不孝嗎？」

一段話說得老陳頭與孫氏滿頭大汗，他們哪裡懂得什麼先帝做的注釋，不過是聽人說子不孝就不能讀書、考功名，才想到用這點來拿捏三房，根本沒想到還有誣告不誣告這種事！

孫氏不過一介鄉間婦人，聽到什麼先帝、縣令、三十大板之類的話，早就嚇得渾身發抖，差點跌下炕去。

至於老陳頭，他的情況雖然好一些，但是唇和手也越抖越厲害。他在心裡暗悔：明明打算和三房好好相處，怎麼把話說到這裡了呢？都怪死老婆子攛掇起我的怒火，讓我又罵了三房！

老陳頭把錯全推到孫氏身上，卻沒想到這一切歸根究柢是因為他偏心。

陳忠繁看到他們的模樣，有些不忍心地開口道：「爹、娘，泰興樓的掌櫃說今日臘八，送了我們一桶臘八粥，我特地拿來給你們嚐嚐！」

他邊說邊打開桶蓋，一股香甜氣息瞬間盈滿整間屋子，也緩和了方才那劍拔弩張的氣氛。

老陳頭穩了穩心神，用略帶嘶啞的嗓音說道：「這麼多粥，我與你娘也吃不了。老婆子，去拿個木盆來裝，留二房跟四房一人一碗的量就行了。剩下的你們帶回去吧！最近你們起早貪黑累得很，既然是掌櫃的好意，你們就多吃一點補補吧！」

孫氏現在倒是老實，聞言下地去隔壁灶房拿了一個木盆進來，盛了滿滿一盆，都要端不動了，還是陳忠繁幫她搬回灶房。

他們兩個一前一後回到上房之後，老陳頭的心情已經平復了，他對陳忠繁說：「你們拿著粥早點回去歇息吧！今晚家裡不做飯了，就嚐嚐這大酒樓的臘八粥，還是我兒有本事，能讓爹也吃上這粥。」

老陳頭自認這麼說能緩和與三房的關係，卻沒想到陳忠繁和兆志依然面色如故，只低頭稱是，卻沒說其他話。

他心底感到一陣失望，三房今日怕是記了仇，他們到底走到了這一步……

陳忠繁與兆志行過禮、退出上房後，抱著半桶臘八粥回到小東廂。

家裡的人早就做完明日的調味料等父子兩人回來，他們剛推開門，李氏就走上前說：「怎麼了？剛才娘在上房又哭又叫的，你們是不是被罵了，為什麼？」

陳忠繁苦笑道：「妳問兆志吧！我今日實在很累，先躺躺。」說完就脫了鞋往炕上躺。

一家人聽了，不禁面面相覷。

李氏招呼幾個孩子去了只有一簾之隔的兒子房裡，聽兆志娓娓道出在上房經歷的事。

幾個孩子氣得直瞪眼，李氏也抹眼淚道：「這些年，我起早貪黑搶著幹活，兩個兒子年紀小小就下地，就是怕他們把供兆志上學當作我們欠了天大的恩情，沒想到做得再多，在你們爺爺跟奶奶心中不過是路邊的野草！」

玉芝怕李氏胡思亂想，忙問兆志。「大哥，你說的那個父告子的事是真的嗎？如果是真的，那我們就不用提心弔膽的了。」

兆志笑了笑，說道：「是有這麼一件事，但是這注釋不過才頒布了二、三十年，哪裡抵得上幾千年的孝文化，不過是約束一些隨隨便便就去告子不孝的糊塗人罷了。若爺爺和奶奶真的要去告，那也挺麻煩的，不過好歹把他們嚇住了。」說罷，自己搖搖頭笑了起來。

玉芝失望地鼓了鼓嘴巴，被兆志乘機捏住兩坨臉頰肉，她掙脫開來後又問道：「那先帝為何頒布這條注釋？無緣無故的，總不能和流傳已久的孝文化對抗吧？」

兆志點點頭，說起了一個故事。

原來先帝在當太子時十分不得皇上寵愛，當時的皇上喜愛淑妃凌氏，連帶對凌氏所出的三皇子寵愛有加，日日同寢同食，宛如一對民間父子。

至於當時的太子——也就是先帝，不過是仗著中宮所出的嫡長子這個身分，才在一群老臣簇擁下坐上太子之位。

皇上原本想立三皇子為太子，卻被迫立皇長子，因此看太子十分不順眼，時時挑他的錯。

某次皇上染上風寒，因為病情嚴重而陷入昏睡。三皇子目不交睫、衣不解帶，口日在龍床前照看；輪到太子伺候時，他見先帝睡著了，忍不住打了個盹。

正巧皇上醒來，發現太子竟趴在床邊睡覺，三皇子則目含憂慮地看著自己，一則以怒、一則以感動。

皇上在趕來探望的眾臣面前推倒太子，使他摔倒在地，眾臣皆驚，不僅如此，皇上還大喊。「此子不孝！」

一個被指責「不孝」的兒子怎麼擔得起太子之位？皇上之言可說是毀了太子。

當時有一姓鄒的御史跪下直言。「太子也日夜照料皇上不假他人之手，只不過是兩、三日沒歇息，委實困頓，才休息了一下，怎可擔此不孝之名？還請皇上三思！」

說罷，鄒御史就要撞皇上寢宮的柱子，幸好被人攔下。

這一鬧搞得皇上十分尷尬，太子跪地乞求皇上息怒，不要為了他氣壞自己的身體，還自罰關在東宮抄寫孝經。

皇上覺得錯怪了太子，因此原諒了他，這「太子不孝」的評價也就抹去了。

又過了好些年，眼看皇上病危，即將傳位太子，三皇子再也按捺不住，終於逼宮搶位。這段時間以來，太子早有準備，三皇子自然失敗了。

三皇子被擒之後，吐露當年皇上風寒病重就是他下的手，他知道皇上快醒了，特地下了一點安神的藥給太子，這藥無色、無味、無毒，根本驗不出來。

太子中招昏睡過去，皇上也如三皇子期望般大怒，只可惜鄒御史出現的不是時候，壞了他的計畫。

當太子得知這件事後，恨不得將三皇子千刀萬剮，他把三皇子的供詞一字不差地呈給了皇上。皇上大怒，自己最喜愛的兒子竟然陷害他與兄長，一氣之下，就這麼去了。

太子登基以後成了隆德皇帝，第一件事就是針對「孝」的法案寫了注釋，下發到全國各地，希望再也不要有像他一樣遭到冤枉之人。

第十二章　與鄰交好

兆亮、兆勇與玉芝興致勃勃地聽完這個故事，忍不住拍手叫好，也逗得李氏破涕為笑。

看到李氏心情好轉許多，兆志鬆了一口氣，他又捏了玉芝的小臉蛋，說道：「芝芝，方才在上房，大哥可是誇下海口說自家會出束脩，一年還要各給兆毅跟兆雙二兩銀子讀書呢！哥哥拖累了家裡，真的好後悔……」

玉芝大大地翻了個白眼說：「大哥，別鬧了。方才送你出門前，我早就偷偷跟你說過，明年起咱們家就自己出束脩，不讓爺爺跟奶奶出了。再說了，爹娘一直覺得虧欠二伯父與叔叔家，咱們一年給這四兩銀子，就當買他們兩個心安吧！」

李氏這才知道，自己的小女兒和大兒子早就商量好，明年起不要兩老出兆志的束脩了。他們本想過幾日連著送兆亮跟兆勇上學堂的事一起說，好緩解一下兩老的情緒，沒想到今日竟起了衝突，鬧得這麼大。

這真是命呀……李氏百感交集，一下覺得自家這幾個孩子主意太大了，一下又認為都是自己和丈夫扶不起，才讓孩子們被迫成長。

不過她最擔心的，還是三個孩子明年十八兩銀子的束脩，以及要給兆毅的二兩銀子，這樣就是二十兩了，等到兆雙能上學堂時，就會變成二十二兩。這還不包括筆墨紙硯、給夫子的年禮等額外的開銷，李氏光想就頭痛。

她憂心忡忡地開口道：「一年要這麼多銀子，如何才掙得到？」

此時陳忠繁掀開隔著兩個房間的門簾走了進來，沈聲道：「怕什麼！我們有地、有力氣，還做了生意，不信一年掙不出這些錢！唉……幾個小的都看穿的時候，偏偏妳、我還參不透……」

玉芝看著自家爹爹滿血復活，狗腿地上前抓住他的手說：「爹，我們一家人在一起，一定能掙很多錢，我還要給娘買全套金頭面呢！再不濟，我腦子裡還有很多食譜，再去賣幾個就是了！」

陳忠繁用另一隻手摸了摸小女兒的頭頂道：「怎麼能整日去賣食譜呢？一、兩樣還能說是家傳的，太多的話，只會讓人懷疑我們之前怎麼會這麼窮，要是被有心人盯上，妳就危險了。以後咱們不賣食譜了，只拿來自己用。」

玉芝很是感動，只有心地善良、真心關愛孩子的爹娘，才會為了她的安全，放棄這種暴利。

兆志也跟著輕撫玉芝的頭說：「芝芝，妳翻了年才六歲呢！等大哥考上童生以後就去抄書，抄一本就有三、四百文錢的收入，我們會過得更好的！」

玉芝沒能忍住，眼淚瞬間流了下來，兆志彎腰幫她抹淚道：「別哭了，芝芝，我們全家一條心，就算處境再艱難也不怕。現在和大哥一道去分臘八粥給村長跟幾位村老好嗎？」

李氏疑惑道：「為何突然要分給他們？往年家裡的粥都是你奶奶分派的，我們家從未單獨這麼做過。」

兆志順手抱起玉芝道：「娘，我們今日在村裡算是大出風頭了，若還像往年一樣，估計各家會在背後說我們的不是。更何況這粥是泰興樓掌櫃送的，多少能稍微震懾一下村裡的人，省得一些人眼紅，暗地使壞。」

說到這裡，兆志抿了抿嘴，接著道：「最重要的，就是剛才爺爺跟奶奶說要去告爹不孝……雖然我們知道不太可能發生這種事，但是為了以防萬一，還是去村長、村老那邊走動一下，結個善緣也好。」

陳忠繁和李氏聽了，默默地點了點頭，覺得兆志分析得句句在理。李氏拿著剛買的木碗分好剩下的粥，一一遞給幾個孩子，讓他們去村裡發送。

兆志一手牽著玉芝，一手端著一碗粥往村長家走去，經過金寶四家的時候，看到蕭氏站在門口往他們家這邊瞄。

蕭氏瞧見兆志和玉芝，忙不迭地往自家院子走。

玉芝想到李氏爆發時兆志那唇邊的笑，頓時好奇得要命，忙晃著兆志的手問：「大哥，剛才娘發威的時候，你笑啥呀？」

聞言，兆志又笑了起來，卻不肯輕易開口，讓玉芝急得跳腳，要不是怕弄翻了粥，她都要撲到他身上了。

兆志欣賞了一會兒自家妹妹上躥下跳、急得滿地轉圈的蠢樣子，才笑著說：「蕭氏啊……她……年少的時候想嫁給爹！」

玉芝萬萬沒想到這件事竟跟自家爹爹有關，還以為是李氏和蕭氏之間有什麼矛盾呢……她的八卦之魂燃燒起來了！

「想嫁給爹？大哥，你快說說是怎麼回事！」玉芝迫不及待地問道。

兆志有些無語地說：「在我大約五、六歲的時候，某日爹帶著我去地裡，爹去幹活，我就躺在旁邊的樹底下休息。

「那日太陽很大，爹因為流了一身的汗，把短褐脫了，只穿褲子幹活。結果蕭氏忽然衝出來朝爹跑過去，就要往爹身上撲，爹嚇得轉頭就往我這裡跑，把我抱起來當作擋箭牌。

「礙於有我在，蕭氏只能在爹面前止步，她不等爹說話，哭喊著說金寶四的大兒子金六順打她，埋怨爹當年為何不娶她。爹沒回話，只是緊緊抱著我，衣裳都不敢穿，怕一鬆手蕭氏就會撲上來……」

就在這最關鍵的時候，兆志突然停住不繼續說，把玉芝急壞了，差點跳上去掐他的臉。

兆志看妹妹像炸了毛的小狗一樣，覺得很是有趣，安撫好玉芝後，他又道：「蕭氏一直說些對爹還有愛意之類的話，這個時候金六順過來了，剛好逮個正著。金六順的脾氣暴躁，當著我和爹的面就要打蕭氏，蕭氏連忙往爹身後躲，爹則是抱著我躲開她。就這樣一個追、一個躲，三個人竟繞著樹幹跑了好幾圈。

「爹邊跑邊勸蕭氏別追著他了，蕭氏不聽，一門心思追著爹；爹又勸金六順別打了，有什麼事情讓他們兩口子回去說，在外面追著他一個外人實在沒道理，可是金六順也不接受。

「三個人又跑了幾圈，爹受不了了，猛然一轉身朝地裡跑去，蕭氏想跟著換方向，卻沒來得及跑，被金六順抓到了，眼看就要挨打，爹又跑回去攔著他。金六順倒是個明白人，他知道這事和爹沒關係，揪著蕭氏回家去了。」

兆志摸了摸玉芝的頭，繼續說：「等到他倆離開，爹才敢放下我穿衣服。這時正巧娘過來送午飯，我年紀小又受了驚，連忙告訴娘剛才的事情。娘聽了大怒，打了爹好幾下，我可是第一次見到娘打爹呀！

「娘邊打邊罵，爹不停地解釋，綜合他們的對話與我長大後聽到的傳聞，我差不多拼湊出了事件的樣貌。

「爹與蕭氏自幼便同村，蕭氏從小就愛黏著爹，可是她十分愛哭，所以爹總是躲著她，基本上從未和她說過話。後來爹、娘在花燈節見了一面……爹就決定要娶娘。

「蕭氏聽到消息之後直接找上門來，又哭又鬧地要爹娶她。爹有了意中人，自然不同意，誰知蕭家人竟說爹始亂終棄。幸虧因為蕭氏日日問別人爹在哪裡，同輩的人也知道爹從小就躲著她，加上她『癡女』的聲名遠播，才沒影響爹的親事。

「爹、娘成親以後，蕭家把蕭氏鎖在家裡，為她找婆家，可頂著那個名號，怎麼找得到對象呢？她從十三歲一直等到了十七歲，最後嫁給死了原配的金六順。

「金六順家是全村最窮的一家，好不容易娶了個媳婦，沒想到卻因難產去了，撇下一個剛出生的男孩。他們全家手足無措，急著娶個女人進來操持家務。

「蕭氏不要聘禮還自帶嫁妝，而且沒嫁過人，除了名聲不太好，配金六順也綽綽有餘了。娶了蕭氏以後，金六順就把她關在家裡，直到生下第二個孩子才讓她出門走動。

「當蕭氏能自由行動時，第一件事就是到咱家門口等爹，卻不巧遇到了娘，娘不知道這個人就是傳說中的蕭氏，還朝她笑了笑。

「蕭氏不知受了什麼刺激，撲上來就要抓娘的臉，幸好金六順跑出來攔住她。她像瘋了一般罵娘，陳、金兩家所有人都聞聲而來。

「娘不哭也不鬧，驚嚇過後，只走到被金六順壓制住的蕭氏面前，給了她一巴掌，之後一句話也沒說就轉頭回屋了，爹趕緊跟著回去安慰娘。

「後來蕭氏應該是被金六順狠狠打了一頓——或者是經常被他打吧，她又消失在眾人眼中，等幾年後再出來的時候，她變得很陰沈，經常斜著眼睛看人，大家都躲著她。」

嘆了口氣，兆志捏了捏玉芝的小手說：「娘平時看起來柔弱，從不與人起爭執，甚至寧願自己吃點虧，不過面對蕭氏時她就會強硬起來，寸步不讓，所以我看到娘像變了個人時才會笑。其實我很希望娘的態度能一直這麼堅定，這樣不管面對任何事情，都能不輕易被擊垮……」

聽完這個故事，玉芝一顆心沈甸甸的。

陳忠繁和李氏很無辜，蕭氏可惡、可恨卻又可憐。也許她小時候只是單純想和陳忠繁一起玩吧？她甚至可能對陳忠繁沒多少愛，卻因一次次求而不得導致內心扭曲，最後害慘了自己，這輩子大概擺脫不了那份執念了。

這件事讓玉芝顯得有些無精打采，兆志也不再說話，只是牽著她的手往村長家走去。

村長名叫雲德祥，年紀約三十中旬，他們家是駝山村的大戶人家，有七、八十畝地。雲德祥家的人代代都是村長，畢竟自有駝山村起，他們家就在這裡扎根了。

兆志領著玉芝進了門，村長的媳婦焦氏聽見聲音迎了出來，說道：「兆志啊！找你祥叔嗎？他出去吃酒，還未回來呢！」

見到焦氏，兆志向她行了一個禮道：「雲嬸，今日是臘八，我家把老家賊的方子賣給了泰興樓，這是他們掌櫃送的臘八粥，爹娘要我盛一碗給祥叔跟雲嬸嚐嚐。」

焦氏大吃一驚，今日陳家三房才在村裡說要收老家賊，自家幾個小的都興致勃勃地出去罩了，怎麼突然又說賣給泰興樓了，那他們還收不收呀？說話間，焦氏提出了這個問題。

兆志笑回道：「雲嬸莫急，只是把調味料的方子賣給他們而已，我家還是能做這買賣。泰興樓畢竟是大酒樓，專門做達官貴人的生意，跟我家不一樣。」

焦氏這才放下心接過兆志手裡的臘八粥，一看之下大吃一驚。這稠稠的臘八粥一眼瞧過去有好幾種米，裡面還摻了紅豆、蓮子、大棗、栗子跟核桃，甚至還有幾種她不認識的乾果。哪怕已經涼了，還散發出香甜的味道，怕是加了不少糖。

比起一般村民，村長家雖說富裕一些，但是他們的臘八粥不過是用幾種米加大棗混在一起熬煮罷了，從未見過如此料多濃醇的臘八粥。

焦氏道了聲謝，請兆志兄妹進屋坐坐，兄妹倆連聲拒絕，只說要趕回家吃飯。

無奈之下，焦氏去灶房倒出那碗臘八粥，又把兆志拿來的木碗洗刷乾淨，盛了一碗自家的粥，遞給在院中等待的兩兄妹道：「我家的臘八粥沒有泰興樓的好，但是逢年過節圖個吉利，你們拿回家吃吧，可不要嫌棄。」

兆志連忙說道：「雲嬸說的是哪裡話，這粥對我家來說是頂級的，多謝雲嬸！」

李氏用煎藥的小爐把泰興樓剩下的粥熱過了，擺在炕上，等兆志和玉芝返家，兆亮跟兆勇已經來回跑了兩趟，在家裡等著他們一起吃粥。

除了兆志跟玉芝，兆亮跟兆勇也拿回了各家的粥，李氏索性把幾家送的粥混在一起熱過，接著一人拿一隻賣剩的黃金雀配粥，一家人坐在炕上，吃完了這頓簡單的晚餐。

緊接著許槐送來了麻雀，林氏也過來做活，一家人忙碌了好一陣子才再次躺在炕上。今日可說是身心俱疲，誰也不想說話。

享受了一陣子在空氣中緩緩流動的溫馨，玉芝還是開了口。「爹、娘，老家賊的生意怕是不好做了，今日全村的孩子都去罩，也不過送來兩百多隻，恐怕不到過年就要逮不著老家賊，咱們也該想想新的掙錢方法了。」

陳忠繁頗為贊同。「老家賊雖說冬日招人恨，但是春夏時節牠們也會吃地裡的蟲子，若是全逮光了，只怕明年會鬧蟲災。」

李氏有些擔憂地說：「可我今日放話要村裡的人收老家賊呢！若是明日就不收了，那咱們家豈不是要被口水給淹沒？」

玉芝安慰她道：「咱們也不是不收，這門生意還是要做，匆匆忙忙換了其他生意，只怕要栽跟頭。日後我們每天就收一百隻老家賊吧！給許家三兄弟、徐三墩子跟賈狗兒一文錢一隻的價格，至於他們要花多少錢從別人手裡收，我們就不管了。至於嬸嬸那邊，就讓她洗一百隻賺二十文錢吧！等過了這個年，就不用嬸嬸幫忙了。」

李氏仍是憂心地說：「可是這樣就掙不到什麼錢了。」

玉芝安撫道：「娘，老家賊不是長久的買賣，現在泰興樓得了調味料的方子，只怕也會做，若是他們一隻只貴我們一、兩文錢，應該有不少人會去嚐嚐大酒樓的黃金雀。我們現在每日固定賣一百隻，不過是想靠之前積攢下來的人氣來帶動新生意罷了。」

兆勇這時候插話了。「芝芝，那我們接下來要做什麼呢？」

玉芝回道：「椒鹽調味料是我們家的特色，可以做些與這個有關的料理。爹、娘，咱們家有存一些野菇嗎？或者是馬鈴薯？」

陳忠繁說道：「野菇一到夏日下過雨後，漫山遍野都是，山上那些野菇生長的速度很快，家家都去摘來曬乾留作冬菜。咱們家有一些，不是特別多，但是村裡大概有不少。

「至於馬鈴薯，在前朝還很稀罕，聽說有人種馬鈴薯發了大財，但是這東西一畝地就能產幾百斤，如今都過了上百年，慢慢變得不太值錢。而且它存放的時間一長就會發芽，有人吃了發芽的馬鈴薯還被毒死，所以頂不了稅。

「既然不能頂稅，咱們家地又有限，所以妳爺爺不讓咱們種。村裡有四、五家買不起糧種的人家種了，秋收的時候再賣掉那些馬鈴薯換其他糧食交稅。雖說產量高，但是交了稅之後也剩得不多，那些人連粥都喝不上，日日吃這些才能混個肚飽，不知他們還能拿出多少來？」

玉芝聽了之後說道：「我們可以做椒鹽野菇跟椒鹽馬鈴薯。雖說是純素，但是菇類肉厚鮮美，曬乾的野菇泡開、去除水分後裹上麵粉炸，再撒上椒鹽，肯定很好吃。況且野菇家家都有，收購起來價格應該不高。至於馬鈴薯，那些地裡種了這東西的人家怕是早就吃膩了，我們這時候去買馬鈴薯，他們就能換錢去換別的糧食吃，沒有不賣的道理。」

兆亮光聽玉芝描述，就覺得椒鹽野菇肯定很好吃，他吞了吞口水道：「徐三墩子家的野菇多著呢！他家的人日日上山採野菇曬成乾，我們去他家收吧！」

玉芝覺得自己的二哥太可愛了，不管什麼時候，頭一個想到都是他的小夥伴，她忍不住拍了拍兆亮的手臂道：「二哥，如果我們決定要做這生意，你就去問徐三墩子家賣不賣，好嗎？」

「嗯嗯嗯嗯嗯！」

只見兆亮頭點得像小雞啄米一般，逗得大家都笑了起來。

第十三章　護女心切

陳忠繁和李氏想了想，覺得這門生意確實不錯，只是既然要賣炸的，就需要油跟鍋了，還要另外收野菇與馬鈴薯，成本會提高很多。

他們說出了心中的顧慮，一直沈默的兆志此時開口道：「爹、娘，我剛在心底算了一下，村裡每戶人家應該都存了十幾斤乾野菇，總共四、五十戶，這樣打底就有五百多斤。一斤乾野菇能泡出四、五斤濕野菇，應是夠這個年用了。還有馬鈴薯，鎮上不過賣三斤五文錢，我們直接上門跟人家收，肯定更便宜。至於豬油，可以自己買豬板油回來煉，煉出來的油渣也能賣，但是買一口大鍋是免不了了。」

陳忠繁在心裡算了算後，說道：「鐵鍋可不便宜，一個新的怕是要一兩銀子。豬板油一斤要七文錢，一斤豬板油能煉出約十二兩油，要裝滿一鍋，大概需要三斤油，這樣弄出一鍋油相當於要買四斤豬板油。況且，東西炸得多，當天要用的油就得備多一點好替換，再加上收野菇跟馬鈴薯的錢，開張成本怕是將近二兩銀子。」

當眾人陷入沈默之際，兆勇率先說道：「爹，想掙錢就得投入成本，這個生意就是過年才好做。我們現在拿得出二兩銀子，就算虧了，大不了過完年我不上學堂就是，反正我明年才九歲，等得起！」

李氏用力拍了他的手背兩下道：「什麼叫過完年不去了？咱們就做這買賣，我不信我們一家人有點子、有力氣還做不起來！」

玉芝拉住兆勇的手道：「三哥，我們一定能掙到錢的，明年你們三個一起去學堂，一個都不能少。」

此時她也顧不上遮掩了，提出了超齡的想法。「煉豬油剩下的油渣可以做椒鹽油渣餅，既然肉包子三文錢兩個，我們就賣一文錢一個，不但避免浪費，還能跟椒鹽結合。

「另外，用來炸野菇跟馬鈴薯的油最多兩、三日便要換一次，不然會影響食物的味道。不過直接倒掉太可惜，我們過濾一下，拿來分給村子裡的人，他們得了我們的好處，日後有什麼事也好說話。」

兆志眼睛一亮，說道：「芝芝這法子好，即便明日開始少收老家賊，但是收購他們的野菇又送豬油，是很好的彌補措施。就算有幾個眼紅的或跟我們不對盤的人，也不會因此有所埋怨，影響我們在村裡的生活。」

陳忠繁與李氏被說服了，決定明日先推著泥去鎮上加蓋土灶，再去買各種炸物和油渣餅的原料。

第二日收攤以後，兆志拿著六隻黃金雀與木牌去監市那裡續了一個月的攤位費，黃金雀是要給送監市吃的。

陳忠繁扒開原土灶的頂部，接著往上堆了一層，中間留兩個凹口放鐵鍋。這樣原本烤黃金雀上層的火就能直接加熱鐵鍋裡的油，既省柴又省事。

加蓋好土灶後，陳忠繁暫時離開攤位，不一會兒帶回一個做燒餅爐子的師傅，師傅觀察過攤子的狀況後，就回去拿材料了。

沒多久，造爐師傅帶著一個小徒弟過來，他們用黃泥混稻草在原本的灶臺旁邊堆了一個及腰的中空圓柱烤爐，接著在烤爐內部底層繞著四周鋪了幾層青磚，上面交叉鋪上粗粗的鐵棍，用糯米砂漿把鐵棍固定在青磚上，再把青磚之間的縫隙用砂漿封死。

鐵棍就這樣被固定在青磚上，日後如果想換地方做生意，就敲掉外面的烤爐，直接取走裡面的青磚跟鐵棍網。

接下來師傅細細敲掉一個陶缸的底部，仔細打磨到光滑，將其放在鐵棍網上，陶缸裡側的下半部澆上糯米砂漿，上半部則抹滿細緻的泥沙，然後在上面蓋上灶臺，只露出陶缸的口，方便往裡面貼餅。

最後他幫陶缸配了一個沈甸甸的木蓋，烤餅爐就大功告成了。

玉芝從未見過這種爐子怎麼做，只能目不轉睛地盯著，覺得很是神奇。

做好了烤餅爐，造爐師傅還把這個爐子的灶臺跟陳忠繁建的灶臺用黃泥連了起來，抹平臺面，這樣就像一個正式的吃食攤子了。

玉芝看他們忙完了，連忙遞上兩碗剛剛買來的酸梅湯，那小徒弟不好意思拿，還是他師傅示意他接，他才拿過來喝了一口，接著瞇起眼睛，發出舒服的嘆息聲。

玉芝好奇地問造爐師傅。「師傅，這爐子何時能用呀？」

造爐師傅看玉芝可愛，摸了摸她的頭說：「若是急的話，今日風乾一天，明日燒燒火就能用了；不急的話就晾兩天，後日用。」

玉芝暗忖今日收攤後要去買豬板油，回去還得在村裡收野菇跟馬鈴薯，明日怕是來不及了，只能等到後日。

她抬起頭對陳忠繁說：「爹，活計太多了，明日我們在家準備一天，後日再開張吧！」

陳忠繁覺得玉芝說得有理，便答應下來。

造爐師傅指點了一番燒爐子的方法，說有問題再去找他。陳忠繁趕緊道了聲謝，拿錢出來付帳。

玉芝這才知道烤餅爐竟然要價六百文錢，頂得上一輛馬車了。她一邊咋舌，一邊送走了造爐師傅。

收拾好東西後，眾人分開行動，陳忠繁帶著兆勇跟兆亮去買三合麵與調味料，李氏領著兆志、玉芝去買豬板油，大家約好買完後去鎮口等。

賣豬肉的地方有三、四個攤子相連，玉芝仗著年紀小，跑到前面挨個兒詢價，發現價格都一樣，於是她挑了一個塊頭最大的屠夫，在他的攤子買了十斤豬板油。那壯屠夫看他們買得多，還塞了兩根豬腿骨相贈。

這可把玉芝歡喜壞了，有了這兩根骨頭，就可以燉濃郁的大骨湯了……想著、想著，她的口水差點流出來。

玉芝正想著大骨湯呢，忽然間靈光一閃——自家可以順便賣大骨湯啊！這樣有餅、有湯、有椒鹽野菇、馬鈴薯跟黃金雀，種類算豐富了。她不禁慶幸起自家的灶臺建得夠大，而且剛剛才做出來兩個鍋口，很是方便。

她越想越開心，露出諂媚的笑容對壯屠夫說：「多謝大叔，假使之後我家天天在您這裡買豬板油和豬腿骨，能便宜些不？」

壯屠夫沒想到這小姑娘竟然不怕他，反而朝他笑！他先是一愣，接著答道：「當然使得，若你們日日買，我就再算便宜些！」

玉芝高興地作了個揖，謝過壯屠夫後，一家人心滿意足地走了。

路上李氏問道：「芝芝，妳為何挑這家買呢？價格不是都一樣嗎？」

玉芝回道：「娘，賣豬肉的人當中，這個大叔最壯。假使咱們一直在別家買，他很可能會找碴；若是在他那邊買，別家肯定不敢找咱們麻煩！」

一番話說得李氏笑得直不起腰來，自己這個閨女實在精明，讓人愛到了骨子裡。

一家人在鎮口會合後推著一車東西往駝山村走去。這次他們進村沒再引起轟動，可能是因為昨日大家或多或少拿到了賣麻雀的錢，對陳家三房莫名有了種親近、甚至是尊敬的感覺。

到家以後，三個男孩子跑去找各自的小夥伴傳遞少收一些麻雀、收購野菇跟馬鈴薯的事，若誰家想賣，直接來陳家三房找李氏就可以了。

陳忠繁則去上房向老陳頭與孫氏說明做新生意的事，老陳頭沒有任何刁難就答應了，而且只要交三成錢給家裡就行，更笑咪咪地要他們別擔心，家裡會當他們的後盾。

孫氏雖然虎著臉，卻沒說什麼惡毒的話，只道想用灶房就用，只要自己砍好柴就成了。

陳忠繁原本已經做好被罵的準備，沒想到事情跟他想的完全不一樣。

他神思有些恍惚地回小東廂告訴李氏跟玉芝，她們倆相視一笑，也不多說，只催他趕緊去山邊多挖一些泥。

過了一會兒，許家、徐家跟賈家就來賣野菇了。

陳家三房打算用一斤十文錢的價格收曬乾的野菇，這對村裡的人來說算是天價，若是把庫存全賣給老陳家，家家戶戶至少能賺個一百多文錢。

不過陳家暫時限制了每天收的野菇數量，也就是一天只收二十斤，所以他們先從親近的人家開始收，先賣個三天，看看銷量如何。

玉芝翻了翻三家送來的野菇，都是自家曬乾了留著吃的，水分少又乾淨，各式各樣的野菇都有，她甚至還看到了幾個猴頭菇。

她挑出了猴頭菇，問是誰家的。

徐家娘子邱氏說道：「這野菇是我家三墩子摘的，我看它顏色白白的不像有毒，就曬乾了。怎麼了，難道這個有毒嗎？」

玉芝認真地對邱氏說：「徐嬸，這東西叫猴頭菇，是山珍、也是一味藥，妳拿去鎮上的酒樓或藥鋪賣，能賣許多錢！」

邱氏嚇了一跳，說道：「這竟然是山珍！那要賣多少錢才合適呢？」

李氏接過話道：「妹子，我們怎麼知道山珍的價格呢？你們明日去鎮上的藥鋪跟泰興樓問問吧！泰興樓的朱掌櫃人挺好的，小二也不會狗眼看人低，如果你們覺得價格給得少了就拿回來，總有機會賣出去的。」

邱氏聽了，立刻從自家的野菇堆裡挑出五個猴頭菇收好，心神不寧地收下賣其他野菇得來的錢後，就匆匆返家了。

許家娘子與賈家娘子羨慕得要命，可是翻遍了自家的野菇堆也沒能找到猴頭菇，只能感慨自己沒那個命。

此時兆志領著一個約十歲的孩子進了院子，向李氏介紹說：「娘，這是劉小莊，他家種了馬鈴薯，我帶他回來商量價格。」

玉芝來了興趣，忙湊到自家的娘與哥哥身邊旁聽。

劉小莊突然被三個人圍住，有些羞澀，他低著頭，也不看李氏，急忙說道：「我爹娘說，家裡還有四百斤馬鈴薯，鎮上賣的價格是五文錢三斤，我家用十文錢七斤賣給你們家可好？」

他沒等李氏回答，就自言自語地說：「爹還說……若……若是你們家嫌貴，那十文錢八斤也行，也就是五文錢四斤吧……」

講著、講著，劉小莊突然覺得自己說了不該說的話，他抬起手飛快地摀住自己的嘴，瞪大眼睛盯著李氏。

李氏覺得這孩子既可憐又可愛，摸摸他的頭說：「就十文錢七斤吧！回頭讓你爹先送一百斤過來。」

劉小莊歡快地大叫一聲，朝李氏鞠了個躬就跑回家了。

看著他的背影，李氏想到自己的幾個孩子，忍不住嘆了口氣。

兆志和玉芝對這個價格沒有異議，他們陪李氏做好兩種椒鹽後，準備去煉豬油。由於孫氏說想用灶房就用，李氏便不客氣，帶著兩個孩子過去了。

李氏先把十斤豬板油全切成指甲大小的塊狀，倒進刷乾淨的鍋裡，再添上兩瓢涼水，灶下燒著小火，一點一點地熬。

不一會兒香味就傳了出來，慢慢朝灶房外飄去，瀰漫了整個小院。

孫氏坐在上房炕上不斷念叨著什麼，老陳頭則低頭抽著煙袋鍋子，一句話也沒說。

范氏在西廂忍不住了，她心想三房怕是發了大財，才能昨日買車、今日熬油，她又羨又妒，拉著兒子去了灶房。

一進灶房，兆毅就甩開他娘的手撲到鍋邊，如果不是油正翻滾著，他怕是要伸手進去撈油渣了。

李氏怕兆毅的口水滴到鍋裡，撈了三、四塊不是很乾的油渣放在碗裡遞給他，讓他去門口坐著吃。

范氏懷著跟兆毅差不多的心情在看那些油渣，若是她好好說話，說不定李氏也會盛一碗給她，但是她一開口就得罪人。「喲，你們三房這是發大財了吧?!看見我也不打聲招呼，真是有錢不要臉！玉芝，盛一碗油渣來，我要回屋與玉荷一起吃，記得多盛一些！」

兆志和玉芝先是瞄了范氏一眼，又看向李氏，見李氏彷彿沒聽見范氏說話，依然攪拌著鍋子，兩人便當作沒這回事，繼續控制火候。

范氏得不到回應，有些惱羞成怒，她快步上前推了窩在火邊的玉芝一把，叫道：「妳聾了?!」

此時李氏猛然將勺子從油鍋裡抽出來，用它指著范氏吼道：「別碰我的孩子！」勺子帶起的油花頓時濺到范氏手上，讓她大叫一聲、跳了起來。

李氏盯著奔跑出門的范氏，又說了一遍。「別碰我的孩子。」

這句話的聲音不高，只有兆志和玉芝聽見了，他們兩個對視一眼，站起身來，一人拉住李氏一隻手安撫她。

范氏在門外挖了一坨雪敷在手上，又衝進去喊道：「老三媳婦，妳是不是人呀？妳這個有爹養、沒娘教的東西，我可是妳二嫂！妳故意燙我是吧？我就去村裡問問誰家有這種弟妹?!不就是推了妳家崽子一下而已，她就這麼矜貴？我偏要推！」

說罷，范氏就要伸手去拽李氏身旁的玉芝，兆志急忙要攔范氏，卻沒想到李氏甩開了他的手，回頭從鍋裡舀了一勺油指向范氏道：「再敢碰我們家玉芝一下，我就把油往妳臉上潑！」

這句話讓范氏愣住了，但她還是硬撐著往前站了一步。李氏見狀便晃了一下手，勺子裡的油因而濺到地上滋滋作響。

范氏嚇得不敢再向前，也不敢吭聲，轉頭拉著還坐在門口吃油渣的兆毅跑回西廂。

李氏看范氏他們兩個離開，把勺子往鍋裡一扔，蹲下去抱住玉芝道：「娘再也不會讓那家人碰妳一下了……」話還沒說完，眼淚就掉了下來。

玉芝不禁一陣心疼，李氏這是怪自己太軟弱，沒能保護好小玉芝吧！她淚眼汪汪地回抱李氏道：「娘，沒事，我現在好得很，您別怕，也別自責了。我從來沒怪過娘，您是我最愛的娘親！」

聞言，李氏緊緊抱著玉芝哭起來，好似要宣洩壓抑已久的後悔與自責。玉芝想到那個已經離世的小玉芝，也悲從中來。母女倆抱頭痛哭，急得兆志不知如何是好。

見母女倆哭得快把灶房給淹了，兆志急中生智，喊了一句。「豬油要焦了！」

李氏連忙收起哭聲、起身查看鍋內，玉芝也回過神調整火候，兆志這才鬆了一口氣。

母子三人沈默地煉完豬油後，心情已經好轉。李氏把豬油與豬油渣分別盛在兩個陶罐中，想了想，她另外盛出一斤多的豬油倒在大碗裡，又裝了一大碗油渣，將這兩樣東西放在灶臺上。

收拾好了灶房，李氏跟兆志各自抱著裝了油與油渣的陶罐，領著玉芝回到小東廂。

第十四章　廣結善緣

孫氏自剛才范氏鬧事的時候就從上房的門縫偷看，看到李氏母子走回小東廂，她想站起來，腿卻麻得差點摔倒。

她扶著門站穩，緩了緩僵硬的腿，偷偷打開門，快跑兩步進了灶房。看到灶臺上放著各一大碗油和油渣，她點了點頭，把油倒進油罐裡，端著油渣進了上房。

「老頭子，快吃，這還熱著、脆著呢！」孫氏一邊讓著老陳頭，一邊自己捏了一塊油渣塞進嘴裡。

好一陣子沒吃油渣了，這一口下去，殘餘的油從油渣裡爆出來，那叫一個滿口生香。

孫氏忍不住瞇起眼睛，頷首道：「老三家做這買賣也有好處，好歹以後能經常吃上油渣了！」

看到老陳頭不動手，她拿起一塊塞到他嘴裡道：「快吃吧！琢磨什麼呢？」

老陳頭下意識地咬下去，一股肉香瞬間盈滿他的口腔。他嚼了嚼，嘆了口氣道：「老三日子越過越好了，老大在鎮上還緊巴巴呢……」

孫氏才不管這幾個繼子誰好、誰壞，只要能為她養老就行了，反正現在一個都拿捏不住，想多了也沒用。

她又吃了一塊油渣，勸道：「怎麼著，你還能把老三家的錢拿給老大？這可是你勸我的，我們不看別的，就看在兆志的面子上退一步，現在我們是拉攏三房，不是拿捏他們了。」

老陳頭自己拿了一塊油渣放進嘴裡，含糊地說：「我知道，就是心裡有些不得勁而已，老三過得好，我應該高興才對。去給我倒點酒，再把這油渣撒點鹽，我喝兩盅！」

孫氏罵了兩句，還是照老陳頭吩咐的去做，之後就坐在炕上和他一起吃起來。

小東廂的門被敲了敲，劉小莊和他爹劉老實一起過來了。

劉老實揹著一大袋馬鈴薯，見小東廂的門打開了，把東西放在門口，憨憨地說：「我……我來送馬鈴薯了，小莊說你們家要用十文錢七斤的價格收，是嗎？」

開門的兆志說道：「劉叔，您先等一下，我去秤秤看這些有多少斤，好給您錢。」

劉老實笑了笑，說道：「這一袋是一百斤，我在家挑好、裝袋秤過才來的，待會兒我再揹三袋來，孩子他娘還在家裡挑馬鈴薯呢！」

聞言，玉芝探出頭來問道：「劉叔，您家灶臺空著不？劉嬸有沒有空？能幫我們幹點活嗎？」

劉老實點頭如搗蒜道：「行呀！你們收了咱們家的馬鈴薯，幫忙幹點活也沒啥，妳就直說吧。」

玉芝跳過了門檻，仰起頭對劉老實說：「劉叔，我家地方小，放不了這麼多馬鈴薯，所以馬鈴薯能不能放在您家，然後你們每日做二十斤切塊蒸好的馬鈴薯給我們？」

劉老實撓撓頭道：「廚房的活計我不懂，我讓小莊叫他娘來！」

他話音剛落，劉小莊就飛奔出去，一瞬間沒了影子。

玉芝想阻攔卻沒來得及出聲，只能對劉老實說：「行呀，那麻煩劉嬸了。我本來還想和小莊哥一起去和劉嬸說呢，現在倒要她跑一趟了。」

劉老實道：「這有啥，你們買下這些馬鈴薯，對我們來說是大恩人！妳爹娘是大恩人，那妳就是小恩人了，怎麼能讓小恩人勞累呢？」

一段話把玉芝臊得紅著臉躲回屋裡，劉老實看得哈哈大笑。

兆志陪劉老實沒說幾句話，劉老實的妻子閔氏就來了，兆志立刻把她帶進屋裡與李氏詳談。

方才玉芝那個提議是突然想到的，她還沒和李氏商量，於是她趁閔氏還沒來的時候，向李氏說明自己的想法，讓李氏說給閔氏聽。

自從雇了林氏以後，李氏彷彿突破了心裡障礙，對雇人這件事沒那麼難以接受了。當然，這也是因為現在家裡的活太多了，實在做不完，到時候沒準備好耽誤了生意，豈不是因小失大？

閔氏一進小東廂，李氏就熱情地拉著她坐在炕上，寒暄幾句後說起正事。「妹子，我家地方小、東西多，放不下馬鈴薯了。若是你們不嫌麻煩，能不能每日幫我們挑好馬鈴薯，然後削皮、切塊、蒸好？這會另外算工錢，處理兩斤馬鈴薯一文錢，妳看如何？」

閔氏歡喜得不知道該說什麼才好，這種活計農家媳婦都會做，而且她家日日吃馬鈴薯，她對這個流程再熟悉不過，做起來的速度飛快，況且蒸熟馬鈴薯不過費點柴罷了，便爽快地答應下來。

李氏也很高興，和玉芝兩個人妳一句、我一句地交代閔氏怎麼做，像是馬鈴薯要切多大塊、蒸到什麼程度才好，蒸出來以後每塊都要稍微壓一下、讓它有裂紋之類的，最後就是放涼了以後裝好，每日他們出攤前會推著車去劉家拿。

第一日先試水溫，先做四十文錢的馬鈴薯，也就是二十八斤，這樣加工費是十四文錢，約好後日一早去劉家取。

閔氏點點頭，急著現在就要回去準備，她興沖沖地出了小東廂，指揮劉老實揹著那一百斤馬鈴薯回家。

處理完這件事，李氏坐在炕上幫家裡的人做衣裳。之前買的棉花和布早就送了一份到上房，孫氏大概已經快做完了，可是自己這一大家子的衣服都還沒動呢！

兆志和玉芝忙著多做一些椒鹽，李氏坐在炕上縫製衣服，幾個人時不時說笑兩句，氣氛輕鬆愉快。

此時許槐送了麻雀過來，林氏又來幫忙了，她好奇地看了兩眼放在涼處的豬油與豬油渣，卻什麼也沒說就去做活了。

等到陳忠繁和其他兩個孩子都回來了，一家人簡單地吃過晚飯，又繼續進行相關的準備作業。

發。

第二日天剛亮，李氏就起來縫衣服，一家大小六口的衣服真不是個簡單的活計。

這一天他們不出攤，兆亮跟兆勇負責泡野菇，他們先用清水洗一遍，泡在大盆裡等待泡發。

陳忠繁跟兆志忙著打掃，最近實在太忙了，家裡日日燒炕卻不清理，有些地方都發黑了。玉芝則是跑來跑去，哪裡缺人她就去搭把手。

打掃完之後，陳忠繁推著車去鎮上買了十來個大碗公跟一堆油紙，幾個孩子又忙著摺油紙好裝餅。

忙碌的一天很快就過去了。李氏做好了玉芝的新衣服，哥哥們起鬨讓玉芝換上試試看，她也不害羞，換好出來後，還走了幾下臺步，把大家樂壞了。

吃過晚飯，李氏稍微歇了一會兒就開始和麵，她先用熬好放涼的豬油混合麵粉，做了一個油酥麵團放在窗臺上，又用老麵和了一大盆麵蓋上布，放在窗底下發一個晚上，明日起來用正好。

玉芝昨日把屠夫送的兩根豬腿骨放在窗外凍了起來，今日她也找了個盆子泡豬腿骨，先去去血水。

一家人睡了個好覺，隔天一大早就忙活開來。陳忠繁先推著車去劉家拿馬鈴薯，然後把車推回家門口等著。

零零碎碎裝了一大車物品，陳家三房準時出發了。到了市場天還黑著，他們先燒火烤黃金雀，又就著火用一個從家裡帶來的舊鍋煮大骨湯。

玉芝帶了幾根從家中的地裡挖出來的白蘿蔔，等大骨湯熬得差不多了，她就把白蘿蔔切塊扔進去，轉小火燜著。

接下來一家人做起了油渣餅。李氏讓力氣大的陳忠繁把發好的麵揉開，分成一個個大小一致的小麵團放在旁邊醒，她自己也把油酥麵團分成重量差不多的小塊。

玉芝指揮三個哥哥一道做餡，兆志最大，讓他動刀切蔥花，他切的速度不快，但是很仔細；兆亮跟兆勇把蔥花和油渣混合攪拌均勻，玉芝添椒鹽調整鹹淡。

包餅技術最好的是陳忠繁。原來自從親娘去世，他就幫姊姊打下手做飯，因此技術很純熟，飛快地包了一爐子油渣餅後，把它們貼在爐子旁邊等待烤熟。

做好烤餅的事前工作，李氏燒起了一鍋油，油很快就微滾了。

此時已經有人排隊要買黃金雀，玉芝馬上切換成銷售模式，笑容燦爛地說：「爺爺、奶奶、叔叔、嬸嬸、大哥、大嫂們，咱們家今日多了一些新花樣，想吃飽的，有豬油渣做的香噴噴油渣餅；想暖身子的，有現熬的白蘿蔔大骨湯。一碗湯、一個餅，保證能頂到吃午飯前。

「還有現炸的野菇跟馬鈴薯，味道又香又下酒，買一斤回去逗孩子也很好，就怕太美味了，孩子們日日哭鬧著要吃，那可就是我們的罪過嘍！」

第一個來買黃金雀的大爺聽玉芝說個不停，忍不住問道：「之前沒看到你們賣炸野菇跟馬鈴薯呀？」

玉芝回道：「我們是做好了準備才賣的，油炸的東西得現炸才香脆，您若是想買的話，站在旁邊吃完一個油渣餅就好了。油炸的野菇五文錢一斤，馬鈴薯三文錢一斤，花幾文錢買這些，不只嚐起來有滋味，還能吃飽呢！」

圍觀的人都笑了起來，這位大爺壓根兒沒說要買餅，小女娃真是太會做買賣了！

大爺笑著說道：「那成，給我一斤炸馬鈴薯，再來一個油渣餅，我吃著等吧！」

陳忠繁點點頭，掀開烤爐的木蓋，快手從爐壁撬下一個油渣餅，包在油紙裡遞給大爺。

大爺看到烤得金黃酥脆的油渣餅，忍不住一口咬下去，接著發出了驚訝的呼聲。

圍觀者好奇得不得了，紛紛問：

「怎麼樣，好吃不？」

「就是呀！味道怎麼樣？」

大爺搖了搖頭沒說話，又咬了一口，隨即吐出一聲嘆息。

這可把大家急壞了，搖頭是什麼意思？搖了頭卻一口接一口地吃又是啥意思？

大爺兩三下吃完了餅才開口道：「我竟從未吃過這種油渣餅，外酥內軟，鹹香可口，再給我包十個回家吃！」

玉芝笑道：「大爺，您還沒問這餅的價格呢，怎麼就直接說要包了？」

大爺大驚道：「妳這小女娃，竟讓我一時不察！罷了，只要一個不超過三文錢，我就要十個！」

玉芝故作神秘地說：「我家這餅啊，是用現炸的油渣配上祖傳的秘料做的，開張前三日一個只要一文錢哦，三日後一個就要兩文錢，您今日是買對了！」

兩人談話間，陳忠繁快速地鏟下十個餅裝好，李氏也炸好了馬鈴薯，撒上蒜蓉與椒鹽後裝在紙袋裡遞了出去。

大爺見馬鈴薯的作法新奇，顧不上燙就用手捏起一塊扔進嘴裡，第一口就讓他驚奇不已——

這馬鈴薯外表焦脆，微微帶點焦香，馬鈴薯上遍布的蒜蓉和椒鹽在熱氣烘托下味道更加濃郁，咀嚼之後，馬鈴薯中間綿軟香甜的味道與外殼的焦脆鹹香混合在一起，讓人忍不住想一吃再吃。

大爺是個好酒之人，他嚼了一塊馬鈴薯就說道：「再炸個兩斤，我回家配酒！」

玉芝脆聲答應，李氏馬上秤了兩斤扔進鍋裡，一會兒就炸好遞給大爺，玉芝迅速算起帳來。「您拿好了，十一個餅共十一文錢，三斤馬鈴薯共九文錢，正好二十文錢整。」

大爺數出二十文錢遞給她，說道：「炸馬鈴薯可比黃金雀值多了，味道差不多，只不過一個素、一個葷。買四送一的話，我這二十文錢能得到五隻黃金雀，自己吃一會兒就沒了，不過十個餅、三斤馬鈴薯，讓我們一大家子吃個午飯肯定夠！」

玉芝甜笑道：「大爺若想留在晌午吃，放進鍋裡用小火煎一會兒就使得，這餅與馬鈴薯都帶了油，不用另外倒油，稍微煎一下就和剛買的差不多了。」

大爺連道幾聲「好」，心滿意足地唱著小曲回家了。

一堆人圍在旁邊看了一會兒，都覺得油渣餅一個一文錢確實划算，素包子同樣一個一文錢，乾巴巴的不說，還沒這種餅香。更何況想把油渣餅帶回家熱的話，不用油就能煎得酥香了，多方便啊！

大夥兒興致全來了，你兩個、我三個地買了起來，玉芝乘機推銷自家的大骨湯。「若是吃餅太乾了，就來碗白蘿蔔大骨湯吧！一文錢就這麼一大碗公，帶回家都能供三口人喝了呢！沒帶碗的人給五文錢押金就能連碗帶回家，回頭退碗就能取回押金，若是自己回家拿碗來盛，那大家都方便啦！」

說罷，她掀開大骨湯的鍋蓋，一陣白煙直沖上天，隨著水氣慢慢消散，肉香味鑽進了每個人的鼻子，當下就有人回家拿碗去了。

新產品一推出，生意好到不行，一家人手腳忙得停不下來。快到晌午的時候，馬鈴薯和所有的油渣餅都賣光了，大骨湯也見了底，黃金雀只剩下最後一隻，唯獨二十斤的野菇還剩下四、五斤。

玉芝小手一揮，決定把這幾斤野菇帶回家自己吃，於是眾人開始收拾東西，沒想到胖大嬸突然來了。

見到她，玉芝連忙甜甜地打起招呼。這可是自家第一個客人呢！在玉芝心目中，這就是他們家的永久ＶＩＰ。

胖大嬸趕得上氣不接下氣，一看到他們一副要收攤的樣子，連忙大喊。「別急！賣十隻黃金雀給我！」

李氏聞言道：「妹子，我家的黃金雀今日只剩下一隻了。」

胖大嬸急得滿頭大汗道：「這可如何是好？我公公從村裡過來了，我男人告訴他黃金雀多香，勾起了公公的饞蟲，非要我來買呢……」

玉芝想了想，說道：「大嫂子，您丈夫是覺得黃金雀的味道好，還是想吃肉？」

胖大嬸說：「自然是味道好了！我家那口子在衙門當衙役，工錢夠買肉來吃，就是稀罕你們家這有點麻、有點辣的鹹香味！」

玉芝道：「黃金雀今日確實不夠賣了，但是我家有新吃食，就是炸野菇。用來配炸野菇的調味料跟黃金雀的一樣，而且野菇肉厚，吃起來口感好，味道也鮮美，大嫂子不如買幾斤回去給老爺子嚐嚐？」

胖大嬸猶豫道：「這……這……我怕我公公不同意啊……」

玉芝直接扔了一條裹了麵糊的野菇進油裡，不一會兒就炸好了，她挾起來撒了一層椒鹽遞給胖大嬸道：「大嫂子嚐嚐看味道怎麼樣？」

胖大嬸一嚐，眼睛都亮了，連聲道：「不錯、不錯，這個好，剩下這些我全要了！」

玉芝一邊讓兆志炸野菇，一邊說：「這些將近五斤，就算您算四斤，我再送最後一隻黃金雀給您家老爺子嚐嚐鮮，看看他喜歡哪個！」

胖大嬸笑咪咪地看著玉芝，輕撫她的臉道：「妳這小娘子真是太貼心了，我只有兩個兒子，沒有女兒，真想把妳拐回家當我的閨女呢！」

玉芝害羞地摸了摸臉，把剛炸好的野菇遞給胖大嬸道：「大嫂子，這可差一輩了，我叫您嫂子呢！」

胖大嬸開懷大笑道：「這小娘子真是可愛，今日我急著回家，改天我們再好好說話。」說罷便跟陳家人道別，匆匆離去。

帶出來的東西全都賣光了，玉芝心底十分歡喜，看來哥哥們的學費能攢齊了！

一家人懷著對未來的期望，分頭去買需要的各種材料後，有說有笑地朝家走去。

第十五章　劃清界線

此時的小西廂，林氏正和陳忠華討論著三房的事情。

說了一下最近三房做的生意以後，林氏道：「四郎，我看三房要起來了。最近三嫂瞧我的眼神不太對，可我自認做活認真，想了想，怕是三嫂知道我們有錢卻不還給她那一兩銀子的事了。」

陳忠華道：「真沒想到三房起得來，三哥三棍子打不出一個屁，日日只會種地跟出力氣；三嫂覺得我們供兆志讀書，就靠做活彌補內心的虧欠，卻沒法賺錢貼補家用。他們明明普通得很，卻不知道走了什麼運，就這樣發家了？我日日去外面轉，怕是一個月也沒他家一日掙的多呢……」

林氏上前摟住陳忠華的胳膊道：「我看三房的四個孩子都不是省油的燈，怕是靠那些孩子才起來的。特別是玉芝，不過五歲，說話辦事井井有條，那調味料我瞅著是她配的，不知道她從哪裡學來的。還有兆志……怕是翻過年就是位童生了。」

說到這裡，林氏抿了抿嘴，又道：「我們兆雙過完年才四歲，離上學堂讀書還有一段時間，等他讀出成績，不知道要多久。大房在鎮上，兆毅也不像是塊材料，咱們下一輩怕是要靠兆志了。」

陳忠華道：「兆志考上童生，三房就分家了，要怎麼靠他呢？」

林氏掐了他一把道：「呆子！分家又不是分宗，都在一個村住著，至少兆雙上學之後，還能找他堂哥解惑。只是三哥跟三嫂對我似乎有些疙瘩，怕是年後就不會用我了。」

陳忠華大驚道：「這是為何？」

林氏道：「現在我每日只須洗一百隻老家賊就有二十文錢，大概是為了以後堵我的嘴，你這豬腦袋哪裡想得到這些。」

陳忠華沈思一會兒後說道：「咱們可不能跟三房疏遠，今日我與妳一起去把一兩銀子還給三嫂。」

林氏擔憂道：「現在去還，是不是太刻意了些……」

陳忠華道：「既然被三哥跟三嫂他們察覺，早一點解決還能說上話，分家以後，就不是這麼回事了。」

想了想，他又道：「把玉茉和兆雙接回來吧，和三房那四個孩子親近、親近。」

林氏聽了，很是不願意。如今玉茉和兆雙放在她娘家，陳忠華每個月都會送錢去那邊，說是供兩個孩子吃飯。可是孩子能吃多少？剩下的錢等於是補貼她娘家，若是接他們回來，她娘家豈不是損失一筆?!

她摟著陳忠華撒嬌道：「家裡日日吃稀粥，也穿不暖，我可捨不得玉茉跟兆雙回來受苦……」

陳忠華撫摸著她的後背道：「妳不趁現在讓他們和三房幾個孩子建立感情，日後誰幫妳？我看三房這四個孩子都有主見，只怕以後不會理我們這幾房了。」

林氏慌了起來，說道：「那……那我明日就去把玉茉跟兆雙接回來！」

陳忠華道：「不急，快過年了，等臘月二十三祭灶那天再把他們接回來，這樣過完年就順勢留著不走。這幾日妳提前去跟玉茉說好，讓她和玉芝好好親近，兆雙就不用了，他年紀太小，可能會說溜嘴。」

林氏點了點頭，和陳忠華兩個人默默等著三房的人回來。

陳家三房一路上歡聲笑語地返家，聽到他們進院門的聲音，陳忠華和林氏不約而同地打了個哆嗦。

對視一眼之後，陳忠華笑了出來，說道：「怕啥呢？又沒做什麼虧心事，今日我們是去還錢的，有底氣點。」

林氏有些瑟縮地說道：「那下半晌等人家送老家賊來的時候，你與我一起過去吧！」

陳忠華自是應下。

三房一家正在小東廂數今日掙的錢。

新買賣的成本很高，光是炸東西的鐵鍋就要一兩銀子，新建的爐子要價六百文錢，再加上收購食材、調味料跟油紙的錢，還有處理馬鈴薯的工錢，加起來要二兩銀子出頭。

陳忠繁心疼得直咂嘴，李氏也皺起了眉，幾個孩子倒是很淡定，今日攤位的盛況他們看在眼裡，絕對掙錢。

玉芝把一個裝滿錢的布褡褳抱到炕上，依舊一人負責數一堆。扣除了購買明日材料的錢，竟然淨賺了七百多文錢，就算交一些錢給上房，本錢也很快就能賺回來。

這些炸物與油渣餅雖然沒有黃金雀掙得多，但是勝在細水長流，天天都能做，到了過年前十里八村的人去鎮上採買年貨的時候，營業額肯定還能再上一層樓。

三房的人歡喜不已，各自下炕準備明日的材料，李氏也帶著玉芝去灶房煉豬油。

忙到天擦黑了，活計差不多剛做完，許槐就過來送麻雀，陳忠華則與林氏一起從小西廂來到小東廂。

對於陳忠華的到來，陳忠繁和李氏都很驚訝，這個弟弟近幾年基本上都在外頭晃，吃飯的時候也不怎麼吭聲。他們兩兄弟已經多年沒好好說過話，陳忠繁猛然看到陳忠華，竟沈默了。

陳忠繁不講話，陳忠華也不好開口；李氏原本心中就有怨氣，也不說話；一旁的四個孩子面面相覷，誰也沒有出聲，場面頓時有些尷尬。

還是林氏看氣氛不好，主動說起話。「三哥、三嫂，四郎看我能日日來你們家做活，說是要來謝謝你們呢！」

陳忠華反應過來，接過話道：「對，多謝三哥跟三嫂，咱們兩家之前日子過得都不怎麼樣，現在你們起來了，還幫我們家，所以弟弟過來謝謝你。」說罷行了個禮。

陳忠繁從未見過弟弟這副模樣，有些無助地想往李氏那邊看，卻撞進了兆志看陳忠華時那微帶嘲諷的眼眸。

他的腦子瞬間清醒，張嘴對陳忠華道：「兄弟之間行什麼禮，我們不過掙個辛苦錢而已，找弟妹來幫忙，也是因為真的做不過來，不值什麼謝。」

陳忠華心頭微微一驚，自家三哥何時變得這麼不好說話了？這完全堵住了他的去路！

他趕緊堆起笑對陳忠繁道：「三哥這說的是哪裡話，你們能想到她，就是幫了我們，該謝就得謝。」

說完，陳忠華停了一下，有些艱難地開口。「我娶如娘的時候動用了三嫂的嫁妝，這麼多年來，這件事一直堵著我的心。無奈弟弟沒本事，老是掙不著錢，幸好三哥跟三嫂幫了大忙，今日弟弟終於湊夠了一兩銀子來還給三嫂。」

陳忠華轉身向李氏行了個禮道：「三嫂，這些年多謝妳了！」

林氏也上前行禮道：「多謝三嫂當年相助。」

李氏這就被架起來了。四房夫妻說得誠懇，若是她不拿，顯得不近人情；若是輕易收下，總覺得憋屈得很。

只見李氏臉色變幻莫名，當她終於下定決心接過銀子的時候，旁邊突然響起一道清脆的聲音。「娘，叔叔方才是說，他娶嬸嬸的時候向您借了一兩銀子，如今要還給您了？」

這聲音打斷了李氏拿錢的動作，她不禁鬆了一口氣，微微伸出去的手立刻拐了個彎，撫上玉芝的小腦袋。

「是呀！當年妳叔叔娶妳嬸嬸時手頭緊，才跟爹娘借了一兩銀子。」李氏說道。

玉芝的目光閃爍著諷刺，嘴上卻裝作疑惑地問道：「呀，那好多好多年啦，是不是比芝芝的年紀還大？」

她還掰了掰手指道：「芝芝今年五歲了，玉茉姊姊六歲，嗯……嬸嬸……嗯……嬸嬸嫁進來幾年啦？為啥現在才還我們錢呢？芝芝上個月好想吃肉跟蛋……不不，去年也想，前年也想，從小就想！」

幾句話說得陳忠華和林氏滿臉通紅，他們這個時候才來還錢，已經做好了被嘲諷的準備，卻沒想到是最小的玉芝跳出來說話。

原本以為陳忠繁和李氏最多軟綿綿地酸兩句，憑他們兩口子能言善道的，幾句話就能把這件事糊弄過去。可現在玉芝竟然大剌剌地扯下最後的遮羞布，這讓陳忠華與林氏有些受不了。

陳忠華低下頭，露出猙獰的表情，兆勇抬起頭時正好瞧見，他立刻一把將玉芝拉到身後，狠狠地瞪著陳忠華。

林氏見狀，急忙插話道：「芝芝不知道，叔叔跟嬸嬸這些年也不好過，妳叔叔這些年來光忙活，卻掙不了多少錢；嬸嬸又沒本事，只能日日在家做活。雖說沒分家，但是妳爺爺跟奶奶只管家裡吃，其他什麼都不插手。

「這幾年日子實在辛苦，幸虧嬸嬸的娘家幫忙帶兩個孩子，我和妳叔叔才能騰出手來攢點錢，拖了這麼久終於攢齊了一兩銀子，所以趕緊來還給妳爹娘，好讓他們買肉給妳吃！」

玉芝見好就收，她露出恍然大悟的表情道：「原來是這樣呀！那嬸嬸快把錢給我娘，讓我娘買肉給我吃！」

李氏這才伸手接過錢，但是一句話也沒說。

這個狀況讓陳忠華和林氏不知該如何是好，只見陳忠華搓搓手道：「雖說過去日子難過，不過三哥這是要發達了，弟弟就跟著三哥，以後總有起來的一天。」

陳忠繁聽了大驚失色，兆志卻笑著接過話道：「叔叔，我家如今這小本買賣掙的錢還不夠我們三個兄弟明年讀書，您這麼早就盯上了？」

被兆志一講，陳忠華臉上掛不住，微怒道：「兆志，你怎麼說話的，什麼叫盯上了，自家人之間怎麼能說得這麼難聽？叔叔只不過看你家如此繁忙，想過來搭把手罷了，你們想得也太多了！」

兆志一臉無辜地回道：「叔叔，我沒多想啊！我說的就是盯上『幫我家做活掙錢』這件事啊，您說什麼呢？」

這話堵得陳忠華的臉色青一陣、紅一陣的，接下來他除了一個「你」字，其他什麼都說不出口。

林氏暗道不好，慌忙對李氏說：「三嫂，這錢還給妳，我心頭壓了這麼多年的大石頭也落了地。今日的老家賊已經送來了吧？我抓緊工夫處理完，好讓你們早點歇下。」

待李氏淡淡地客套了兩句，林氏拽著陳忠華出了小東廂，轉身去屋後了。

他們剛離開，李氏就把一兩銀子往陳忠繁手上一塞，「哼」的一聲轉頭上了炕。陳忠繁滿臉的著急和尷尬，捧著一兩銀子不知如何反應。

玉芝從陳忠繁手裡拿過那一兩銀子，隨即上了炕開始到處亂翻。

李氏忍不住問道：「妳翻什麼呢？」

玉芝道：「我琢磨著找個隱密一點的地方藏錢啊！娘不要了以後甩給爹，爹像捧著燙手山芋一般，看樣子也不想要，那就便宜我了，這是我的第一筆私房錢！」

李氏忍不住笑起來，把在炕上亂竄的玉芝拖過來，拍了她的屁股兩下，伸手道：「古靈精怪的，拿來！」

玉芝裝出失望的樣子說道：「啊……娘怎麼還要呀？這可是我的私房錢……」

聞言，李氏起身從炕櫃的抽屜裡翻出五個銅板給玉芝，說道：「喏，這才是妳的私房錢！」

玉芝接過五個銅板，假裝依依不捨地把一兩銀子遞過去，一家人都被逗得笑了起來。

兆志笑著說道：「爹、娘，我們以後定會越來越好，何必為了以往的事讓家裡人不痛快呢？今日的事就揭過去，別再提了吧！」

聽他這麼說，陳忠繁憨笑著向李氏作揖，哄得李氏拍了他兩下、又瞪了他一眼，接著轉頭笑著下地忙活了。

陳忠繁這才長吁了一口氣，他朝幾個孩子擠眉弄眼一番後，也跟著出去做活，不管背後幾個孩子的笑聲大到能衝破屋頂。

小東廂屋後的陳忠華和林氏聽到屋裡傳來的笑聲，心底一陣憤恨。剛給他們夫妻難看，轉頭就笑得這麼開心，這不是狠狠打他們的臉嗎?!

陳忠華陰著臉不說話，恨恨地劃開手中老家賊的肚子，彷彿跟牠有什麼深仇大恨一般。

林氏連忙說道：「咱們來之前不都想到了嗎？受點氣是正常的，畢竟這麼多年才還他們錢。」

陳忠華回道：「祭灶那日趕緊把玉茉和兆雙接過來和三房接觸，三哥與三嫂對每個孩子都高看一眼，兆毅害玉芝摔傷，三嫂也沒說什麼，只跟二嫂鬧一場而已。」

林氏聽了，點了點頭。

夫妻倆身處小東廂屋後，不好說話，不約而同地加快工作的速度，想要早點做完活好回屋仔細商量。看到三房的錢像大水衝進來，他們的心就像手裡的老家賊一樣被剖開似的，既痛又無奈。

快手做完今日的活計，林氏去小東廂領了二十文錢就拽著陳忠華回到小西廂，討論怎麼樣才能從三房手裡多挖些好處。

上房中，孫氏又拿了一大碗油渣回到炕上，和老陳頭喜孜孜地喝著小酒，越來越能感受到三房的好處。若是其他幾個繼子跟兒媳婦，估計不會日日為她留一碗油渣跟油。

西廂的范氏牙都快咬斷了。昨日李氏要潑她油，她嚇著了，今日看見三房回來，她就拘著玉荷和兆毅待在西廂，不讓他們出去。兆毅聞到灶房煉豬油的香氣，哭鬧著要出去，玉荷也摔桌子、踢凳子的，被她一人拍了兩巴掌才漸漸安靜下來。

外面的人各懷心思，三房一家人倒是淡定地做著該做的事，為明日出攤做準備。

忙活完了之後，一家人坐在炕上歇歇，玉芝抱著李氏說：「娘，今日看來，我們是忙得過來的，明日您就不用出攤了吧！」

李氏不同意。「我不去的話，誰來炸馬鈴薯跟野菇？妳爹要做餅，我不放心讓你們四個炸，若被油濺著，如何是好？」

兆志道：「娘，炸東西不過是看好火候罷了，我負責炸，讓芝芝看火候，絕對沒問題。況且翻過年我都十四歲，不再是孩子了，以後要擔起照顧弟弟、妹妹的責任，如果您總是把我當成孩子不放手，我怎麼成長？」

李氏被堵得說不出話來，只能吶吶道：「你這孩子怎麼總是有理……罷了、罷了，明日你試試，不成就讓你爹炸。」

陳忠繁連忙附和。「對，我烤餅的間隙也能炸，妳還有啥不放心的，明天就在家歇歇吧！」

看到丈夫與孩子們認真的臉，李氏無奈地點頭答應了。

第二日生意依然很好，不到晌午東西就賣光了。兆志一開始有些手忙腳亂，後來越發熟練；最令人驚喜的是兆勇，他竟然管起了錢，收錢、找錢又快又準，出乎眾人意料。

日子一天一天過去，轉眼間就到了臘月二十三過小年。「二十三，糖瓜黏」，對孩子們來說，每年祭灶的時候是僅次於過年、第二歡快的節日，能吃到平時吃不到的飴糖。

還有，這日講究一家子都要和和氣氣，好讓灶王爺上天向天帝說好話，所以孩子們的要求若是不過分，大人都會滿足他們。

這天陳家三房的生意好到忙不過來，特地多準備的黃金雀與油渣餅也都賣完了，一家人收拾好東西後，就去雜貨鋪買了兩斤高粱飴。

回家的路上，玉芝對陳忠繁道：「爹，這十來日咱們家已經換下四、五十斤豬油了，都是過濾以後放在大桶裡裝著，看起來狀態還不錯，今日是不是該把豬油分了？」

兆志接過話。「分豬油的事情交給爺爺跟奶奶吧！最近他們對我們的態度似乎變了，我們也不能真的不孝順爺爺跟奶奶，這種在村裡露臉的事，爺爺最稀罕了。」

陳忠繁贊同地點了點頭。再怎麼說，老陳頭畢竟是他親爹，雖說有點偏心，但是十根手指頭都長有短了，他不記恨老陳頭。

第十六章　其心可議

回到陳家，陳忠繁就去上房對老陳頭說要在村子裡分豬油的事，老陳頭和孫氏心疼得直咂嘴，這白花花的豬油，竟然要分給村裡的人？

老陳頭沈吟道：「說起來是件好事，但是豬油這麼貴，咱們就這麼分了？」

陳忠繁道：「爹，這些豬油都是我們用過的，做買賣是不行了，自家也用不完，咱們又沒什麼親戚能送，不如分出去讓村裡人念著我們的好。」

老陳頭想了想，咬牙同意了，陳忠繁接著說：「爹，一家之主是您，這豬油還是得由您和娘出面去分。」

這對老陳頭和孫氏來說完全是意外之喜，畢竟誰不願意在村民面前風風光光地露臉？一直保持沈默的孫氏驚喜地抬起頭，看著陳忠繁問道：「老三，真的要讓我與你爹去分？」

陳忠繁認真地點頭道：「娘，這四、五十斤豬油就是您和我爹做主了，怎麼分都是您兩老說了算。待會兒我就把豬油搬到上房來，若是需要通知誰家，就讓幾個小的跑腿。」

老陳頭高興得連說幾聲「好」，催著陳忠繁把豬油搬來。

四、五十斤豬油總共被分成兩大桶，老陳頭和孫氏圍著兩個木桶轉了幾圈，定了定心之後，老陳頭對陳忠繁道：「咱們家在村裡沒特別要好的，也沒得罪過誰，若是今日豬油分得不好，怕是要結仇了，不如一家一斤吧，有剩的再分給幾家走得近的。」

陳忠繁自然點頭稱是。

老陳頭親自挖了一小碗豬油去找村長商量分豬油的事，孫氏則翻出用三房買的棉花與布做的新衣裳，打算等會兒讓兩人穿出去。陳忠繁看沒他什麼事，回去做活了。

不一會兒村子中央傳來了敲鐘的聲音，家家戶戶都探出頭去，只見雲德祥站在村中的大鐘下喊道：「別看了，都出來吧！是好事！」

沒多久，四、五十戶人家都出來了，集合在大鐘下等村長說話。

雲德祥清了清喉嚨說道：「大家知道老陳家做了點小買賣，今日祭灶，老陳家說感謝咱們支援他們家的生意，所以拿豬油來分給大家。一家一斤，每家都有，誰也別搶！」

村民們訝異不已，窸窸窣窣地討論說老陳家這是發大財了，連豬油也拿出來分！

雲德祥話還沒說完，可是村民的談論聲已蓋過了他的聲音，他喊了兩次「安靜」都沒人搭理，實在氣得他夠嗆。

直到雲德祥再次敲響手邊的大鐘，眾人才慢慢安靜下來，他輕咳兩聲道：「這豬油雖說是老陳家做買賣用過的，但是我看那些油狀態不錯，拿回家做啥都使得。」

此時人群中響起一道陰陽怪氣的聲音。「哎喲，用過以後才送，當我們是什麼人呀？」

雲德祥定睛一看，露出怒容道：「大癩子！你不想要可以不領，人家分豬油還欠著你了？行，我把秦家從分豬油的名單上劃掉，省得你們吃了人家的，還不說人家一句好！」

秦大癩子沒想到村長如此強硬，其實他不過就是眼紅老陳家掙了錢罷了。

這個秦家在駝山村是出了名的癩皮狗，秦大癩子他爹在鎮上做活的時候染上了賭癮，家裡能賣的全不留，就差賣媳婦跟兒子了，輸了錢，回家還打媳婦出氣。

秦大癩子他娘看到他爹進了賭場不回頭的樣子，在某次又被秦大癩子他爹打了後，讓娘家人揍了他爹一頓、和離了，撇下他和他爹。

有這樣一個爹，秦大癩子長大後也學會了賭，賭得連飯都吃不上了，可不眼紅能掙錢的老陳家？

秦大癩子諂媚地笑著拱手對雲德祥道：「村長，我這不是酒喝多了胡說嗎？您大人有大量，別把我當回事，我要拿這豬油回家炒菜給我爹吃，他不知道多少年沒吃過豬油炒菜了。」

雲德祥知道跟他計較有損自己的身分，只瞪了他一眼、哼了一聲，轉過頭對村民道：「今日這豬油是白白送給你們的，若是有人嫌棄這些油用過，跟我說一聲，不用去領了；若是不嫌棄，就回家拿盆或是碗去老陳家領豬油，家家都有，不用搶，別把人家家裡弄亂了！」

眾人聽了立刻散去，一個個飛奔回家拿容器去老陳家等著分豬油。

此時的老陳家彷彿過年一般，老陳頭和孫氏樂呵呵地穿著新做的衣服站在院子裡，面前是兩大桶豬油。

范氏拉著玉荷嫉恨得直瞪眼，兆毅早就不知道跑到哪裡去浪了。

陳忠華和林氏也為三房的大手筆暗暗咋舌，雖說今日出頭的是老陳頭和孫氏，但是村裡誰不知道做買賣的是三房，大家還能不記得他們的好？

看著院子裡的情況，陳忠華在心底暗忖，這件事絕對是那幾個孩子想出來的，他三哥跟三嫂才沒這種心機去拉攏人。那些孩子真不是池中之物，看來分完豬油就得趕緊把玉茉跟兆雙接回來了。

第一個來陳家的是隔壁的金寶四，雖說自家因為大兒媳婦的事與陳家之間有那麼點彆扭，但是這豬油不要白不要。

金寶四臉上堆著笑，恭維了老陳頭和孫氏一番，一口一句「大善人」、「做好事」，喜得老陳頭拿了一個一斤的大木勺舀了滿滿一勺油，倒進金寶四拿來的大碗裡。

這讓金寶四更高興了，接下來的好話更是像不要錢似的往外蹦，哄得老陳頭和孫氏都不好意思了。

此時村裡的人陸陸續續到來，老陳頭和孫氏紅光滿面地一人拿著一個大木勺站在一個木桶面前，等村裡人排好了隊，一勺接一勺地舀給他們。

整個小院的氣氛很是歡快，那股熱力彷彿能融化周圍的雪。

等到人群慢慢散去，陳忠華出聲道：「爹、娘，今日祭灶，我去我丈人那裡把兩個孩子接回來吧！」

老陳頭對於么子把孫兒們放在丈人家意見挺大的，聞言只用鼻子「嗯」了一聲表示答應，也沒多說話。

想了想，老陳頭又開了口。「既然要去你丈人那裡，就提一斤豬油過去吧！」

說完他找了個小罐子裝了一斤豬油遞給陳忠華。

陳忠華不在意老陳頭的態度，能拿到這一斤豬油借花獻佛夠好了。他趕忙和林氏收拾好東西，抱著豬油出了門。

回到上房的老陳頭對孫氏說道：「呵，這個老四，這次把孩子接回來以後，怕是不送走了。」

孫氏好奇地問道：「為何？他不是嫌家裡吃不好、穿不暖的，怕委屈他兒女嗎？」

老陳頭點上煙袋鍋子，抽了一口後緩緩吐氣道：「老三家起來了，老四還能不貼過去？他們知道自己得罪了三房，怕是要拿兩個孩子去貼人家了。」

孫氏當然知道那一兩銀子的事，聞言若有所思地點了點頭。

待陳忠華和林氏接來兩個孩子，天也擦黑了，家裡開始準備祭灶。

老陳頭領著全家的男丁進了灶房，一一擺上供果，跪在灶王爺畫像面前，兆志則抱著一隻大公雞跪在他身後。

焚香燒表之後老陳頭念叨幾句。

「灶君封位口，四季無災愁。」

「上天言好事，下界保平安。」

說完，他伸手蘸了一抹麥芽糖抹在灶王爺畫像的嘴上，又磕了三個頭，這灶才算祭完了。

一家人祭完灶就準備吃晚飯了，老陳頭今日大出風頭，臉上的笑意一直沒斷過；孫氏穿著嶄新的衣裳坐在炕上，擺出一副老封君的樣子，指揮兒媳婦們端菜。端好菜之後，這些兒媳婦們就待在灶房吃飯。

因為三房最近掙了一筆錢，老陳頭和孫氏也跟著發了小財，今日的晚飯那叫一個豐盛，光是紅燒豬蹄就燉了一大鍋，家裡一人能分上一塊，白菜也是摻了油渣滷的，這可是往年都沒有的景況。

老陳頭啜著小酒，看到一屋子兒孫吃得開心，別提多心滿意足了，卻又忍不住暗嘆，少了老大一家。不過他轉念一想，老大一家過年就回來了，到時候才真正是一家團聚，復又笑了起來。

正當一家人熱熱鬧鬧地喝酒、聊天時，一聲尖叫打斷了所有人的興致。「陳兆毅！不把我的豬蹄放下，你就等著挨揍吧！」

眾人回頭一看，原來是玉荷揪著兆毅的耳朵罵。「遭瘟的兔崽子，把我的豬蹄放下！」

兆毅才不理他姊姊怎麼喊的，也不管自己的耳朵還在人家手裡，雙手捧著豬蹄就惡狠狠地啃了上去。

玉荷又是一聲尖叫，鬆開兆毅的耳朵伸手就要去抽他的臉。

兆毅也不是省油的燈，他轉頭躲過玉荷的手，順手把豬蹄往自己的碗裡一扔，接著伸出兩隻油膩膩、黑漆漆的手往他姊姊的衣服上一抓，兩抹手印頓時印在上頭，怕是洗不掉了……

玉荷忍不住哭了起來，這是她今日為了家裡有人來分豬油跟過節，特地穿的一件沒有補丁的衣裳……沒補丁的衣裳她只有兩件，現下毀了一件，豈能不讓她心痛？

她發了狠，站起身來雙眼通紅地瞪著兆毅，那目光看得玉芝都忍不住打了個哆嗦。

兆毅才不管，他抓完姊姊的衣裳，就抱著裝豬蹄的碗，跑到老陳頭那裡繼續啃——他倒是知道這個家誰說話管用。

老陳頭心底是有些重男輕女，哪怕玉荷這個閨女算是得來不易，不過兆毅可是老二家的獨苗呀！

見兆毅跑到自己身邊，玉荷還像毒蛇一樣盯著他，老陳頭不高興地說：「玉荷，妳做姊的讓一讓弟弟怎麼了？打打鬧鬧的沒點女兒家的體統，大過節哭哭啼啼的招晦氣。坐下吃飯，再鬧的話，以後的豬蹄妳也別吃了！」

玉荷心頭一涼。這個家裡她就怕老陳頭和孫氏，現下老陳頭竟然不分青紅皂白地維護兆毅，她說不出話來，又不敢再哭，整個人僵在原地。

空氣頓時凝結，所有人都放下筷子看著玉荷，玉荷更尷尬了，憋得滿臉通紅。

這時剛返家的玉茉站了起來，笑著對玉荷說道：「二堂姊，快些坐下繼續吃吧！看看今日這些菜，哪怕沒有豬蹄也很好呢！」說著就過去拉玉荷。

玉荷不是那種會順著臺階下的人，她狠狠地甩開玉茉的手道：「妳是誰呀？一個一年只見一次的堂妹，也敢管我?!」

說罷，玉荷也不理會玉茉，推開凳子轉身跑了出去，不一會兒就聽見外面傳來玉荷向范氏哭訴的聲音。

一家人又轉頭看著玉茉。別看玉茉才六歲，人卻很禁得住事，看到眾人的目光全集中在自己身上，她沒有羞惱，反而抬頭對老陳頭笑了笑，說道：「爺爺，二堂姊去找二伯母了，我們繼續吃飯吧！」

老陳頭一驚，心想自己家的風水是怎麼了，為何孫子們水一個比一個深，就連養在外面的玉茉，竟然也這麼沈得住氣。

他「嗯」了一聲後沒再多說，玉茉則像個沒事的人一樣坐回自己的位置。

再次開動之後，沒了剛才那種歡樂的氣氛，大夥兒沒多說什麼，扒完幾口飯後就各自回屋去。

一進小西廂，玉茉就一腳踢翻了一個擋路的小板凳，板著臉上了炕。

林氏在後面把小板凳撿起來放到旁邊，上炕摟著玉茉說：「娘怎麼教妳的，萬事都要放在心底思量過後再行動，妳管那玉荷做什麼。」

玉茉到底年紀小，被親娘一說眼淚都出來了，她抽噎道：「您不是要我和三房打好關係嗎？我看陳玉荷那副模樣，就想在三房幾個人面前表現我體貼姊妹的心嘛！」

林氏嘆了口氣道：「怪娘不好，忘了提醒妳，那玉荷一發起脾氣來可不得了，根本不會配合妳。不過今日妳做的大家都看在眼裡了，總能在三房面前賣個好吧……」

此時三房一家也圍坐在炕上討論這件事。

玉芝說道：「二叔叔這家子還有沒有個講理的人啊?!弟弟搶姊姊吃的，姊姊威脅弟弟，相較之下咱們家真是太好啦！」

陳忠繁看到她臭美的表情，忍不住笑著說：「對對對，芝芝說得都對！」

兆志開口道：「二房的情況我們很清楚，不過四房的玉茉不簡單，怕是嬸嬸交代她什麼了。往常她每年回來最多在家待一個來月，也不和家裡的人交流，今日竟出頭哄玉荷，怕是衝著我們來的。」

一旁的兆亮大驚道：「大哥，為何這麼說？」

兆志回道：「叔叔本來就不是會輕言放棄的人，可是自從還錢那次說要跟著我們卻被拒絕以後，再也沒找上門，甚至沒來拜託最心軟的爹。這次把玉茉跟兆雙接回來，怕是要從芝芝下手了。」

玉芝眨了眨眼睛道：「我有什麼好下手的？」

兆志說道：「咱們家的買賣是妳出的主意，怕是嬸嬸看到妳和娘一起配調味料，猜到些許內容，於是接玉茉回來要和妳做好姊妹。」

玉芝撇了撇嘴，露出一副不想搭理任何人的表情道：「可是我覺得玉茉心機好深，我都沒想到她能在那個時候過去拉玉荷。」

兆勇接過話。「其實我更沒想到的是玉荷甩開她、罵她，她竟然一點事都沒有，還笑嘻嘻地跟爺爺說繼續吃飯，怎麼那麼嚇人呢！她才幾歲呀？」

李氏一直待在灶房，不知道還有這一齣，她驚訝地說：「這玉茉和老四兩口子一模一樣，真不愧是親生的，小小年紀就讓人看不透……」

想起四房那幾個人，她忍不住囑咐孩子們。「離他們遠一些！」

看到孩子們齊齊點頭，李氏才放下心來。

一家人討論了一會兒四房，就忙著打點明日需要的東西。其實白天時都準備得差不多了，不過因為今日陳家分豬油又過節，村裡好些人沒空去逮老家賊，許槐帶著弟弟們和徐三墩子、賈狗兒跑到隔壁村趴了一下午雪地，終於罩滿一百隻，吃過晚飯才送來，如今還沒處理，只能摸黑做了。

林氏也過來了，不過因為剛才說了四房家的壞話，陳忠繁和李氏微微有些不自在，四個孩子倒是從容自若。

這次林氏帶著玉茉過來，進了小東廂，林氏就拉著玉芝的手說：「妳三堂姊一直在她姥姥家替我盡孝呢！今日終於回家了，吵著要來看她唯一的堂妹，妳們姊妹倆年紀差不多，日後一起玩。」

玉茉拉著玉芝另一隻手道：「妹妹，我們以後親近些吧！姥姥家沒有跟我差不多大的女孩，自己一個人怪無趣的。」

聞言，玉芝說道：「可是我很忙呀，要做活掙錢。」

四房母女倆一聽她這麼說，反而很高興，林氏建議道：「讓妳三堂姊幫妳做活，她在她姥姥家也都在幫忙呢！」

玉芝拍手道：「三堂姊人真好！」

見到玉芝的反應，玉茉和林氏相視一笑，一切盡在不言中。

第十七章　打探消息

林氏去屋後清理麻雀，陳忠繁帶著幾個兒子去挖泥，屋裡只剩下李氏、玉芝跟玉茉。

玉茉問道：「三伯母，你們不是每日都要做調味料嗎？今日怎麼不做了？」

聽到這個問題，玉芝暗笑。到底年紀小呢，第一句話就露了餡，她今年第一次回老家，怎麼知道他們天天都要做調味料？

於是玉芝故作天真地回答。「今日白天時都做好啦，只等老家賊處理完就行了。」

玉茉懊惱極了，調味料都做好了，她來幹什麼？雖說直接走人不恰當，但留在這裡又不是真的想做活，玉茉一時之間臉色難看得很，讓玉芝「欣賞」個夠。

等到林氏完成工作、陳忠繁他們回來了後，玉茉就表示要和林氏一同回屋。

玉芝無辜地問道：「三堂姊，妳不是要幫我的忙嗎，我要開始做活了，妳就回去呀？」

這話讓林氏和玉茉尷尬極了，林氏忙出言哄道：「哪裡，妳三堂姊看妳半天沒動作，定是以為活做完了，怕打擾你們休息呢！」

玉茉連忙點頭附和。

淡淡笑了笑，玉芝說道：「這才開始呢，三堂姊，我們來裹泥蛋吧！」

說罷，她不由分說地拉住玉茉的袖子坐在泥桶旁邊，認真地教起玉茉來。

玉芝教得專心，玉茉的神色卻越來越僵硬。她在姥姥家雖然也做活，但算是半個客人，陳忠華每個月還會送銀錢過去，因此林家對她比較嬌慣，從未讓她做過全是泥的活計。

林氏在旁邊看著寶貝閨女特地換的一身新衣裳沾滿了泥點也不禁心疼，卻只能暗地咂嘴，在別人面前仍舊堆著假笑。

她的表情可把幾個孩子樂壞了，陳忠繁有些局促，李氏雖然也覺得好笑，但還是瞥了孩子們一眼，要他們注意點。

終於裹完了一百顆泥蛋，玉茉看著衣裳欲哭無淚，無精打采地跟著她娘回屋。她們剛走出去不遠，就聽見小東廂傳來一陣笑聲，雖然不知道三房一家在笑什麼，但玉茉就是覺得他們在笑自己，眼淚忍不住滾了下來。

自從知道三房發了小財，陳忠華就不像之前那樣天天不在家了，只是偶爾出去維持一下和一些狐朋狗友的關係。

今日陳忠華正好在屋裡，看見自家閨女抹著眼淚進來，嚇了一跳，差點像玉芝那樣頭朝下從炕上栽下去。

進了屋之後，玉茉就控制不住自己了，看見自家爹爹就在眼前，上前抱住陳忠華哭道：「爹！我要回姥姥家，不回來了！三伯父一家子都欺負我！嗚嗚嗚……」

林氏也難受得不得了，趕緊上前摸著玉茉的頭，心啊、肝啊、肉啊地直喊。

有爹娘在身邊安慰，玉茉覺得自己更委屈了，抽抽噎噎地停不下來，不一會兒眼睛就腫成了兩顆爛桃子。

陳忠華抱著玉茉，恨恨地說：「這家子不識好歹，竟然真的叫我閨女做活？別哭，以後咱們不去了！」

林氏拍了拍陳忠華的手臂，想開口勸他，但看了眼抽泣的玉茉，到底心疼，還是沒開口。

倒是陳忠華，緩過那陣憤怒的情緒後，勸起了玉茉。「莫哭，爹是存心想看看他家的秘方是什麼，探聽不到也不打緊，我們只是想跟著三房沾點光，日後妳別再去做活，和玉芝接觸就行了。」

玉茉哭了一場也累了，聽見她爹的話後點了點頭，接著就在陳忠華懷裡慢慢睡了過去。

陳忠華和林氏對視了一眼，他們不想吵醒女兒，都沒說話。林氏擰了條帕子幫玉茉擦了把臉，又哄睡了兆雙，夫妻兩人這才上炕歇息。

第二日，三房依舊大清早就出門，李氏則是做完家務後，在屋裡趕製衣裳，前幾天孩子們的都做好了，只剩下她和陳忠繁的還沒做完。

正當李氏收好陳忠繁衣裳的最後一針時，突然聽到外面一陣喧鬧，她急忙下炕出了小東廂。

一打開門，李氏萬萬沒想到，竟然和大房陳忠富的媳婦趙氏對上了眼。

李氏瞬間愣在原地，只見趙氏朝她笑了笑，說道：「三弟妹，咱們回來過年了。」

聽她這麼一說，李氏才反應過來，忙上前道：「大嫂，你們今年回來得這麼早，怎麼沒提前跟家裡說，東廂的被褥我還沒洗曬呢……」

趙氏微微有些不高興，李氏這話像在說他們不該回來似的，但她還是笑著說：「沒事，我自己洗洗就成。後年兆厲就要考秀才，夫子說他該學的都學了，只要回家好好複習就行，我和妳大伯琢磨鎮上哪有村裡安靜，所以就帶著孩子們回來了。」

李氏一驚，這不就是說過完年大房也不走了？過去從沒發生過這種事啊……她一邊想是不是出什麼事了，一邊幫大房搬東西。

大房那邊除了陳忠富都返家了，慌忙收拾過以後，一家人去上房向老陳頭和孫氏請安。

老陳頭心裡也七上八下的，以往大房都是臘月三十中午過後才回家，這次竟然二十四就回來了，而且三個孫兒的臉色都不怎麼樣，趙氏雖然臉上帶著笑，但是怎麼看都有幾分勉強。

等眾人都站好之後，老陳頭說道：「老大媳婦，怎麼回來得這麼突然？」

不管趙氏心底是怎麼看待自家公婆的，都得表達敬意，她行了個禮後，把剛才對李氏說的那番話重複了一次。

老陳頭明擺著不信，但是看長孫兆厲在旁邊替他娘背書，只好揮揮手讓他們回東廂去。

大房幾人離開後，老陳頭沈默地抽起煙，孫氏則在一旁邊哭喪著臉說：「老大家惹麻煩了是吧?!」

老陳頭不願意聽陳忠富家的壞話，用煙袋鍋子抽了孫氏一下，成功讓她閉了嘴。

陳忠繁他們回來的時候，看到站在院子裡的兆厲，嚇了一大跳，玉芝的第一個反應則是自己走錯門了。

她來這裡以後還沒見過兆厲，自然不知道這就是他們這一輩的老大，還是兆志先上前拱手叫了一聲「大堂哥」，她才反應過來。

糊里糊塗地跟著哥哥們向大堂哥行禮，玉芝忙不迭地地跑回小東廂問李氏到底發生什麼事了。

李氏自己都還搞不清楚呢，哪裡禁得住玉芝這個小磨人精的糾纏！她趕緊上前拉著進屋的陳忠繁道：「我看大房似乎出了事，待會兒你去爹那裡交錢的時候小心點，爹的心情應該不太好。」

陳忠繁點了點頭，數出今日應該給的錢，去了上房。

一進上房，老陳頭已經沒在抽菸了，但是嘴裡還叼著煙袋鍋子；孫氏背對大門躺在炕上，聽見有人進來也不起身看一眼，好像睡著一般。

陳忠繁喊了他們一聲，拿出銅錢遞給老陳頭，老陳頭示意他把錢放在炕沿，要他說說今日的買賣帳。

等陳忠繁說完了，老陳頭就開口道：「我看今日你大嫂帶著孩子們回來，只怕有什麼事，明日你去鎮上打聽、打聽吧！」

陳忠繁自是應下。

大房突然回來，家裡的人有些不適應。二、三、四房做什麼事都小心翼翼的，大房那邊吃過飯就閉門不出，一點動靜也沒有，這幾天熱熱鬧鬧的陳家，一下子陷入了詭異的安靜中。

第二日，陳家三房全都去了鎮上。李氏想幫忙早點把東西賣完，好騰出人手去打聽大房的事，沒想到還沒找人問，消息就送上門來了，可知這件事鬧得多大。

只見一個常來光顧的大嬸說道：「給我來二十個油渣餅、十斤炸馬鈴薯、五斤炸野菇、十隻黃金雀。調味料多包一些，我家小少爺愛用那料蘸肉吃呢！」

玉芝一一應下，一家人迅速準備起來。

此時旁邊有個跟她熟識的人問道：「于嬸，妳家主人今日怎麼要買這麼多東西，往常不都是妳家那小少爺想吃，來買一、兩樣就算了嗎？」

于嬸還沒回話呢！就有人插嘴道：「嬸子姓于？莫不是白玉樓于掌櫃的家裡人？」

一聽到「白玉樓」，陳家人都豎起了耳朵，只聽于嬸無奈地說道：「唉，可不是嗎，昨日事情鬧得那麼大，今日誰有心思做飯？碰巧小少爺非要吃油渣餅不可，老爺就差我來多買點東西，一家人就吃這個當午飯了。」

圍觀的人都好奇于家出了什麼事，不過于嬸不好說主人家的八卦，付錢拿了東西就匆忙離開了。

等她走遠了，才有人開口道：「你們不知道呀？昨日于家出大事了！」

玉芝趕忙叫陳忠繁從烤爐裡拿出一個油渣餅，遞給說話的小哥道：「大哥哥，到底出什麼事了呀?您吃個餅，慢慢說。」

那小哥也不見外，他接過餅咬了一口，先道了一聲香，才繼續說道：「于掌櫃為人不錯，做買賣也是把好手，就是這兒女緣呀……唉！于掌櫃不是有個死了丈夫的小閨女于三娘嗎?今年才二十四歲，嫁了人之後五年無子，結果第六年丈夫生急病死了，婆家怨她沒留下香火，還說她剋夫，就把她送回于家，大概有兩、三年了。

「昨日祭灶，于掌櫃在家宴請各個管事，酒酣耳熱之際，忽然聽見一聲驚叫。大家尋聲過去看看到底發生了什麼事，沒想到……」

說到這裡他停了下來，兩三口吃掉手裡的餅，享受了一會兒聽眾的催促，才繼續說道：「沒想到在家守寡的小閨女和一個男人滾在一起了，今日于家都在處理這件事呢！」

「哇……」圍觀者發出了驚呼聲。

聯想到昨日大房一家突然回來的事，兆志覺得有些不妙，趕緊問道：「小哥，那個男人是誰?」

那小哥回道：「我也不太清楚，聽說他和于三娘是親戚呢！好像是……她的表姊夫?」

陳家三房人瞬間變了臉色，只聽小哥說道：「那個男人的原配當時也在于家，就是這原配去找自己表妹時才遇上的，活生生捉姦在床呀！等眾人趕到時，那原配都癱坐在地上了，也是可憐……」

在場的人露出了同情的神色，有人問道：「那這事怎麼解決呀?」

小哥說：「我怎麼知道呢?我家鄰居是昨日去參加宴席的管事，這還是昨晚他婆娘過來串門子時跟我娘說的，碰巧讓我聽見。」

說罷，他買了三個油渣餅轉身擠出人群走遠了。三房一家心神不寧，總覺得那個男人怕就是陳忠富。

賣完今日帶的東西以後，陳忠繁跟兆志說：「兆志，你現在趕緊回家告訴你爺爺這件事，我再去白玉樓或于掌櫃家附近打聽。」

兆志想了一下，回道：「爹，您走路的速度比我快，還是您回家告訴爺爺吧！我和玉芝去問，我們兩個小孩子，人家比較不會有防備心。」

陳忠繁覺得他說得有理，囑咐兒女別露出馬腳後，匆匆往村裡趕。

李氏帶著兆勇跟兆亮去買明日需要的東西，兆志則牽著玉芝一路打聽，最終找到了于掌櫃家所在的那條街。

這條街住著鎮上有頭有臉的人，街道很安靜，也沒看到有人出入。正當兩個人站在街上發愁，不知道從何打聽時，突然有個貨郎從街角拐了過來。

玉芝心頭一喜，連忙上前攔住貨郎。

三個人站在角落處，兆志詢問道：「小哥，請問白玉樓的于掌櫃住在這條街嗎？我是他鄉下的姪孫，爺爺跟奶奶差我來問問叔公哪日回去過年呢！」

那貨郎打量了他們幾眼，發現兄妹的衣衫雖然有些舊，但是漿洗得乾乾淨淨，再加上兆志看起來斯文，讓人心生好感，便回道：「快別去你叔公家，他們家出大事了！」

兆志和玉芝裝出一副受驚的表情，玉芝更是扯著貨郎的袖子急問道：「大哥哥，我叔公家出什麼大事了?!」

貨郎猶豫了，做他們這行的，東家、西家的事都知道一些，雖說昨天在于家的人很多，那件事早在附近傳遍了，但是當著人家姪孫兒的面說這種事，似乎不太好，更何況他們還是孩子呢……

看到貨郎糾結的模樣，兆志說道：「小哥，我倆被爺爺跟奶奶派來，若是回家沒個說法，會挨罵的。」說完他從袖口掏出幾文錢塞給貨郎。

貨郎拿過錢掂量了幾下，捨不得還回去，只好開口道：「你們知道這位叔公家有個守寡的女兒吧？」

兆志跟玉芝點了點頭，玉芝還說：「對對對，是三姑母！」

貨郎嚥了口口水，接著說：「你們這三姑母……昨日和她表姊夫兩個人被表姊堵在房裡了。」

兆志做出大驚失色的表情，玉芝卻像沒聽懂一樣問貨郎。「大哥哥，堵在屋裡怎麼啦？是我三姑母的哪個表姊呀？」

看著玉芝的小臉，貨郎還真有點說不出口，但是看了看手裡的銅板，他只能咬牙說道：「聽說是你叔公表妹的女兒，就是鎮上賣米糧的趙家千金！」

這下兆志和玉芝可是真的呆住了，那個男人就是自己的大伯父……

雖然之前有所猜測，然而一旦確認是事實，兆志和玉芝還是有點接受不了。不過兩個孩子都是理智的人，一下子就反應過來了——若是捉姦在床，為何趙氏沒去娘家，反而回來村裡呢？

兆志又問貨郎。「小哥，多謝提醒，不然我們兄妹今日進了叔公家，怕是得不了好臉色。只是不知這事怎麼解決，我這三姑母命太苦了。」

貨郎意味深長地看了兆志一眼，說道：「你這三姑母命怎麼樣不知道，她表姊命倒是挺苦的。聽說當時她表姊癱在地上，待她父母趕過來，她就爬起身要和你三姑母拚命，結果你三姑母大喊『我有了大郎的孩子』，她表姊就當場暈過去了！」

兆志和玉芝被嚇到不知道該做出什麼反應了，只能木木然地看著貨郎。

貨郎看他們這樣，乾脆把知道的事全說出來。「聽說于掌櫃立刻派人去找郎中回來，他閨女確實有了一個多月的身孕。你們叔婆要你們三姑母做她表姊夫的平妻，說什麼『娥皇、女英，姊妹共侍一夫』。」

講完以後，貨郎就向他們告辭了，兆志和玉芝面對面站著，不曉得說什麼才好，只知道家裡怕是要亂成一團了。

過了一會兒，兆志艱澀地開了口。「大伯母帶大堂哥他們回村，怕是不想接納于三娘這個平妻吧……」

說著，兆志又覺得自己傻，玉芝再聰明也不過五歲，能懂這些嗎？他搖搖頭，帶著玉芝去鎮口與家人會合。

第十八章　劍拔弩張

到了鎮口，看到站在板車邊的李氏、兆勇跟兆亮，兆志沒多說話，推起車就往村裡的方向前進，沒走多遠就看到氣喘吁吁的陳忠繁跑了過來，眾人一驚，忙問發生了什麼事。

陳忠繁接過兆志手中的板車，說道：「我跟爹說了大哥的事，爹急得不得了，非要我來鎮上再探聽個明白。兆志，你們打聽清楚了沒有？」

兆志沈默了一下才開口。「嗯……打聽清楚了，那件事是真的，而且……而且丁三娘有了大伯父的孩子，她還想做大伯父的平妻，和大伯母不分大小。」

「什麼?!」

全家人都呆住了，半天緩不過來。

見狀，兆志出聲提醒大家。「快點回去和爺爺商量該怎麼做吧，這不是我們能管的事。」

到家以後，陳忠繁就領著兆志跟玉芝去了上房。老陳頭早就等得不耐煩了，在地上走來走去，聽見三房的進門聲，差點沒轉頭撲過去。

等陳忠繁父子三人走進來，老陳頭馬上問道：「怎麼樣？打聽到了嗎？你大哥真的和于家的……」

陳忠繁僵硬地點了點頭，說道：「爹，不只這樣……他們被大嫂撞見了，那個于三娘還……還懷了大哥的孩子。于掌櫃一家的意思是，讓她做大哥的平妻，和大嫂平起平坐。」

孫氏倒抽一口冷氣，老陳頭也不由自主地退後兩步、癱坐在炕沿上，一時說不出話，剛想張嘴就猛地咳嗽。

陳忠繁嚇了一跳，趕忙倒水給老陳頭喝，還幫他拍背。

好半晌老陳頭才順過氣來，他啞著嗓子對玉芝說：「芝芝，妳去東廂請妳大伯母過來……我問問她。」

趙氏過來之後，很快就察覺到屋裡的異樣，知道事情瞞不住了，她快走到炕邊後突然跪下，又讓老陳頭與孫氏嚇了一跳。

只見趙氏努力不讓眼眶裡的淚水掉下來，對老陳頭跟孫氏說道：「爹、娘，我嫁給大郎這麼多年，為他生兒育女、操持家務，他竟然……竟然這麼對我，求爹娘為我做主啊……」說罷嚶嚶哭了起來。

老陳頭跟這兒媳婦沒見過幾次面，皺著眉不知該怎麼勸她，只好問道：「妳帶著孩子回家來有什麼打算？」

趙氏哭聲一梗，接著斬釘截鐵地說道：「兒媳婦不希望大郎娶什麼平妻！」

老陳頭有些猶豫地說：「可是于三娘肚子裡不是有了老大的骨肉？」

趙氏聞言又哭了起來，過了一會兒才哽咽道：「可以讓于三娘進門，但她只能做妾，平妻萬萬不行！」

老陳頭咂咂嘴，對趙氏說：「那是妳舅家的表妹，妳舅舅能同意嗎？」

趙氏哭著磕了個頭道：「兒媳婦求爹娘做主，只要你們不同意，她就做不了平妻！」

老陳頭最偏心的人就是陳忠富，不可能隨便答應趙氏，再說現在陳忠富還沒回來，不知道他有什麼想法。

趙氏見老陳頭不說話，心底一涼，不過她早就想到老陳頭最偏袒陳忠富，於是使出殺手鐧。「爹，若是于三娘進家門做了平妻，以後兆厲要怎麼考功名？查身家的時候，看他家裡有女人跟他母親平起平坐，怕是連個為他作保的秀才都找不到了！」

老陳頭沒想到事關長孫考科舉的事，頓時上了火，可又不敢在不知陳忠富意向的情況下，輕易答應趙氏什麼。

想了想，老陳頭抬眼瞪著陳忠繁道：「老三，明日你去鎮上尋老大回來，出了這麼大的事，媳婦跟孩子都回村了，他卻不露臉，我看他是要上天了！」

陳忠繁沈聲應下，老陳頭揮揮手要兆志和玉芝扶起趙氏，對她說道：「妳莫著急，今日先回去歇息，明日我把老大叫回來好好教訓他，然後咱們再商量該怎麼做。」

趙氏失望不已，這個公公是不見兔子不撒鷹，如果不能確定會影響兆厲考功名，怕是會敲鑼打鼓地把她那搶奪人夫的表妹當成平妻迎回來吧？

幾人出了上房，陳忠繁與趙氏道別後直接回小東廂，兆志和玉芝則扶著趙氏送她回屋。

兆厲在東廂門口等著，他見兆志與玉芝攙扶著趙氏過來，急忙上前抓住他娘的胳膊。謝過兆志跟玉芝後，兆厲沒多說什麼就進了東廂。

了。

第二日，陳忠繁貼好餅就去白玉樓找陳忠富，可是小二卻說陳忠富已經兩日沒來上工了。

陳忠繁心裡著急，跑到陳忠富在鎮上買的屋子，依然找不到人。他懊惱地回到攤上，正巧趕上買賣做完。

一家人看見他隻身回來有些納悶，忙問陳忠富在哪裡，陳忠繁當然不知道。

眾人正苦惱著呢，兆亮忽然說了一句。「大伯父不會是還在于家吧？」

一語驚醒夢中人，陳忠繁和李氏你看我、我看你，都覺得這個可能性很高。

兆志想了想，決定與陳忠繁一起過去，若有什麼狀況，也好幫忙緩和氣氛。

父子兩人敲響了于家的大門，過了好久，門才開了一條縫，有人探出半個腦袋問道：「你們找誰？」

兆志回道：「我乃陳忠富的姪兒，今日家中長輩讓我來尋我大伯父回家商議事情……」

話還沒說完，大門就「啪」地一聲在陳家父子倆面前摔上，在他們愣住的期間，院內傳來大叫。「夫人！大事不好，陳忠富家的人找上門了！」

兆志突然覺得有些好笑，這個反應就像他們父子來搶人一般。他正想再次敲門，大門卻忽然打開了，門裡走出一個面容嚴肅、五十來歲的夫人，她左右兩側各跟著一個丫鬟，頗有貴婦的風範。

陳忠繁和兆志知道這就是于家的主母了，於是陳忠繁上前行禮道：「于夫人安好，在下陳家三郎，聽聞大哥的事情後，全家都很驚慌，家中老父今日特地派我來接大哥回家，問清楚是怎麼回事。」

于夫人用她的三角眼一瞪，說道：「怎麼著，你家答應平妻這件事了？」

陳忠繁噎住了，好一會兒才開口道：「事發太過突然，家裡不知現在到底是什麼情況，差我來鎮上尋大哥回去，聽聽他的說法……」

話還沒說完，于夫人猛然出言打斷他。「我呸！你們陳家這群敢做不敢當的孬種，還想把那爛人帶回家？休想！讓你那老爹親自來這裡跟我們談！」

說罷她朝陳忠繁的腳下吐了一口口水，轉身進了院子關門落鎖。

陳忠繁和兆志還沒反應過來呢，周圍已經空無一人了，只有一旁樹上最後一片樹葉轉著圈從樹上飄下來，落在陳忠繁頭上……

陳忠繁帶著家人垂頭喪氣地回了家，老陳頭正站在院子口等著，當他不見陳忠富的身影時，著急地說：「老三！你大哥呢？你沒去找他？」

就算陳忠繁脾氣再好，面對這情況也有些無語，他沈默了一會兒才說道：「找了。大哥被扣在于家，于夫人說要爹親自上門才會放了大哥，人家連門都不讓我進去。」

老陳頭聽了有些膽怯，那可是白玉樓的大掌櫃，別說現在他窩在村裡，就算他在鎮上的時候，那也不是他一個小木匠能接觸的人。

他猶豫著要不要去于家。不去吧，大兒子回不來，這事沒法解決；去吧，又該怎麼面對這一切……

此時趙氏由兆厲扶著從東廂走出來，對老陳頭說：「爹，去吧！我與兆厲隨您一起去，我倒要看看于家現在想怎麼樣！」

她的口氣帶有幾分狠勁，像是要跟誰拚命一般。

老陳頭很是無奈，想了想，也只能去于家走一趟了。他點了陳忠繁和兆志相陪，看了看院子裡的人，又點了玉芝。

大家都有些驚訝，不知道他為何要帶上玉芝。

面對來自周遭的疑問，老陳頭不回答，執拗地要帶這個孫女。玉芝巴不得跟去看熱鬧，歡快地應了下來。

老陳頭坐在板車上，陳忠繁推著他，兆厲和兆志扶著板車的兩邊穩住車身，趙氏牽著玉芝走在旁邊，一行人就這麼出發了。

走到半路，老陳頭突然對玉芝說道：「妳小小個子怎麼跟得上，上車來跟爺爺一起坐，讓妳爹推。」

玉芝覺得有些莫名其妙，這重男輕女的老陳頭什麼時候改性子了？

待她坐好以後，老陳頭就悄悄湊到她耳邊，小聲地說：「待會兒去了于家，若是于夫人態度太過強硬，妳就大聲哭鬧，我沒暗示妳停就別停。」

原來他帶自己去是這個原因！玉芝想翻白眼，不過她還是認真地點頭答應。「爺爺放心吧！我保證聽您的。」

老陳頭一顆不平靜的心得到些許安慰，緩緩點了點頭。

到了于家門口，老陳頭剛下車，還沒喘勻一口氣，趙氏就衝上去拍門大喊。「開門！快開門！我那好舅母不是要我家公公來嗎？現在我們都到了，趕緊開門！」

院子裡頓時一陣騷亂，過了好一會兒門才打開，這次出來的不是于夫人，而是一個小丫鬟。

她看起來不過十一、二歲，猛然見到這麼一大群外人，實在有些不自在，只能強忍著懼意說道：「各位隨我來吧！我家夫人在廳房候著。」

說罷她就轉過身帶路，也不管後面的陳家人跟上了沒。

陳家眾人有些惱火又有些忐忑，派這麼一個小丫鬟過來是打他們臉呢！這說明于家不想善了。

隨著小丫鬟到了廳房，只見左右各有三個家丁站在門邊，于掌櫃與于夫人端坐正位，神情嚴肅，他們兩邊各站了一個端著茶的丫鬟，氣氛肅穆。

老陳頭踏進廳房第一步就差點腿軟，還是陳忠繁和兆志扶了他一把才緩過勁來。

兆厲扶著趙氏跟在老陳頭後面，趙氏另一隻手緊緊牽著玉芝，彷彿她手裡必須抓著點什麼，才能忍下心中的怨憤，不至於破口大罵。

于掌櫃瞧見趙氏後有些不好意思，于夫人可不管，她劈頭就問老陳頭。「這就是陳忠富的爹吧？不知你兒做出這種事來，你們一家人想怎麼解決？」

「我的好舅母，您想怎麼解決？說出來讓滿屋子的人聽聽啊！看看您那在家守寡的好閨女，做了什麼好事！」趙氏不等老陳頭回答，聽到于夫人的話就頂了回去。

于夫人被堵得說不出話來，只能不停說著一個「妳」字。雖說屋裡的人都知道自家閨女這件事，但要拿出來談論，她還真是說不出口。

見狀，于掌櫃嘆了口氣，開口道：「嬌娘，舅舅知道妳心裡難過，可這事已經發生了，我們總要想個適當的辦法才行。」

趙氏平時就十分信服這個舅舅，聽到于掌櫃說話，她竟然真的忍下後面的話，一言不發。

于掌櫃對老陳頭說道：「老爺子，你家大郎和我家三娘的事，你應該知道了吧？」看到老陳頭點了點頭，他繼續說道：「現下三娘肚子裡的孩子已經一個月有餘，不知你家那邊想怎麼辦呢？」

雖說老陳頭有點膽怯，但還是強撐著一股氣說道：「這事發生到現在，我連大郎的面都還沒見過，到底要怎麼處理，我得見了大郎再說！」

于掌櫃倒是沒有為難他，吩咐家丁把陳忠富帶過來，家丁走後，一屋子的人都沒說話，氣氛尷尬得要命。

不一會兒陳忠富就過來了，他看起來精神還挺不錯的，絲毫沒受這件事影響的樣子。

趙氏一見到陳忠富就紅了眼眶，二十年的夫妻情，現在對她來說只剩下說不清、道不明的情緒。

陳忠富先朝于掌櫃和于夫人行了禮，才轉頭扶住老陳頭道：「爹，您怎麼來了？」

老陳頭終於見到了大兒子，整個人幾乎要倒在他身上了，他雙手抓著陳忠富的兩條胳膊道：「老大，這是怎麼回事？」

陳忠富淡定地說道：「我與三娘是日久生情，這件事全怪我，如今三娘有了我的孩子，爹，我要對她負責！」

趙氏聞言差點暈過去，她說不出話來，淚水止不住地往下流。

兆厲卻開了口。「爹，您想要怎麼負責？」

面對兒子，陳忠富著實感到有些羞恥，他胡亂應付道：「還能怎麼負責？娶她過門啊！」

老陳頭問道：「兒啊！你已經有原配了，如何娶她過門？」

陳忠富尷尬地咳了咳，看了趙氏一眼，還是說出了口。「爹，我想娶三娘當平妻……」

趙氏像是被踩了尾巴一樣，跳起來揪住陳忠富的領子道：「不行，做平妻這件事想都別想！我的兆厲還要考秀才，家裡出了這種事，連保都沒人幫他作！」

陳忠富這才想起自家大兒子要尋人作保好去考秀才的事。這年頭的讀書人都愛惜羽毛，若是瞧不起他家裡關係複雜，不幫兒子作保，那可就麻煩了！他一時之間沒了主意，眼睛轉了一圈，盯住了于掌櫃。

此時門外傳來吵鬧聲，沒多久小丫鬟進來稟告。「老爺、夫人，表姑奶奶來了……」

韓三娘個性潑辣，她從後方快步上前推開小丫鬟，站在廳房中間瞪著于夫人不說話。于夫人也回瞪韓三娘，兩個人跟烏眼雞一樣互瞪，旁人完全不知該如何相勸。

還是于掌櫃打圓場道：「都別看了，快坐下吧！今日好好解決這件事，否則我閨女腹中的孩子實在無辜。」

韓三娘很給于掌櫃面子，語氣還算客氣。「表哥，今日我話擺在這了，我不同意這個外甥女當什麼平妻，做妾倒是使得！」

于夫人一聽，吼道：「呸！想讓我閨女做妾？作夢！」

韓三娘走上前兩步，整個人幾乎要貼在于夫人身上，她氣勢洶洶地把于夫人嚇得縮在椅子裡。「表嫂這話我不懂！如何不能做妾？妳閨女搶了自己表姊的男人，甚至珠胎暗結，不做個賤妾，還想當平妻？那不如把這件事鬧出去吧，拚著讓我的嬌娘和離，也要讓妳閨女浸豬籠！」

于夫人的臉色青一陣、紅一陣，半天說不出話來。說到底，她也不是不明事理的人，她態度強硬地鬧成這樣，都是為了那個不成器的女兒罷了。

一旁的于掌櫃權衡了一下利弊後，說道：「不當平妻可以，不過也不能做賤妾，我家三娘怎麼都得做個貴妾，而且日後與嬌娘不住一個屋簷下。若是你們答應，那就早點把事情辦一辦；不答應的話，就墮掉這孩子，各走各的路。只是日後陳忠富休想再踏進白玉樓一步，趙家的買賣我也不會再管，我們就此恩斷義絕，再無來往！」

陳忠富一聽，急得滿頭大汗，他立刻跪在韓三娘面前，磕了三個響頭道：「岳母，千錯萬錯都是我不好，求岳母看在家裡的生意與兆厲的分上，答應了吧！」

這下輪到韓三娘的臉色變幻莫測了。她恨陳忠富辜負自己的女兒，又怨于三娘勾引自己的表姊夫，更怕于掌櫃真的不再管趙家的生意。

韓三娘想答應，可是回頭看了自己那快暈厥過去的可憐女兒一眼，又說不出口；不想答應吧，她那個當掌櫃的表哥又面無表情，讓她覺得他會說到做到。

左右為難之下，韓三娘無法作出決定，忍不住放聲大哭道：「老天爺！我的嬌娘造了什麼孽呀？她命苦啊！當初是我瞎了眼，看上陳忠富這狗東西，是我害了我的嬌娘！」

第十九章 分道揚鑣

此時趙氏緊握著兆厲的手，靠在他身上，虛弱地說：「好，我答應了，我與三個孩子搬回村裡。只有一點，鎮上的房子要留給我跟孩子們，留待日後我兒科舉跟我閨女說親時方便使用。若是陳忠富想與于三娘在一起，就去另買一間屋子，離我們遠遠的！」

于掌櫃也很乾脆，當下就答應了。他喚丫鬟拿來紙筆寫下貴妾文書讓陳忠富簽字，接著又寫了兩張一模一樣的契約，言明「妻妾王不見王」的約定，遞給趙氏讓她按手印。

趙氏撐著按了手印後，滿臉淚痕地暈了過去，一屋子人急得團團轉，生怕她有什麼危險。

韓三娘雖然潑辣，但是看見女兒這樣，自己也癱坐在地上流淚；兆厲則是慌亂不已，只能不停地喊著趙氏，希望把她叫醒。

關鍵時刻竟是玉芝反應最快，她穿過眾人，蹲在趙氏身邊，伸手使勁掐她的人中，直到掐出一個血印子，趙氏才悠悠轉醒。

她睜開眼睛，看到玉芝嚴肅的小臉與兆厲著急的神色，忍不住一把摟住兩個孩子，放聲大哭。

玉芝嚇了一跳，又覺得心酸，放軟身子趴在趙氏懷裡，無言地安慰她。

趙氏的哭聲像是一把尖銳的刀，直接刺進在場所有人心裡，聽者無不心酸，就連老陳頭都被感染得濕了眼眶。

于掌櫃和于夫人也不好受，畢竟趙氏算是他們看著長大的孩子，然而為了自家女兒，只能委屈她了。

事情了結之後，大家都沒心思寒暄，各個哭喪著臉，不像遇上納妾、添丁的喜事，倒像是碰到什麼再悲哀不過的慘事。

陳忠富送自家老爹、岳母與媳婦出去，一出于家，老陳頭瞅了陳忠富一眼，嘆了口氣道：「老大，你這事做得可真不地道啊……」

說罷他點了煙轉頭就走，陳忠繁連忙追上去，扶著他往停板車的地方走。

韓三娘摸了摸趙氏的臉道：「嬌娘，是娘對不起妳，娘為了家裡的生意和妳兩個兄弟的前程，沒為妳……」

她話沒說完就被趙氏打斷。「娘，是我自願的，我沒怪您，以後我會和孩子們好好過的。您快回家吧，別擔心我了，我有兆厲在身邊呢！而且我婆家的人都很好。」

韓三娘重重一嘆，不知該怎麼安慰女兒，留下一句「明日我去村裡看妳」就走了。

陳忠富訕訕地挪到趙氏身邊，小聲說道：「嬌娘，我……」

趙氏冷冷地說道：「你我之間無話可說，記得把你的東西從屋子裡搬出去。」說罷轉過頭不再看他。

陳忠富攔住扶著趙氏的兆厲，說道：「兆厲，回去幫爹勸勸你娘……」

兆厲只回了一聲「是」，就扶著趙氏繞開他，慢慢往前走去，竟連一聲爹都沒叫。

玉芝被兆志牽著走在最後面，她看著寒風中陳忠富那略顯瘦弱的背影，心底暗罵一聲：活該！

看到自家大哥朝陳忠富行了個禮，玉芝仗著自己年紀小，偏不向他行禮，拉著兆志就走。

目送陳家人的身影消失在街口，陳忠富別提有多難受了，因為說穿了，他對于三娘的感情也沒多深。

他之所以跟她在一起，一是因為于三娘不過二十四歲，比他年輕許多，而且模樣清秀、個性溫柔；二是衝著她爹去的。從一開始他就打著娶平妻的主意，因為這樣一來自己就算是于家女婿了，等于掌櫃退位後，白玉樓大掌櫃之位非他莫屬。

萬萬沒想到，現在于三娘變成了他的妾，哪怕是貴妾，于掌櫃也不會推舉他當大掌櫃了。誰看得慣一個處處不如自己、用這種手段納自己女兒做妾的人呢？能保住三管事的活計就不錯了。

方才韓三娘與于掌櫃幾句話就決定了這件事，他根本插不上嘴，真是偷雞不著蝕把米……陳忠富獨自站在瑟瑟寒風中為自己傷懷。

此時的廳房，于掌櫃和于夫人還待在原地。

屋裡其他人都已經出去了，于夫人吩咐兩個丫鬟在門口守著，責備于掌櫃道：「你這死老頭子！為何不讓三娘當平妻?!」

于掌櫃聽到老妻的埋怨頭都大了，只能耐心解釋道：「方才表妹話都放在那裡了，我與她從小一起長大，最是了解她。當時她是真心想讓我們三娘去浸豬籠，妳說這事若鬧開，三娘能得到什麼好處？

「再說了，只有我們這種鄉下地方才會覺得平妻與正妻一樣，往大一點的地方去，哪怕是縣城，『平妻』這稱號說出去就是個笑話，跟妾沒兩樣。如今我為三娘要了個貴妾的名頭，還與嬌娘約定分屋而居，讓她有自己的地方能做主，我這做爹的對得起她了！」

說罷，想起女兒做的醜事，于掌櫃到底壓不住心底的怒火，對著于夫人罵道：「都是妳慣的好女兒，若是再有什麼狀況，就把她趕出家門！我現在都不知道出門之後該怎麼見人了，丟臉啊……」

陳家一行人此刻已經走在回村的路上了，眾人不語，老陳頭也下地走路，讓趙氏靠在車子的扶手上，由陳忠繁和兆厲推著車往前走。

快到村口的時候兆厲打破了沈默，他強笑著對兆志說：「二堂弟，大堂哥以後就在家裡讀書了，煩請二堂弟多關照。」

兆志嚇了一跳，忙道：「大堂哥說的是哪裡話，這裡本來就是你的家，再說大堂哥回來讀書，受益的人是我。春天我就要去考童生了，還有許多課業要請教大堂哥呢！」

趙氏撐著身子坐起來，對兆厲與兆志說：「日後你們堂兄弟要互相扶持，兆志有什麼問題，儘管來問你大堂哥！」

看到兩個孩子認真地點了點頭，趙氏才放下心來，又倒在車子的扶手上。

到了臘月二十八，往年這個時候，村裡人都會拿著紅紙和筆墨，上門求兆志寫春聯，因此這天兆志沒去鎮上幫忙做生意，而是留在家裡。

他敲門找兆厲出來，說道：「大堂哥，每年臘月二十八、二十九這兩日都有人上門求春聯，等著年三十的時候貼。今年大堂哥在家，不如跟我一起幫村裡人寫春聯吧！」

兆厲欣然答應，等村民上門求春聯的時候，一聽兆厲是未來的秀才老爺，每個人都激動得要命，搶著要兆厲寫，兆志反而被冷落了。

不過兆志一點也沒有埋怨的意思，而是興高采烈地幫兆厲磨墨、裁紙，欣賞起兆厲的字。

兆亮晌午回家看到這個情況，不禁有些不高興，晚上一家人忙完，躺在炕上聊天的時候，他沒能忍住說了出來。「往年村裡人都求大哥寫，今年大堂哥回來，他們轉頭就把大哥忘了！」

兆志拍了他的腦袋一下，說道：「我平時是怎麼教你的，做人竟這麼小肚雞腸。大堂哥明年若通過院試，就是秀才了，誰不想討個吉利讓秀才老爺寫春聯？更何況大堂哥被鎮上有名的夫子教導過，今日他一邊寫、一邊教我下筆、運筆的技巧，跟在他身邊，令我受益匪淺。」

接著他語重心長地對兆亮說：「你啊，平時性子就顯得急躁，我一直教你凡事要透過表層看透內裡，今日你是不是又著相了？」

兆亮仔細思考了一下，知道是自己想偏了，於是他誠懇地向兆志道歉。「大哥，我錯了，日後遇到事情我一定多想一想。」

陳忠繁安慰地摸了摸他的頭道：「等過完年送你去學堂，你也要記得你大哥說的話，多虛心向別人學習。」

兆亮點了點頭，不好意思地憨笑兩聲，全家人看到他的傻樣子，也忍不住笑了起來。

陳家三房一直忙到年三十才停下來，與熟客們說好年初七再出攤，就收拾東西回駝山村了。

這些天鎮上日日有年前大集，三房每日回來都會帶一些年貨，把孫氏喜得夠嗆，畢竟過年的大魚大肉讓三房包了，家裡的錢就能攢下來。

不得不說，孫氏是最現實的人。一開始她想拿捏三房多要一些錢，發現拿捏不住以後，直接撒手不管，反正交給她的錢一毛不少就行了。

現在的孫氏天天換著法子吃油渣，三房偶爾還會送幾隻黃金雀給兩老打打牙祭，這種日子她以前想都不敢想，所以如今她對三房的態度好了不止一點，就連玉芝都能得到她的一個笑臉。

孫氏第一次對玉芝笑的時候，可把玉芝嚇壞了，生怕兩個老的又有什麼要求。後來發現孫氏總是對著她笑，她才漸漸放下心來，覺得自己戒心實在太強了。

因為三房在鎮上擺攤太忙，家裡準備過年的活計就落在其他妯娌身上，甚至慣常偷懶耍滑的范氏都被逼著忙碌起來。

陳忠繁覺得這樣有些過意不去，最後由李氏做主，為趙氏、范式和林氏一人扯了一身布料，她再親自送到她們屋裡表示感謝。

由於李氏的貼心，加上這幾日韓三娘來村子裡開解了女兒幾次，趙氏看起來開朗多了。趙氏表現出大嫂的樣子，拉著李氏的手道：「往常過年都是妳們在忙，今年我也該出點力了，三弟妹和我客氣什麼呢！」

李氏對這個大嫂頗有好感，兩人聊了好一陣子，她才去二房那邊。

范氏照例說了幾句酸話，像是「掙那麼多錢，一疋布就把我打發了」之類的，不過雖然她嘴上這麼念叨，手上的動作卻很快，馬上把布塞進了炕被裡。

李氏看了覺得好笑，也不跟范氏計較，客套兩句就出了門。

林氏和陳忠華對李氏的到來有些受寵若驚，夫妻兩人把李氏請進屋裡，讓玉茉倒水給她，表現得很是狗腿。

李氏有些不習慣，道過謝、放下布料就想走，林氏見挽留不住，熱情地送她出了小西廂。

回到小東廂的李氏揉了揉臉道：「弟妹真是太熱情了，我的臉都要笑僵了。」

一句話說得孩子們都笑了起來，玉芝忍不住搭著她娘的肩膀道：「叔叔兩口子是什麼人，娘不是都知道嗎？日後這些事還有您受的呢！」

看到李氏忍不住打了個冷顫，玉芝笑得更開心了。

下半晌的時候，陳忠富和陳忠貴一起從鎮上回來了，往年他們從未一道返家，今年不知怎的在一塊兒。兩人去上房向兩老請了安，一前一後退出來，回到各自的廂房。

范氏瞧見了，瞪了陳忠貴一眼，把他拉到角落道：「以後離你大哥遠一點，小媳婦都找了，可別把你給帶壞！」

陳忠貴不知是怎麼了，竟然連陳忠富發生什麼事都不知情，他驚道：「什麼小媳婦？今日東家發了紅封讓我們散工，我一出門就發現大哥在等我，大哥說大嫂帶著孩子們先回村了，他特地等我一起回來呢！」

這段時間陳忠貴都在鎮上忙，所以沒回家，可是這事鬧得這麼大，他人就在事發地卻完全沒察覺，實在讓人大開眼界。

范氏翻了個白眼，把陳忠富做的好事對陳忠貴講了一遍，最後又囑咐道：「你可千萬別跟你大哥學！」

陳忠貴驚訝地說：「這哪裡是我們鄉下人家能做的事，大哥也太對不起大嫂了！妳放心，我不會的，我日日在東家的鋪子裡做工，門都不出。」

雖說陳忠貴跟范氏之間的感情不怎麼樣，但這種會丟盡自己跟家裡人顏面的事，陳忠貴可做不出來。

范式滿意地點了點頭，又想起剛才陳忠貴說的話，她連忙拉著他問道：「你們東家發紅封了？錢呢？」

陳忠貴理所當然地回道：「給爹了啊！」

雖說陳忠貴過去對老陳頭的偏心有所不滿，但他本質上是孝順的人，自然把錢都交給家裡。

范氏一聽，掐了他的腰好幾把，怒道：「現在人家都想著自己攢錢，就你把你爹放在心上，啥都給他！」

陳忠貴每次回來都要被范氏念叨上這麼一段，他完全不放在心上，胡亂點點頭就出去幹活，把范氏氣壞了。

孫氏帶著四個兒媳婦準備年夜飯，去年還只能吃完全不含白麵的雜麵餃子，今年三房拿出十斤白麵跟一盆油渣，老陳頭一高興，決定今晚吃全白麵油渣餃子。花一個時辰包好幾百個餃子後，婆媳幾人又煮起晚上的菜。

陳忠富來廚房轉了一圈，想尋趙氏說話。然而趙氏並不理他，偶爾看他一眼，也像是在看陌生人一般，看得陳忠富心驚膽戰，只好去東廂找三個孩子聯絡感情。

但是不管他問什麼，三個孩子都只會點頭說「是」、「好」這兩個字，動作跟語氣不能說不恭敬，卻完全沒了以前溫馨的感覺。

陳忠富相當無奈，揮揮手讓三個孩子歇著，自己則走出東廂站在院子裡。看著兆毅圍著陳忠貴打轉、兆志三兄弟幫陳忠繁打下手、陳忠華抱著兆雙看雞，想到自家孩子們對自己的態度，心底不禁十分後悔。

到了掌燈時分，年夜飯全端上了桌，今年的菜色十分豐盛，除了陳忠富，每個人都由衷感到高興。

兆毅和兆雙兩個人圍著桌子跑來跑去，跑一會兒、停下來盯著菜看一會兒，看一會兒後又興奮地跑起來，逗得老陳頭合不攏嘴。

當外頭響起放煙火的聲音，連女孩子們也胡亂吃了兩口就跑到外頭看熱鬧，上房裡老陳頭與兒子們喝著酒，看著在院子裡到處亂竄的孩子們，不禁露出會心的微笑。

今日老陳頭不像以往那樣對陳忠富關懷備至，不偏心的老爹讓幾個兒子很不適應，特別是陳忠富，都有些坐立難安了。

等孩子們鬧烘烘地回到屋裡來，空氣中微微瀰漫著的尷尬總算散去。

孫氏下了炕，鋪上炕褥子，讓幾個年紀小的孩子在炕上眯一會兒。玉芝當然在這個行列中，她左手拉著自家三哥，右手牽著最小的兆雙，沈沈睡去。

子時的時候，村子裡家家戶戶都放起了爆竹慶賀新年，此起彼落的爆竹聲喚醒了睡夢中的孩子們。

他們立刻爬了起來，著急地喊娘親來為自己穿好衣服，打算出去玩。駝山村的傳統是每年除夕夜到子時之間放爆竹，之後去親近的人家拜年，初一再向交情普通的人家拜年。

自從老陳頭的父親過世以後，他們家已經很久沒在三十晚上出去或接待別人拜年了。這一回老陳頭想了想，說道：「老三，你帶著兆厲跟兆志去村長家一趟吧！還有幫你做買賣的那幾家，都去走一走。」

陳忠繁應下之後，帶著兩個孩子出去了。

他們剛出門不久，陳家就來了客人，竟然是賣陳家馬鈴薯的劉家。劉老實帶著劉小莊來向陳家拜年，感謝陳家在他們家快斷糧的時候伸出援手。

老陳頭自豪極了，謙遜地表示大家同在一村，這些都是應該的。

送走了不斷道謝的劉老實，老陳頭的心情彷彿喝了一大碗燒酒般火辣辣、熱呼呼。這種感覺讓他既陌生又激動，以至於後來的許家、徐家、賈家等人，他都客客氣氣地招待，直到丑時，陳家才漸漸安靜下來。

孫氏今晚也聽盡了好話，臉上的笑容一直沒斷過，直到躺在炕上了，她還在和老陳頭念叨。「我這輩子就屬這個年過得最舒坦了，老三一家真給我們長臉！」

老陳頭沒說話，翻身背對著孫氏，想起自己的大兒子，悄悄嘆了口氣。

第二十章　灰頭土臉

初一，孩子們像出了籠的小鳥一般歡快，清晨出去瘋跑，天擦黑才回來，只在晌午吃飯時出現一回。大人們在早晨出門向村民拜了回年後，就回家窩在上房吃果子嘮嗑。

過年期間，出嫁的女兒會在初二或初三回娘家，在他們這個縣，初三是媳婦們回娘家的日子，陳家大姑陳蘭梅也會回來。

以往趙氏跟林氏這日必定會回娘家，范氏雖然不回門，但是手藝實在太差，所以全靠李氏招待大姑一家。不過因為今年趙氏不回鎮上，林氏也說早上去娘家點個卯就回來，所以老陳頭發話讓陳忠繁帶著李氏和孩子們回門。

玉芝開心極了，自從穿越過來，她還沒見過姥姥，只聽自家三哥說過姥姥對她多好多好、她忘了姥姥有多不應該之類的，所以玉芝早就想去姥姥家了。

一家人推著裝有白麵、油渣等年貨的板車往井躍村走去，李氏還特地為爹娘備了兩身布。

回門的路上，李氏激動得不停念叨李家一家人，掛念他們的身體、細數他們的喜好。

陳忠繁聽了心底酸酸的，這麼多年李氏跟著他真是吃苦受累，她曾是家裡嬌養的姑娘，結果嫁了人後一刻不得閒。他從懷裡摸出二兩銀子遞給李氏道：「這些銀子當作給岳父跟岳母的年禮吧！」

李氏愣住了，問道：「你、你哪來的二兩銀子？難道你背著我們攢了私房錢?!」

陳忠繁哭笑不得地說：「妳想到哪裡去了？今日要去探望岳父跟岳母，我琢磨應該拿點錢給他們，誰知妳一直不提這件事，我還以為妳不願意呢，所以就偷偷從炕櫃拿錢了。」

李氏用力拍了他的手臂一下道：「我怎麼會不願意給自己的爹娘錢？不就是忙到忘記了！你還敢背著我們自己去拿錢，這是什麼壞習慣呀！」

陳忠繁憨憨地笑了，而李氏雖然嘴上罵他，但是看到他念著自己的爹娘，心裡也甜蜜蜜的，走著、走著，兩個人時不時就相視一笑。

這景象看得玉芝頭皮一陣陣發麻，他們也太肉麻了……

談笑間，一家人到了李家門口。

李氏的娘家在井躍村裡算是家境中等，只見院牆和房子下半部用青磚、上半部用石頭堆砌，看起來很是整齊氣派。

玉芝的姥姥鄭氏沒想到女兒一家會在今日回門，正在餵豬的她呆住了。反應過來以後把豬食瓢一扔，兩手在圍裙上擦了又擦，伸手握住李氏的手道：「燕娘……怎麼初三就回來了？家裡還以為妳初四才回門呢！」

說完，鄭氏鬆開李氏的手，看了看陳忠繁和幾個孩子，伸手抱起最小的玉芝親了兩口。

玉芝一點也不認生，鄭氏身上乾燥清爽的皂角味讓她想起前世的奶奶。她抱著鄭氏，把頭埋在她肩膀，撒嬌地叫了一聲。「姥姥~~」

把鄭氏叫得心都酥了半截，忙讓三房一家人進屋，又大聲往後院喊道：「孩子他爹！燕娘他們回來了！」

因為沒想到今日李氏會回來，所以李氏的的哥哥們都各自陪妻子跟孩子回門了，家裡只有兩個老的。

李一土正在後院劈柴，聽見鄭氏的聲音，差點沒剁著手。他甩下斧頭跑到前院，看到女兒一家站在上房門口朝他笑，驚喜得直說：「進屋，上炕、上炕！」

第一次見面，玉芝就喜歡上她的姥姥跟姥爺，他們看起來是那種樸實又真心疼愛孩子的人。

一家人進了上房，李一土要陳忠繁跟著他一道上炕。

鄭氏又是端果子給孩子們吃、又是倒茶的，陳忠繁連忙下地攔住她道：「娘，別忙活了，我們一起說說話吧！」

聽到他這麼說，鄭氏應了一聲，上炕坐在李氏旁邊。

鄭氏對這個女婿算是滿意，雖說他家裡窮，但是對女兒百依百順，女兒也從未抱怨過女婿有什麼不好。

說沒幾句話，李氏就掏出二兩銀子遞給鄭氏道：「娘，這些年來，我沒買過一件東西給你們，今日您收下這些錢，跟爹去鎮上買點吃的、穿的，別過得太節儉了。」

李一土與鄭氏嚇了一跳，自家的條件已經很不錯了，但也不是隨隨便便就能拿出二兩銀子來。

鄭氏忙按住女兒的手道：「燕娘，這是做什麼？你們過年來看看爹娘就行了，拿錢來不是戳我們的心嗎？快收回去，你們的日子也艱難。」

李氏的眼眶一下子就熱了，只有親爹娘才能這麼為自己著想，她忍下眼淚道：「娘，您和爹就收著吧！我們之前在鎮上做起了小生意，掙了些錢。這些年我和三郎沒孝敬過爹娘，您就收著吧，不然我這做女兒的……」

忍了又忍，她的眼淚終究還是沒能憋住，流了下來。

鄭氏想到女兒這些年的辛勞，也跟著流淚，李一土和陳忠繁兩個大男人頓時手足無措，還是玉芝拉著兆勇各自鑽進她們懷裡撒嬌，才止住了母女倆的淚水。

拍了拍玉芝的後背，鄭氏對李氏道：「這錢爹娘收下，妳莫要哭了。今日你們回來得巧，妳嫂子們都不在，只能讓咱娘兒倆去做午飯了。」

李氏應了一聲，擦擦眼淚、牽著玉芝跟著鄭氏去了灶房。

一進灶房，鄭氏就拿了一個小板凳給玉芝，又抓了一把過年炸的寸棗，讓她坐在旁邊吃。幸好過年準備的食材多，輕輕鬆鬆就能做出一桌菜。

娘兒倆在灶臺前忙活了一會兒，把要蒸的、要燉的都放進鍋裡，才好好說幾句話。

鄭氏拉著李氏的手道：「燕娘，爹娘會收下這二兩銀子，是怕我們死活不要會傷了女婿的心。日後若是妳需要用錢就跟娘說，娘再把錢給妳。」

李氏今日的眼眶彷彿沒裝閘門一般，聽了鄭氏的話又流下眼淚道：「娘，這些年來，只有你們補貼我和三郎的分，這次娘把錢拿去花吧，讓我這當女兒的心裡好受一些。我們做的買賣雖然不大，但是不到一個月就攢下了能讓三個孩子讀書的束脩，二兩銀子很快就能掙回來。所以娘，求求您，您就收下吧……」

話都說到這分上了，鄭氏只能保證他們兩個老的會自己把錢花掉。

然而在玉芝看來，自家姥姥肯定不會這麼做，她不由得嘆了口氣說道：「姥姥，咱們就別為這二兩銀子爭啦，您和姥爺儘管花，花完了我們再掙錢給你們！」

鄭氏笑著逗玉芝道：「我們芝芝以後要掙大錢給姥姥花呀？」

玉芝見鄭氏一副跟小孩玩的模樣，忍不住嘟起了嘴，鄭氏一看，笑得更開心了。

李氏也笑著接話。「娘別看芝芝年紀小，這生意多虧了她才做得起來呢！」說罷她就將事情從頭到尾說了一遍。

鄭氏心疼得不得了，抱起玉芝埋怨李氏。「為何當初芝芝摔了頭沒和家裡說？好歹妳爹也不會讓芝芝看不起郎中啊！這是我們芝芝命好，若是摔壞了腦袋可怎麼辦？」

李氏有些臉紅地說：「當時事情太多，忘了跟您和爹說了。後來芝芝醒來沒什麼事，就覺得不用講了，省得你們兩老擔心。」

鄭氏明白女兒的心情，但還是瞪了李氏一眼，然後心疼地哄著玉芝，察看她頭上有沒有磕出疤來。

玉芝享受了好一會兒的疼愛，才依依不捨地從鄭氏懷裡直起身子，認真地說道：「姥姥，現在相信我能掙錢了吧！等我掙了錢，一定買金頭面給您，買最好的煙葉給姥爺！」

她那自信又貼心的模樣，讓鄭氏喜愛得不得了。

一頓午飯賓主盡歡，陳忠繁也對李一土詳細說明了做買賣的事。李一土見女兒日子越過越好，一高興就喝多了，吃了午飯便睡過去，連女兒一家要走的時候都沒能起身。

鄭氏一邊抱怨李一土，一邊往車上裝回禮，李氏和陳忠繁怎麼拒絕都沒用，只能看著鄭氏塞給他們一籃籃大餑餑、雞蛋等東西。

回去的路上，李氏凝視著自家親娘給的回禮，不禁又哭了一回。

在陳忠繁好一頓安慰、玉芝也擠眉弄眼地保證以後掙錢給他們兩老買東西之後，終於逗笑了李氏。

歡樂的時光總是短暫的，轉眼就到了正月初七，陳家三房一家人又去鎮上擺攤，恢復了每日忙碌的生活，而陳忠富和陳忠貴則要過完臘月十五才去鎮上工作。

對於三房，陳忠貴沒察覺什麼，但是陳忠富冷眼看了這麼幾天，就看出三房買賣一個月掙的錢，怕是超過他一年的工錢了。

於是陳忠富跟趙氏商量道：「兆厲要考秀才了，考上秀才之後還要說親，玉芳也即將出嫁，咱們家的銀子怕是不怎麼夠。我看三房掙得不少，不如我們和三房說說，好搭個夥？」

趙氏現在根本不想搭理陳忠富，聞言只瞥了他一眼道：「人家三房靠自己做起來的買賣，我們憑什麼去搭夥？何況兆厲的親爹靠不住，往後還要靠叔叔跟堂兄弟，現在去得罪人家幹什麼？」

陳忠富一聽趙氏說「親爹靠不住」之類的話就渾身不舒服，可惜如今他在妻子跟兒女面前一點地位都沒有，只好摸摸鼻子不吭氣。他決定明日就去和自己的爹商量一下，讓他出面壓服三房，好參與他們的買賣。

說起來，陳忠富自小到大都是老陳頭的心頭肉，因此他覺得自家親爹一定會幫他，第二日便信心滿滿地去了上房。

進了上房以後，陳忠富先諂媚地接過老陳頭手上的煙袋鍋子，為他裝進煙葉、點好火遞回去，又幫孫氏倒了一杯熱水，放在她手邊。

老陳頭一看大兒子這樣，就知道他有求於人，他接過煙袋鍋子慢慢抽著，不打算先開口。

眼看自家老爹保持沈默，陳忠富有些忍不住了，笑著說道：「爹、娘，不是沒分家嗎？老三怎麼在外面做起買賣了？」

老陳頭頭也不抬地說道：「咱們分沒分家跟你有什麼關係，你不是已經分出去了嗎？」

陳忠富被這句話堵得半天沒緩過來，老陳頭從沒用過這種語氣跟他說話。他壓住心底的怒火，臉上堆滿笑繼續說：「我這不是為了您兩老著想嗎？老三家的錢沒少掙，我瞅著也不像全交到家裡的樣子嘛。」

孫氏低著頭，簡單說了四個字。「老三交錢。」

陳忠富又被堵了一下，臉色有些不好看了，但他還是強撐著說道：「爹、娘，老三才交幾個錢給你們，他們每日掙的可比交出來的多多了。不如爹發個話，我出些本錢算是入股，掙了錢我與老三一人一半，之後我再與老三一人各拿出一半來交給爹，這樣爹拿的錢不就多了嗎？」

老陳頭嗤笑一聲，問道：「老大啊！你想入股老三的買賣，出多少銀子？」

其實陳忠富根本沒想過要出錢，他以為自己說了以後，親爹就會喊老三來，要他把這買賣讓一半給他，萬萬沒想到他爹會問這個。

猶豫了一會兒，陳忠富說道：「爹也知道我最近要花錢的地方很多，這樣吧，我出二兩銀子如何？」

老陳頭沒能忍住，笑出聲道：「老大，你也是做買賣的人，這幾日大體能看出三房每日掙多少錢吧？你出二兩銀子就要三房一半的股，不怕說出去笑掉人家的大牙？」

陳忠富驚訝地看著老陳頭，這還是他爹頭一回這麼不給他面子，他難以置信地叫了一聲。「爹?!」

聽到他這個語氣，老陳頭拿起帶火星的煙袋鍋子就往他身上抽，一邊抽、一邊罵道：「你做出那等醜事，我當時因為要過年了沒教訓你，結果你竟湊上門來算計老三？是不是我平日太給你好臉色了？」

陳忠富不敢躲，站在原地受了幾下。

老陳頭到底心疼他，很快就停了手，傷心地說：「老大，你是你們這輩唯一讀過書的人，我以為你會孝敬爹娘，擔起一個做大哥的責任，沒料到最後會被你傷透了心。

「我們陳家代代清白，沒有人娶平妻或納妾，也沒有人明目張膽對親兄弟動這種歪腦筋。老大啊！是我以前太慣著你了，你是不是以為這個家的東西全是你的？我告訴你，你已經分家了，三房等兆志考上童生也要分出去，以後你們就是兩家人。只要我活著一天，你就別想算計你兄弟！」

老陳頭強硬的態度讓陳忠富訝異又難堪，只能灰頭土臉地回到東廂。

趙氏一看陳忠富的臉色，就知道這事沒成，忍不住露出一絲嘲諷的笑容。

過了臘月十五，陳忠富和陳忠貴就去鎮上做活了，趙氏也給出了期限，要陳忠富在臘月十七之前搬出他們在鎮上的房子，和于三娘另買一地居住。

三房這邊則是準備帶著三個男孩子去鎮上的學堂唸書。兆亮跟兆勇去的是兆志唸書的學堂，開學前兆志已經先去學堂向夫子打過招呼了。

臘月十六日，三房一家穿著新做的衣裳，提著兩份六禮束脩來到了學堂，這是要舉行拜師儀式用的，跟一般交束脩的形式不同。

喬夫子先要兆亮與兆勇叩拜至聖先師孔子的牌位，兩個孩子柔順地雙膝跪地行九叩首，接下來則是叩拜夫子，他們誠摯地對喬夫子行了三叩首。

拜完夫子，陳忠繁贈送六禮束脩給喬夫子。所謂六禮束脩，就是芹菜、蓮子、紅豆、紅棗、桂圓以及乾瘦肉條等六樣物品，各有其吉祥寓意。

行過禮之後，兆亮跟兆勇按照喬夫子的要求，將手放到水盆中淨手，正反各洗一次，接著擦乾。這表示淨手、淨心，日後將專心致志、心無旁騖地學習。

淨手之後，喬夫子要他們站直，然後親手拿蘸有朱砂的毛筆，在兩人眉心處各點了一個紅點，意思是開啟智慧、目明心亮。

執行完這些步驟，整個儀式才算完成。

拜完師的兩個孩子都很興奮，陳忠繁和李氏也很激動，一個勁地對喬夫子說「孩子交給夫子了，不聽話就打」之類的話，聽得玉芝在一旁直吐舌頭。

喬夫子客氣地回了幾句，就帶著三個孩子唸書去了，陳忠繁和李氏則拉著玉芝去找喬夫子的妻子交束脩。

看到十八兩銀子就這麼遞了出去，玉芝不禁有些肉疼，但是想到哥哥們終於上學了，也算了了全家一樁大心事。

離開學堂，玉芝就開始琢磨雇人的事了，三個哥哥都去了學堂，攤子那邊肯定忙不過來。這次可不是隨便雇個人幫忙處理原料就算了，而是要找能長期在攤子上忙活的人。

回村的路上，玉芝說出自己的想法，陳忠繁有些猶豫地說道：「之前我跟弟妹說二月起就不賣老家賊，用不著她了，雖然她沒說什麼，但是老四最近卻總是在我面前晃，怕是他知道三個孩子要上學堂，打著要跟我們一起幹的主意呢！」

李氏的臉色有些不好看，她真的不想和四房攪和在一起，那兩口子自私就罷了，還用像看一塊肥豬肉的眼神看她，那種黏膩的感覺讓李氏下意識地排斥，想遠離他們。

玉芝也覺得有點不舒服，想了想，她提議道：「我看小莊哥哥的爹不錯，人老實又有力氣。重點是他家只有兩畝地，種的還是馬鈴薯，這樣即使是農忙時節，也只要一、兩天就能做完全部的農活，不耽誤咱們做買賣。」

陳忠繁也覺得劉老實很適合，只不過越過自家兄弟去雇用別人，他心底總有些彆扭。

看到陳忠繁糾結的表情，玉芝對他說道：「爹，等晚上哥哥們放學回來，大家舉手表決，看看是想雇叔叔的多，還是想雇老實叔的多！」

見自己閨女一臉狡猾的樣子，陳忠繁忍不住笑著說：「得了、得了，真舉手表決的話，還有妳叔叔的分？劉老實就劉老實吧！我這個當爹的啊，在家裡真是一點地位都沒有……」

玉芝得意地笑了笑，朝李氏眨了眨眼，把李氏樂壞了，伸手點了一下她的眉心。

第二十一章 吃人嘴軟

陳忠繁回家放下車就去了劉家，當他說清楚來意以後，他們一家激動得不得了。劉老實嘴唇顫抖地拉著陳忠繁，他感激得要命，卻說不出來，只能來回晃著陳忠繁的手，閔氏也眼泛淚光，一個勁地保證劉老實會做好活計。

說好一天支付劉老實三十文錢的工錢後，陳忠繁就回到陳家。

兒子們上了學堂，女兒的傷痊癒，買賣也步上正軌，三房一家現在只有一件大事，就是兆志要考童生了。

二月就要準備去縣城考試，喬夫子會帶著參加考試的學生們一道過去，吃飯、住宿、筆墨紙硯都需要錢，所以原本打算過完年就結束的老家賊生意，才會堅持做到二月前。

兆志最近日日起得比李氏更早，冒著寒風在門口背書，說這樣能清醒些。下了學堂後，他就窩在東廂和兆厲一起溫書，聽兆厲講一些考童生的經驗，晚上回屋還要複習過課業才入睡。

如此花費心力用功學習，效果是顯而易見的——兆志迅速瘦了下去，就連兆厲也是。

這可把家人心疼壞了，趙氏和李氏天天變著法子燉湯給他們喝，連摳門兒的孫氏都貢獻出兩隻雞來讓兩人補補身體。

就這樣到了二月初，兆志準備去參加縣試了。

陳忠繁原本想去送考，卻被兆志攔住，一家人只能和其他考生家長一樣，在鎮口目送載著考生們的馬車緩緩向縣城駛去。

玉芝對自家哥哥還是有信心的，送走他之後，她積極地投身到掙錢大業中。現在老家賊的生意停了，雖然每日賣炸物和油渣餅掙得也不少，但若兆志通過縣試，四月還要參加府試，再順利一點，明年四月他就要和兆厲一起參加院試考秀才了。

玉芝越想越覺得錢不夠，是時候發展新的事業了。

她躺在炕上思考，在前世能和炸物相提並論的街頭小吃只有滷味，可是滷味需要的肉類太多，家裡雖然小有積蓄，卻無法大量買肉來做。

玉芝懊惱地搖搖頭，狠狠咬了一口沒賣完的油渣餅用力咀嚼，看得一旁的兆勇又驚又疑。因為喬夫子去縣城送考，所以他跟兆亮都暫時放假在家。

兆勇試探地問道：「芝芝，妳在想什麼呢？怎麼這麼的……這麼的……嚇人啊？」

玉芝回過神來，看著自家三哥小心翼翼的樣子，不禁捧腹大笑，笑夠了才答道：「三哥，你說咱們是不是得做點新買賣了？」

兆勇對做買賣極有興趣，聞言道：「是該做點新的了，聽爹說最近油渣餅賣得稍微少了些，發的麵有時候都用不完。」

發的麵用不完……玉芝猛然想到一樣東西，忙問道：「三哥，鎮上有賣油條嗎？」

「什麼是油條？」兆勇疑惑道。

「就是長度大概這樣，油炸的，裡面空空軟軟，外面是酥的，兩根並排在一起的！」一聽兆勇不知道，玉芝興奮地手口並用描述起油條的樣子。

兆勇想了想，說道：「妳說的這東西很像餜子。」

玉芝不禁感到洩氣，原來這時候已經有油條了啊……油條在一些地方可不就叫餜子嗎，最著名的煎餅餜子就是夾了油條才有此名。

想到煎餅餜子，玉芝又問兆勇。「那餜子有別的吃法嗎？比如夾在餅裡抹上醬？」

兆勇想了很久才回道：「沒有，鎮上的人都是直接買餜子來吃的吧？不過我很少在鎮上逛，爺爺跟大伯母他們應該比較清楚。」

玉芝點點頭，揣著幾個油渣餅跑到東廂，門也不敲就衝進去喊道：「大伯母，我找您有大事！」

趙氏很喜歡玉芝，可能是在她最無助的時候，玉芝一直陪在她身邊握著她的手，給她一些微弱的力量吧！

看到玉芝衝了進來，趙氏忙下炕把她抱到炕上，等她坐好了，才用逗小孩子的語氣問道：「芝芝這麼急著找大伯母有什麼事呀？」

玉芝也不管她是不是把她當小孩子逗著玩，連忙描述了一遍煎餅餜子的樣子，然後滿懷期待地問她。「大伯母，這東西鎮上有賣嗎？」

趙氏琢磨了一會兒才回道：「鎮上沒賣這個，我甚至沒聽說過，這不是我們本地的作法吧？」

玉芝高興極了，終於找到一個成本低的新鮮買賣了！她胡亂把油渣餅塞給趙氏，道了聲謝，就跳下炕跑出東廂，匆忙到像是有人在後面追趕似的，看得趙氏在後面笑著搖頭。

玉芝在灶房喊上剛煉完油的李氏，又跑去雞圈找到正在餵雞的兆亮，最後從屋後拽來正在泡野菇的陳忠繁，一家人聚在小東廂炕上。

只見玉芝板著小臉，先對自家生意最近的下滑表達憂慮，又展望了一下兆志的未來，憂心忡忡地表示錢不夠用，提議家裡增加新買賣。

陳忠繁和李氏做了一段時間的生意，觀念已是今非昔比，思考後覺得女兒說的話句句有理，於是李氏問道：「既然芝芝說想做新買賣，怕是有主意了，不如說出來，咱們討論、討論？」

玉芝露出得意的表情道：「聽三哥說近日油渣餅賣得少了，發的麵都用不完，我想反正咱們家本來就賣炸物，不如直接炸餜子來賣。若是這餜子賣得不好……」

兆亮急著打斷她道：「若是餜子賣得不好怎麼辦？」

玉芝朝他咧嘴一笑，繼續說道：「我們可以賣煎餅餜子！」

陳忠繁一臉疑惑地問道：「煎餅餜子是什麼？」

玉芝細細道來。「……用三合麵調成濃稠的麵糊，然後攤成薄煎餅，一面煎成了就翻面，打個雞蛋撒些蔥花，再翻面把蛋煎熟，最後抹點醬把餜子包在裡面吃。這餅裡有蛋、有餜子、還有醬料，飯量小的人吃一個就飽，還能讓趕時間的人拿著在路上吃，再方便不過了。」

眾人想了想，覺得這點子真不錯。

鎮上沒這種吃食，衝著新鮮感就能賣一陣子，況且煎餅用的三合麵價格不高，鎮上賣的雞蛋一個不過一文錢，直接買餜子的話兩個才一文錢，若是自己做，成本更低。林林總總加起來，一個煎餅餜子怕是兩文錢左右就能做起來了。

陳忠繁算出這筆帳給家人聽，又問道：「那這煎餅餜子賣多少錢一個呢？」

玉芝道：「一碗麵五文錢，這煎餅餜子既便宜又比吃麵更飽，要是也賣五文錢，肯定有人買。」

李氏問道：「那要抹什麼醬呢？家裡只有沾蔥吃的大醬。」

兆勇說：「我們何必在這裡乾想，去灶房試驗一下不就行了？」

一語驚醒夢中人，一家人立刻轉移到灶房去。現在炸餜子還要等麵發起來，所以李氏照玉芝的說法先做了張加了雞蛋的煎餅，抹上大醬以後往裡面夾一塊餑餑遞給大家。

一人一口嚐了嚐，覺得味道真的不錯，定能賣個好價錢，陳忠繁、兆亮跟兆勇恨不得現在就去發麵。

玉芝卻覺得醬的味道有點太鹹，她琢磨了一會兒，要李氏拿一碗大醬出來加適量水調稀，放了點糖，倒了些辣辣的食茱萸油，再撒上些許芝麻粉。

把醬攪勻後，玉芝撕了兩小塊煎餅、沾上醬遞給兩個哥哥，兆亮、兆勇咬下去後忍不住瞇起了眼睛——這醬入口後鹹中帶甜，接著湧上絲絲辣氣，嚼了幾口後，芝麻的香味就慢慢溢了出來。

兩個孩子咬了一口後，把剩下的餅各自塞進爹、娘嘴裡，陳忠繁和李氏嚐了，也說這醬好，決定明日就用這個抹煎餅。

第二日，陳家早早就開始炸餜子，現在劉老實基本上已經能全面負責做油渣餅的工作了，陳忠繁接手炸東西，如今又多了個炸餜子的活。

為了應付新買賣，李氏也跟著過來，看到李氏在大鍋裡小心翼翼地攤煎餅，玉芝心想，今日一定要去鐵匠鋪買個煎餅鏊子。

煎餅餜子賣得出乎意料的好，不過短短一個多時辰，一大盆調好的麵糊都煎光了，只剩下餜子，聽親朋好友說這裡賣新鮮吃食而特地過來的人都失望不已。

只是來都來了，不買點東西感覺就像白跑一趟，於是這個買幾個油渣餅、那個買幾根餜子，連炸野菇跟馬鈴薯都賣出去不少。

不到晌午，攤子上的東西全都賣完了，劉老實也為陳家高興。其實他看到油渣餅日日賣得少了，生怕是自己接手後味道不對，客人們才不買帳，如今賣光了，忍不住激動起來。

付了劉老實的工錢，玉芝說道：「老實叔，日後雞蛋怕是要用得多了，今日硬是把我奶奶攢了大半個月的雞蛋都給用掉。您回家以後，讓劉嬸幫忙在村子裡多收點雞蛋。鎮上的雜貨鋪一顆賣一文錢，他們的收購價應該是兩文錢三顆，我家會用三文錢四顆的價格收村裡人的雞蛋。每收滿一百個，就給劉嬸兩文錢，您看使得不？」

劉老實當然樂意，收雞蛋只要放出風聲在家裡等著就行了，也不費勁，收一百顆就有兩文錢，這和白拿的有什麼區別。他高興地應下，拿著玉芝另外給的一百文收雞蛋錢，快步回村了。

收攤後，一家人展開大採購，首先是去買鏊子。鐵匠鋪的鏊子是不少，但是每個都有鍋子那麼大，玉芝光看就覺得能把她的小身板給壓扁。

最後，他們在角落裡翻出了鐵匠徒弟自己做著玩的一個小鏊子，付了很少的錢就買走了。

買好所有的調味料後，陳忠繁又去鎮外挖泥，另外堆一個專門用來烤煎餅的小土灶，接著一家人拍拍手回家了。

回家以後，玉芝特地陪陳忠繁去上房交錢，除了做買賣的收入，他還把今日的雞蛋錢給了孫氏。孫氏看到三房是按一文錢一顆的價錢收的，開心得不得了，她託人去鎮上賣，只能賣兩文錢三顆呢！

玉芝為她留了個煎餅餜子，雖說餜子已經不脆了，但是裡面的料很豐富，孫氏還是第一次吃到這新奇的吃食，樂得不知道說什麼才好，一口、一口吃得香甜，還不時誇一句。

老陳頭在一旁不停偷瞄，心底暗罵孫氏這死老婆子，有吃的就不知道自己姓什麼了，也不知道分給他一些！接著又心酸兒孫沒想到他，有些委屈地坐在那裡一語不發。

玉芝惡趣味地欣賞完老陳頭的表情，才從懷裡掏出一個煎餅餜子遞給他，諂媚地說道：「爺爺，這可是我特地留給您的，加了兩顆雞蛋呢！這上面有我娘調的秘醬，保證您以前沒吃過！」

老陳頭這才知道孫女剛才是故意逗他的，想要脾氣不吃，結果一轉頭看到孫氏邊吃邊咂嘴，彷彿吃完自己的不夠，還要再來一個……

他趕緊一把從玉芝手裡奪下那個煎餅餜子，打開油紙一口咬下去——嗯，不愧是摻了秘醬，跟這些材料搭起來真是絕了，以前怎麼不知道三兒媳婦還有這手絕活呢？

孫氏今日小掙了一筆私房錢，又吃了玉芝送的煎餅餜子，一時之間簡直把玉芝當親孫女一般，說起話來輕聲細語，甚至慈愛地摸摸玉芝的頭，摸得她頭皮發麻。

從上房回到小東廂，玉芝站在炕下不停地抖動衣裳，李氏好奇地問道：「芝芝，妳抖什麼呢，沾上什麼東西了？」

玉芝一臉害怕地說：「娘，方才奶奶笑著摸了我的頭，麻死我了，我要抖抖這一身雞皮疙瘩！」

李氏忍不住對女兒翻了個白眼，道：「那是妳奶奶，對妳好妳還嫌人家，娘先說了，妳絕對不能不孝！」

玉芝連忙答應，接著嬉皮笑臉地說：「我一時不適應嘛。」

李氏也不是真的怪女兒，只是怕她對老人家最基本的尊重都沒有，看到女兒撒起嬌來，就不再說什麼。

煎餅餜子的生意趨於穩定，每日能賣上一百來個，也帶動了其他吃食的生意。每晚數錢的時間成為全家人最快樂的時光，不過七、八天，家裡就攢了六、七兩銀子。

全家人現在最大的心願，就是兆志光榮返家。

又過了兩天，喬夫子帶著學生們包馬車從縣城回來了，提前得到消息的父母們都圍在鎮口等待。

三房一家做完生意就去了鎮口，此時那裡已經聚集了二、三十個來接孩子的家長。許多家長都是頭一回見面，因為孩子們一起趕考，親密感油然而生，很快就熟識了，一小堆、一小堆地說起話來。

意外的是，陳家三房算是小名人了，有好幾個家長認出他們是賣煎餅餜子那家，紛紛向他們打招呼，稱讚煎餅餜子美味。

陳忠繁想到今日就能見到兒子，很是高興，大手一揮，決定以後同學堂的學生家長去買煎餅餜子一律四文錢一個，讓大家歡喜得不得了，不停地道謝，氣氛熱鬧得彷彿過年一般。

此時突然有人喊道：「那邊來的馬車是不是孩子們?!」

所有人像被按了暫停鍵一般，一起轉頭看過去，只見三輛馬車依次緩緩駛近，最前頭那輛駕車的人正是喬夫子的書僮。

當馬車駛到面前時，眾人的心不由得提了起來，既擔心孩子們的身體，又關心他們的應試結果。

喬夫子率先跳下馬車對大家拱手道：「此次咱們學堂共十三人赴考，有八人通過縣試，若是四月的府試也過了，便能成為童生。現在學生們舟車勞頓，先回家歇息一日，後日清晨再照常去學堂讀書吧！」

眾家長應了一聲，從馬車上接下自家孩子、向喬夫子道過謝，就各自回家了。

路上陳忠繁和李氏欲言又止，玉芝看他們想問又不敢問的樣子都替他們著急，於是自己開口問道：「大哥，你過了沒？」

兆志挑眉道：「當然過了，我可是妳大哥！」

一家人這才長吁一口氣，接著便嘰嘰喳喳地詢問兆志考試的詳情，不知不覺間就到家了。

老陳頭和兆厲知道兆志今日要回來，早早就在院門口等著，遠遠看到三房一家人歡聲笑語地走過來，心就放下了一大半，臉上不自覺地浮現出笑容。

兆厲上前問兆志道：「二堂弟，是不是過了？」

只見兆志笑著點了點頭，得到準確消息的兩人終於鬆了口氣。

兆志向老陳頭行了禮以後，親自扶著他回上房，向孫氏報了喜才離開。

說起來，兆志和玉芝不愧是親兄妹，在孫氏那兒得了好臉色以後，他也有點害怕，出來時臉色怪怪的，看得李氏失笑。

兆厲在上房門口等著，見兆志出來就拉著他去了東廂，仔細詢問他考題，又為他一一分析。

玉芝嘟著嘴對兆亮跟兆勇道：「大哥有了大堂哥就再也沒空理我們了，哼！」

聞言，兆亮跟兆勇互看一眼，兆亮打趣道：「日後我們考童生的時候，回來保證跟著妳，芝芝去哪兒，我們就去哪兒，可不能讓妹妹挑咱們的刺！」

這話氣得玉芝伸手就要掐哥哥們，兩個男孩子一邊叫、一邊躲，小院瞬間熱鬧起來。

兆志回來以後更努力地準備府試，又恢復了縣試前那段時間的作息。玉芝每天睡醒時，兆志已經背完書了，兩人匆匆見一面後，他就去學堂；晚上吃飯以後，他就去東廂，直到玉芝睡著還沒回來。

這可把玉芝心疼壞了，自家大哥這小身板，現在是光長個子不長肉，臉頰都要凹進去了。

玉芝找趙氏、李氏一起出主意，決定家裡幾個學生除了一日三餐，還要加一頓宵夜，多做些紅豆、豆腐、瘦肉跟白麵等食物給他們吃，反正現在家裡出得起錢，可不能把身體累垮了。

一段時間以後效果顯著，幾個孩子的臉色變得紅潤，肉也慢慢往回長，玉芝才放下心來。

第二十二章　三房分家

轉眼到了府試，喬夫子帶著上次通過縣試的八個學生，在爹娘們依依不捨的目光中又去了縣城。

過了十來日，眾家長又聚在鎮口等孩子們回來。馬車到了以後，先下來的喬夫子表情不太好，看得家長們有些忐忑，誰也不敢上前說話。

陳忠繁做了一陣子買賣後，膽子大了許多，朝喬夫子作了個揖，問道：「請問夫子，這次學生們考得如何？」

喬夫子的臉色更難看了，過了半天才說道：「只有一人中了童生，這群學生過了縣試後就不知天高地厚，以為府試志在必得，如今真是丟人現眼！」

說著，他環顧家長們繼續道：「明日開始，所有過了縣試但沒過府試的學生，課業都要增加，還請諸位心底有個譜，到時莫心疼自家孩子。」

眾家長點點頭，此起彼落地說道：「夫子只管盡力管教！」

玉芝等不及地問道：「請問喬夫子，是哪人中了童生？」

喬夫子見是一個小女娃問話，不由得緩了緩神情，答道：「只有陳兆志得中……」

他話還沒說完，就被兆勇的歡呼聲打斷。「爹、娘！大哥中了！」

李氏急忙摀住小兒子的嘴，神情歉疚地看了看四周；陳忠繁強忍著歡喜，擺出不好意思的表情，臉上的肌肉因此不太協調，顯得很是奇怪。

喬夫子覺得這對夫妻有些好笑，火氣也沒方才那麼旺了，他回頭喊一群灰頭土臉的學生下車，開口道：「陳兆志與家人回去，照例後日再來學堂，其他人現在就跟我回去讀書！」

兆志沈聲應下，向夫子及同窗躬身行禮告別，然後才與父母、弟妹一起往村子走去。

剛走出人群的視線範圍內，兆志忍不住跳起來喊道：「爹、娘！我過了！我是童生了！」

玉芝朝兆志撲過去，兆志抱起她在原地轉了幾圈，兆亮和兆勇則是圍著他們蹦蹦跳跳。看到孩子們興奮的樣子，李氏不禁紅了眼眶。忽然間，有人握住她的手，轉頭一看，只見陳忠繁也是眼眶含淚，激動得嘴唇微抖。

夫妻倆拉著手，靜靜地看了幾個孩子一會兒，李氏整理好心情才說道：「好了，別鬧了，咱們得回去告訴家裡人這個消息。」

聞言，孩子們漸漸安靜下來，卻還是抑制不住內心的興奮，每個人笑得嘴都快咧到耳根去了。

一家人喜孜孜地回村，老陳頭和兆厲依然等在院門口，兆厲盯著遠方的兆志瞧，只見兆志笑著朝他點點頭。

兆厲會心地笑了，語氣興奮地對老陳頭說：「爺爺，兆志考上童生了！」

老陳頭掩飾不了內心的喜悅，抹了抹眼淚。這是家裡第二個童生，而且第一次考就中了，若明年來個一門雙秀才，他就算馬上死去，也對得起列祖列宗了。

等三房一家人走近，老陳頭一手握著兆厲的手，一手拉住兆志，顫抖著聲音說：「好……好，都是我陳家的好孩子！待明年給爺爺掙兩個秀才，爺爺閉眼也甘願了！」

兩個孩子不贊同地一起喊了聲。「爺爺！」

老陳頭又笑道：「是爺爺不好，大喜的日子怎麼能說這個！走，去上房跟爺爺好好聊聊。老三，兆志我先帶走了，等你們收拾完了以後都到上房來，我有事要說。」

說罷，他一手拉著一個孫子往上房走去，留下三房一家人面面相覷，不知道老陳頭要說什麼。

待兆志把去縣城考試的事從頭到尾快講完一遍時，三房一家掀開上房的門簾依次進來了。兆志看到爹娘進來以後便停住話頭，站起來向他們打招呼。

老陳頭有些不高興，覺得自己聽孫子說話的興致被打斷了，不滿地瞪了陳忠繁一眼。陳忠繁一頭霧水，不知道親爹為啥瞪自己，還是兆志機靈，拉著老陳頭的手接著往下講。

等到兆志講完了，陳忠繁才小心地問道：「爹，今日叫我們來有何事？」

老陳頭又瞪了他一下道：「怎麼，沒事不能叫你過來？你現在這麼矜貴？」

這話堵得陳忠繁語塞，只能吶吶地說：「沒有……」

三房一家人的心瞬間提了起來，這段安穩的日子讓他們幾乎忘了剛做買賣時，老陳頭為了拿捏住三房做的事了。

玉芝的警戒心瞬間提高，她抬起頭和兆志交換了一個眼神，看到他眼中的安撫，才稍稍放鬆了些。

老陳頭觀察了三房的表情一會兒，暗自嘆了口氣，沒了試探的心情，直接說道：「兆志考上了童生，照咱們家的規矩，是該分家了。」

三房眾人一時沒反應過來，全都愣在原地，表情呆呆傻傻的，倒是取悅了老陳頭。

其實老陳頭心底是有些猶豫的。雖然說好兆志考上童生就分家，但是就這麼把三房分出去，到底有些意難平，不過看到三房如今的架勢，不分家怕是又要成仇了……

儘管如此，老陳頭還是有些盤算，他咳了咳，又說道：「雖說分家了，但是兆厲跟兆志明年都要考秀才，待在一起的話，能切磋學問。這樣吧！明年兆志考上秀才前，你們就別搬出去了，回頭在小東廂旁的柴房隔出半間建兩個灶，想跟著家裡吃，咱們就和現在一樣；不想的話，就自己開伙，其他的一切照舊！」

還沒反應過來的三房眾人又被這一大段話砸懵了。分家不搬出去，還要一起開伙？所謂的一切照舊又是什麼意思？這樣算是分了，還是沒分？

兆勇第一個想到的是自家的買賣，關於錢的事，他可不想讓步。

他上前一步直視老陳頭道：「爺爺說一切照舊是什麼意思？咱們分家以後，爺爺還會收走三成買賣賺來的錢嗎？」

老陳頭避開他的目光，側著臉顧左右而言他。「家裡今年剛送兆毅去學堂，明年你大哥也要去考秀才……」意思就是他們還是要交錢。

他話沒說完就被兆厲打斷。「爺爺，我知道您是為了我們好，可是當初大房分了家，我爹就再也沒往家裡交錢了，現在這麼要求三叔叔，怕是太難為他。況且我考秀才的錢還有我爹娘張羅呢，難道要用三叔叔的錢不成？奶奶，您說對吧？」

孫氏看向兆厲，只見他那殷切的眼神彷彿在期待她勸勸老陳頭，她不由得低下頭喃喃道：「我不知道，這是你們陳家的事，我做不了主，我什麼都不知道……」

兆厲不禁有些失望，轉而看著老陳頭微微搖頭。

老陳頭這麼做原本是為了長孫著想，沒想到他竟這麼反對，一時不知如何往下說。

此時玉芝已經想了個透澈，她說道：「爺爺、奶奶，你們說明年之前不搬出去，我們答應了，不過往家裡交三成錢這件事怕是有些……這樣吧！若是我們還做這小攤子的買賣，就每日交一成錢如何？」

老陳頭本以為這回又要往死裡得罪三房一家了，說不定會落個雞飛蛋打，沒想到玉芝竟然讓出一成利！

他也不管這是三房年齡最小的女孩子說的話，連忙點頭應下，生怕三房反悔。「就這麼定了，待會兒兆厲陪我去請村長過來分家，老婆子晚上做些好菜留村長吃分家飯。老三媳婦，妳先和孩子們回去吧，不是還要準備明日的買賣嗎？」

說完老陳頭滅了煙袋鍋子裡的火星，催著孫氏去灶房準備晚飯，他則帶著陳忠繁去清柴房，好堆三房的灶臺。

除了玉芝和兆志之外的三房眾人，幾乎是從進了門到老陳頭出了上房去和泥，都沒回過神。

陳忠繁懵懵地被老陳頭拉走了，孫氏像是後面有人追她一樣快步去了灶房；兆厲朝李氏行了禮，又囑咐兆志忙完以後去東廂找他，就慢悠悠地出去幫老陳頭和泥了。

兆勇這時才有些氣呼呼地問玉芝。「芝芝，為何答應給爺爺跟奶奶一成利？」

玉芝摸摸他的胳膊安撫道：「三哥，我說的是這個小攤子的一成利，你覺得我們以後就管著這個小攤子了嗎？我還想開小館子、開大酒樓呢！小攤子的一成利，一日不過幾十文錢，爺爺跟奶奶想要，就當作孝敬他們吧！」

其實玉芝心裡想的是，幸好自家爺爺跟奶奶沒太超過，若是遇上極其貪婪的人，怕是自家都要淨身出戶了。

況且兩個老人家要錢不過是為了兒孫，不是貪圖自己享受，他們辛苦了一輩子，一個月就是給他們一、二兩銀子當零用錢，也不算過分。

李氏顯然和玉芝想法一樣。在她看來，哪怕分家了也要孝敬老人家，因此對給家裡一成利沒什麼疑問，反而對另一件事感到疑惑。「芝芝，妳為何答應等兆志考上秀才再搬家？你們幾個不是天天想著搬出去嗎？」

玉芝賊賊地笑道：「娘，還是那句話，妳甘心咱們家死守著這個小攤子嗎？搬出去蓋房子、開鋪子都需要本錢，我們現在的積蓄還不夠多，不如趁大哥考秀才前這段時間攢點錢，待他考上秀才了，咱們再開間鋪子，豈不是雙喜臨門？最重要的是，爺爺說得對，大堂哥以前待過的學堂跟大哥的不一樣，夫子教的東西肯定不同，大哥住在家裡的話，每晚都能和大堂哥互相交流，對課業有天大的好處！」

李氏也是一切全為孩子著想的人，聽到玉芝的解釋，連連點頭。
兆志笑著說：「總之全是為了我，若是明年我考不上，豈不是要被芝芝打了？」
玉芝舉起小拳頭比畫了兩下道：「哼！若是大哥明年考不上秀才，我就打打打！」
李氏笑著拍了她的手一下道：「怎麼這樣和哥哥說話呢？」
玉芝吐了吐舌頭，躲到兆亮跟兆勇身後探出頭做鬼臉，一家人一掃方才的鬱悶，歡快地笑了起來。
聽到上房傳出的笑聲，老陳頭一顆懸著的心終於放了下來，他生怕這幾個月和三房緩和許多的關係又變得緊張。
不過這件事他不做也不行，畢竟老大家現在……唉！兆厲科舉要花用的錢肯定少不了，如今還能指望誰？全家就這麼一個能掙錢的，可是現在看來他也不管用，家裡的事都是那幾個孩子在做主呢！
老陳頭嘆口氣搖了搖頭，不知是搖老大不靠譜，還是搖老三沒話語權。
調整好一家人的心態，三房又忙碌了起來。
下半晌的時候，老陳頭讓兆厲陪著去了趟村長家，簡單說了一下就把雲德祥請來了。
現在的陳家已經不是大半年前那個陳家了。
陳忠繁做買賣、買了板車又收了村裡的馬鈴薯跟野菇，讓大家能補貼家用，這幾個月村民的日子過得比往年好上許多。此外，老陳頭分了好幾回豬油給大夥兒，如今村裡的人提起陳家，大部分都是翹起大拇指。

雲德祥本來就是個熱心的人，如今對陳家更添幾分熱情。

老陳頭瞧見他的態度，暗自慶幸這次沒讓三房搬出去，若是搬出去了，村長與村民的善意跟稱讚肯定都是三房的，其他幾房怎麼沾得了光？

讓雲德祥坐在上房炕頭後，老陳頭叫兆厲把全家人喊來分家。

二房跟四房這才聽到消息，他們雖然知道兆志考上童生就會分家，卻沒想到兆志回來當天就分。

四房夫妻有些驚慌，這段時間在三房那邊沒占著便宜，現在他們倆幫忙從村民那邊收野菇，收滿十斤野菇，三房才給他們五文錢。

玉茉和玉芝的關係也一般般，不知為何，玉芝總是躲著玉茉，她甚至跟玉芳比較親近。看到三房日日捧著錢回家，自家卻一點好處都沒有，他們心底已經癢得夠嗆，分家以後，彼此離得更遠，他們怕是連收野菇的收入都沒了！

陳忠華急忙反對道：「爹，為何這麼早就把三哥分出去？今日是兆志回來的第一天呢！」

老陳頭瞅了這個自私的小兒子一眼，開口道：「早分、晚分都一樣，省得日日惦記老三那點東西。分了好，早早分清楚了，咱們還是一家人，以後不會鬧得太難看。」

這話老陳頭也有嘲諷自己的意思，可是陳忠華不知道，以為老陳頭是因為他覬覦三房才分家的，一時之間臉漲得通紅，愣在原地。

范氏自從差點被李氏用油潑以後老實多了，看到李氏時仍有幾分害怕。不過她倒是想得開，反正自家也摸不到三房的錢，現在三房答應每年出二兩銀子給兆毅讀書，已經是意外之喜了。

再說了，日後兆志有了出息，她這個二伯母找上門，他能不搭理？那她非讓他被口水淹死！現在分不分家和她也沒關係，反正她家兆毅還要好幾年才能去考童生分家呢！

陳忠華被堵了回去，范氏不說話，大房趙氏更是和三房親近，沒表示任何意見，老陳頭看眾人都同意了，請村長開始分家。

老陳家最值錢的就是那十五畝地，這塊地當初大房分家時已經分配好了，總共分五股，一股三畝地，一房一股，剩下的三畝地給兩個老的養老，等他們百年以後歸大房。

家裡鍋碗瓢盆跟筷子什麼的分出一份，老陳頭許諾明日尋木頭自己打個碗櫃給三房。

春天家裡的口糧剩得不多，只分了十來斤三合麵給三房，之前陳忠繁和李氏幾日沒去鎮上在家忙春播，今年秋天打的糧就再多分些給他們。

小東廂就分給三房了，還有柴房的一半讓他們做灶房，灶臺已經建好，乾了以後就能用。三房今年還住在家裡，明年兆志考上秀才以後若是想搬出去，就自己再另蓋房子，家裡也不給錢了。

這家分得再公平不過，除了陳忠華還哭喪著臉不樂意以外，其他人都沒有異議。

雲德祥根據老陳頭的話把分家的細節一一寫了下來，寫完後兆志又讀了一遍，確定沒問題之後，老陳頭和陳忠繁分別按了手印。

收好這張紙，雲德祥明日要去鎮上蓋章，日後陳家與陳忠繁家就是官府備案的兩家人了。

分好家以後，老陳頭看了木木然的陳忠繁一眼，堆起笑容熱情地招呼村長吃分家飯。

陳忠繁似乎還在夢中，分家分得這麼順利，他一方面覺得輕鬆，一方面又頗捨不得老陳頭，不知是喜是悲，有些恍神又不踏實地跟在老陳頭後面招待村長喝酒。

今日準備的菜色著實不錯，老陳頭帶著陳忠繁、陳忠華陪著雲德祥在炕上一桌。

陳忠華有些食不下咽，這些年他瞞著家裡到處撈錢，老陳頭從未說過什麼，他一直以為老陳頭是偏心他的，也一直以為三房的買賣他日後能摻一腳，萬萬沒想到，今日竟被老陳頭突如其來的決定給破壞了。

他看著笑得傻呼呼的陳忠繁，幾乎掩蓋不住臉上的憤恨，捏緊了手中的酒盅。

老陳頭淡淡地瞥了他一眼，直接道：「老四，你若是有事就先去忙吧，這裡不用你陪了。」

陳忠華猛然驚醒，瞧見老陳頭警告的眼神，他強壓下心底的不平，堆起笑道：「沒事、沒事，今日是三哥的『大喜事』，我這個當弟弟的，當然要陪三哥喝一杯，也敬村長一杯！」

說罷他拿起手中的酒盅一飲而盡，陳忠繁也陪著乾了，雲德祥卻不置可否，拿起酒盅抿了抿就放下了，意味深長地看了陳忠華一眼。

老陳頭眼看情況不妙，怕四兒子得罪村長，遂對他說道：「你去灶房看看你娘還有沒有東西沒上，催催菜去吧！」

陳忠華只能悶聲應下，垮著臉出了上房。

老陳頭笑著舉起酒盅敬村長，替陳忠華說好話。「我這四兒子啊，捨不得他哥，臉色不好看呢！」

雲德祥笑著說：「沒事、沒事，誰家沒幾個這種『兄友弟恭』的孩子呢！」

話裡的語氣可不是那個意思，老陳頭和陳忠繁都尷尬地笑了笑，趕緊招呼他吃菜。

第二十三章　合作夥伴

陳忠華出去以後再也沒回上房，老陳頭看雲德祥喝得差不多了，讓陳忠繁送他回去。

玉芝摸出一小塊銀子，趁雲德祥與老陳頭告別之時塞給陳忠繁，小聲囑咐他待會兒遞給村長，別讓人家白白跑一趟去鎮上蓋官印。

待陳忠繁走後，雲德祥摸出陳忠繁塞在他手裡的銀子，扔給焦氏道：「我看陳家日後最有出息的恐怕是三房，妳沒看到今日陳忠華那個樣子，恨不能撲上去搶了他哥哥的生意。」

焦氏把銀子放在小木箱後，說道：「你是不是又沒給人家好臉色了？說過你多少次了，人家的事你別管，等求到你頭上再說也不遲，不要平白得罪人！」

雲德祥癱在炕上緩著酒氣，說道：「一是我真的看不慣想占人便宜的，二是陳忠華從我到陳家開始，那臉就皺得能夾死蒼蠅，這是甩臉子給誰看呢！」

焦氏說道：「任誰想法落空了都不會有好臉色，難不成還能笑嘻嘻的？」

雲德祥沒回答她，而是指著小木箱道：「看看陳家三郎，腦子活、有底線、會做人，這種人不發達，誰發達？」

焦氏這次倒沒反駁，贊同地點了點頭。

陳忠繁返家後，老陳頭又把三房一家和兆厲叫到上房。他要兆厲模仿分家文書寫了一份

「三房明年才能搬出去、攤子買賣交一成利給上房」的文書。

讓兆志唸給三房眾人聽過、確認沒問題以後，老陳頭與陳忠繁一人按了一個紅手印在上面，這家就算徹徹底底地分清楚了。

與孩子們的興奮不同，陳忠繁回到小東廂後，行動還是有些遲緩，自己磨著步子上了炕，靠在炕頭不說話。

李氏見陳忠繁這樣，上前拍拍他的肩膀道：「孩子他爹，樹大分枝，以後咱們一家人好好過，掙更多錢孝順爹娘！」

陳忠繁聲音沙啞地說：「分家對我們來說是好事，爹臨分家還要了一成利，我心裡也不高興，但是不知怎的，按了分家文書的手印，我心底真的不是滋味。我……唉……」

玉芝撲到陳忠繁懷裡撒嬌道：「爹，您別難過，我們還要在家裡住一年呢！說是分家，不過是咱們家自己做飯罷了，日日都能見到爺爺呀！」

陳忠繁摟著女兒，心情好多了，看著一臉擔心的妻子和兒子們，他開口說道：「好了、好了，就是猛然有點不痛快而已。芝芝說得對，除了自己做飯，和之前也沒什麼差別。快點準備明日出攤的東西吧，麵還沒發呢！天都黑了。」

幾個人看到陳忠繁打起了精神，放下心來，抓緊時間處理出攤的事。

轉眼間，分家已經兩個月了，天氣熱了起來。油渣餅因為太燙了不好賣，大骨湯基本上沒人喝了，煎餅餜子的銷售量還能維持平時的水準，可是每日的收入一下子跌了三分之一。

玉芝想了想夏天的吃食，涼皮似乎最受歡迎，正巧她學過怎麼自製涼皮，於是她拉著李氏去了自家小灶房。她們在那裡又是揉麵、又是洗麵的，等洗麵水沈澱等了好幾個時辰，才做出一盆涼皮來。

當天陳家所有人的晚飯都是涼皮，孫氏切了一盆青瓜絲，又搗了一小盆蒜泥，切了一籠屜蒸好的麵筋，最後用醋跟食茱萸辣油澆在上面拌一拌，那叫一個酸酸辣辣、蒜香撲鼻，就連最小的兆雙都鼓著小肚子吃了兩大碗。

一大盆涼皮到最後竟不夠吃，男人們蘸著剩下的醬汁，一人又吃了一個三合麵做的饅頭，才勉強吃飽。

老陳頭吃得有點多，便從炕上下地走走好消食，他一邊晃、一邊說：「這涼……涼皮不錯，看樣子這買賣能做起來。」

玉芝吃著、吃著卻覺得少了點什麼。這個時代沒有胡麻醬，所以這道涼皮少了一點醇香，現在胡麻是找到了，可是要用什麼器具來磨胡麻呢？

回到小東廂，玉芝沈著小臉坐在炕上，三房的人心照不宣地不去打擾她，怕是她這小腦袋又在想什麼主意呢！

調製胡麻醬很簡單，如何研磨才是難題。前世有研磨機，胡麻倒進去，出來以後就是醬了，可是現在呢？玉芝怎麼都想不出來該怎麼研磨。

還是李氏看到她一張小臉都皺了，才上前問道：「芝芝有什麼難處嗎？說出來讓大家聽聽。」

玉芝側過身抱著李氏道：「娘，您說我若是想把胡麻磨成醬的話，要用什麼磨呢？蒜臼太小了，石磨的縫又太大了，根本磨不細呀！」

李氏半是好笑、半是心疼地說道：「妳這孩子，早點問爹娘不就行了，有那種專門磨漿的小磨盤啊！不然妳以為豆腐是怎麼做出來的？不就是磨成豆漿再做的？」

玉芝覺得自己好傻，仗著多了一世的經歷，就覺得家裡的人懂的都沒她多，只會一個人悶頭苦思，不跟他們商量。

她有些不好意思地抱緊李氏，撒嬌道：「娘不許說我傻……」

哄得李氏抱著她捨不得撒手。

因為三個男孩子都去學堂了，李氏於是固定在鎮上幫忙，不過因為有劉老實在，攤子上的活計輕鬆許多。油渣餅、大骨湯劉老實一個人就能撐起來，陳忠繁負責炸東西跟做煎餅餜子，李氏添添柴、收收錢，玉芝則靠自己的小臉和甜嘴來叫賣。

第二日收攤後，玉芝就去雜貨鋪親自挑了一個小巧的磨漿磨盤，又買了十斤胡麻。

現在齊掌櫃依然叫玉芝「小友」，只不過這聲稱呼中少了些許揶揄，多了幾分認真。玉芝也十分喜歡齊掌櫃，調皮地叫他「老友」，兩個人每次都能聊上幾句。

陳家天天都到齊掌櫃的雜貨鋪買調味料，多少人眼紅陳家的生意尾隨他們來到這裡，想問問齊掌櫃他們到底買了什麼，甚至有人出一兩銀子要買關鍵的一味調味料，但是齊掌櫃都沒說，甚至還提醒玉芝誰家跟蹤過他們，要他們警覺一些。

好。

玉芝十分感動，經常帶煎餅餜子跟油渣餅之類的東西給齊掌櫃，兩個人相處得越來越好。

這回玉芝買好東西以後，神神秘秘地對齊掌櫃說：「老友，明日我家要做新吃食了，中午你就別吃飯啦，等著我送一些給你嚐嚐味道！」

齊掌櫃倒也不推辭。「行呀！我明日中午就等著小友了，不好吃我可不高興啊！」

玉芝喜孜孜地保證道：「哼，包你吃了一回還得自己偷偷去買呢！」

這話逗得齊掌櫃笑得合不攏嘴。

買好東西回到村裡以後，陳忠繁帶著玉芝去了劉老實家，告訴他自家打算少賣一些油渣餅。

這可把劉老實嚇的，陳家難道是不想雇他了？這一日三十文工錢的活計可不是那麼好找的！劉老實和閔氏都露出了焦急的神色，就連劉小莊也瞪大眼睛，驚恐地盯著他們父女兩人。

看到這個情形，陳忠繁連忙解釋道：「雖說油渣餅的數量要減少，但是我們還要做新吃食呢，所以才想跟老實弟商量一下，明日早早過去學，過幾天就能接手做新吃食了。」

劉家人這才放下心來，劉老實開口道：「陳三哥，我日日看你做煎餅餜子，其實已經學得差不多了，要我做煎餅餜子或學做新吃食都行！」

玉芝開口道：「老實叔，日後咱們攤子就不煮大骨湯了，那個鍋就用來做新吃食，若是您不怕熱的話就攤煎餅吧！新的吃食讓我爹先做兩日，如果您學會了，再看看您想做什麼，好嗎？」

劉老實連連擺手道：「你們是東家，讓我做啥就做啥，怎麼能讓我自己挑呢？行，明日我就做煎餅。」

雙方說好明日早點去鎮上，陳家父女這才告辭。

到了家，李氏早就把胡麻都洗好了，正放在鍋裡用最小的火翻炒。玉芝仔細地洗乾淨、擦乾小磨盤，然後放在陽光下曬，不一會兒就曬得乾透了。此時陳忠繁也揉好了麵，準備開始洗麵。

玉芝讓李氏燒熱一些菜籽油備用，接著把烘乾的胡麻倒進磨盤裡，一點一點地開始磨，一邊磨，一邊往磨盤裡加鹽和熱菜籽油，不一會兒就有涓涓的胡麻醬流到下面的盆子裡。

陳忠繁洗好麵後，過來接替李氏磨胡麻醬，李氏則把麵筋都撈上來，放在一邊的盆子裡發酵，等著晚上的時候蒸熟，好在明日使用。

當陳忠繁把所有胡麻都磨成醬以後，胡麻的香味瀰漫了整間屋子，飄到院子裡，引得兆雙蹲在三房的灶房門口流口水。

李氏雖然對四房夫妻有些意見，但是對孩子們還是很好，她看見兆雙，把之前煉油的油渣撈出一小碗遞給他。兆雙道了聲謝，坐在門檻上乖巧地吃起了油渣，讓玉芝歡喜得很。

她本來就喜歡小孩子，可是穿越過來後自己是三房最小的，現在有個白白胖胖的小孩坐在那裡，不斷往嘴裡塞油渣，還眯起眼睛露出幸福的表情，看得她手癢，忍不住捏了兆雙的小肥臉一把。見他瞪大眼睛嘟起嘴，一副委屈的模樣，玉芝不禁笑了起來。

李氏輕輕拍了一下玉芝的背道：「別動孩子，快忙妳的去，看妳把兆雙給嚇的。」說罷她也無法按捺地上前摸了摸他的小胖臉。

玉芝心中一動，悄悄對李氏說道：「娘，要是我也有個小弟弟或小妹妹就好了，我一定要把他養得胖嘟嘟的，每日捏著臉玩。」

一番話說得李氏又羞又臊，瞪了她一眼道：「妳這孩子胡說八道什麼呢！還是不是個小閨女啦？看樣子娘平時太慣著妳，得給妳一點教訓了！」

玉芝嚇得作揖求饒，李氏才作罷。

不出陳家人所料，涼皮一上市就掀起了鎮上的購買潮。六月暑意高漲，涼皮不只能直接當飯吃，又能買回去配饅頭當菜吃，自然受歡迎。特別是上面淋的那一勺棕色秘料，和各式配料拌勻後一口吃下去，那個滋味真是讓人恨不得一次把一大碗涼皮全吞下去。

因為涼皮不好用油紙包，大家都從家裡帶著碗來買，一碗、一碗賣得飛快。油渣餅的買賣已經徹底停了，劉老實全部的心思都放在煎餅餜子上，而李氏和陳忠繁則忙著做涼皮。

至於煉油剩下的油渣，他們直接用大盆擺在灶臺上，五文錢一斤往外賣。這可比買肉划算多了，油渣輕，一斤的量很大，日日都有人來買個一、兩文錢，回家加一點在菜裡，就是一道葷菜了。

當玉芝再次看到小路的時候，一點也不覺得驚奇。最近自家的涼皮賣得太好了，多少攤商都眼紅不已，要不是有消息傳出他們家是泰興樓罩著的，怕是早就連骨頭渣都不剩了。

兆志聽到這個傳聞時，就對家人說出自己的推測——這消息應該是泰興樓放出來的，一是本來就有幾分交情，所以賣他們一個好；二則怕是對他們家這涼皮起了心思了。

陳家人對此並不是很反感，在商言商，朱掌櫃的作法並未損害他們的利益，他們反得了好處。更何況他們與朱掌櫃打過交道，知道他為人算是厚道，出手也大方，是個不錯的合作夥伴。

陳忠繁收拾好攤子就讓劉老實回去了，自己則帶著妻女跟著小路來到了泰興樓。

朱掌櫃依然在那個雅間等他們，看到幾人進來以後，上前兩步握著陳忠繁的手道：「可把陳老弟給盼來了，老弟不厚道啊，有涼皮這麼好的東西也不想著老哥哥我！」

陳忠繁微微有些呆愣，他本質上畢竟還是個在土裡刨食的莊稼漢，對商場上那種略顯浮誇的熱情不是很習慣。

還是玉芝機靈，她從陳忠繁背後鑽出來，站在朱掌櫃面前抬高鼻子道：「朱伯伯只看到我爹，都沒看到我！」

這個舉動緩解了因為陳忠繁的沈默而湧起的小小尷尬。

朱掌櫃趁勢鬆開陳忠繁的手，改摸了摸玉芝的小腦袋道：「忘了誰也不能忘了妳啊，妳可是給朱伯伯出了不少好主意呢！蓮香富貴雞賣得那麼好，可得給我們玉芝好好記上一功。」

雙方寒暄完後坐下，朱掌櫃直接切入正題。「陳老弟，不瞞你說，這次麻煩你們過來，是為了你們正在賣的涼皮。」

說完這句話，他突然降低音量道：「你們知道泰興樓是連鎖的吧？總店就在府城，整個山東道共有三十多家分店。當年老老太爺就是在這個縣發家的，所以咱們縣以下的每個鎮都有一家泰興樓。這麼多年下來，有的生意不好關門了，有的就像我們一樣做成了本鎮的老字號。」

說到這裡，朱掌櫃喝了一口茶，繼續道：「上次你們賣給我的蓮香富貴雞，我把方子供給總店了，大掌櫃很是滿意，現在全山東道的泰興樓都有你家這道料理了。如今……咳……」

此時，朱掌櫃露出了不好意思的神情，說道：「我們家小少爺這陣子回鄉祭祖，聽說咱們這裡是最先上這道料理的分店，就來嚐嚐正宗的蓮香富貴雞，順道在這個鎮上逛逛。

「結果呢，他在逛街的時候，吃了幾口你家的涼皮和煎餅餜子就愛上了，回來念叨了半天，非說樓裡的涼菜沒有涼皮好吃，走的時候還念念不忘。

「我可是跟大掌櫃打過包票了，說我跟陳老弟的關係不一般，定能拿到這涼皮的方子，所以就求到陳老弟頭上了，還請你幫幫老哥哥吧！」

說罷，他站起來作了個揖，把陳忠繁和李氏嚇了一跳，立刻從椅子上跳了起來，有些不知所措。

玉芝雖然隨著父母起身，可她的腦子卻一直沒停過。看著自家爹爹扶起了朱掌櫃，她開口說道：「朱伯伯說您家小少爺愛吃涼皮和煎餅餜子，可是您卻只問我爹涼皮的作法，怕是泰興樓已經做出了煎餅餜子吧？」

朱掌櫃沒想到玉芝竟然這麼敏銳，不由得在心底暗讚一句，用略帶歉意的口吻說道：「不錯，小少爺回來以後，指定要吃這兩樣東西，當時妳家已經收攤了，只得叫大廚做。大廚是真的做不出涼皮，可是煎餅餜子不過就是醬特別一些，試一下就做得八九不離十，這才安撫了小少爺。

「不過你們放心，在雙方沒達成共識之前，我們泰興樓是不會輕易賣煎餅餜子的，今日還是先說說涼皮的問題吧！」

玉芝心裡清楚，泰興樓這種大酒樓怎麼看得上煎餅餜子這種拿著吃、吃相略嫌不雅的小吃呢？涼皮怕也是想買來當涼菜的。

她笑嘻嘻地看著朱掌櫃說道：「朱伯伯都說到這分上了，怎麼能不賣，不曉得朱伯伯想怎麼買我們這個涼皮呢？」

朱掌櫃回道：「咱們之前不是說過嗎，素菜泰興樓一律出五兩銀子，這涼皮沒肉，自然屬於素菜了。」

玉芝笑道：「涼皮的作法我就用五兩銀子賣給朱伯伯，不過那秘醬可不能賣，那是我們的看家寶。何況朱伯伯這裡有許多厲害的大廚，我們家賣的東西他們嚐一口都能琢磨出七、八成了，何須再花錢買醬料呢？您說對吧？」

朱掌櫃點點玉芝的小腦袋道：「喲，我這大姪女跟朱伯伯使心眼呢！怎麼，是氣朱伯伯研究妳家吃食了嗎？人不大，氣性卻不小。」

玉芝嘟起嘴「哼」了一聲，裝出一副小孩子生氣的可愛模樣，看得朱掌櫃一陣好笑，只得說道：「好了、好了，朱伯伯做主，花十兩銀子買這涼皮的方子跟秘醬，不過這十兩銀子包括煎餅餜子，若是我泰興樓想賣的話也能賣，妳覺得如何？」

第二十四章　白玉涼皮

玉芝拉著陳忠繁和李氏站到角落裡商量，又假裝思考了一會兒，才跑到朱掌櫃身邊說道：「朱伯伯，我答應啦，爹娘都聽我的，我爹說我家的生意我做主！」

朱掌櫃哈哈大笑起來，看到陳忠繁臉上略帶笑意，明白玉芝說的就是他們夫妻的意思，這才逗她道：「那就多謝大姪女了，煩請大姪女教教上次那個廚子如何？」

玉芝有些不好意思地嘿嘿笑道：「朱伯伯說笑了，我怎麼會呢！我家的東西都是我娘做的呢……」

待李氏把涼皮與胡麻醬的作法都仔細教給被朱掌櫃叫來的大廚以後，玉芝又說道：「朱伯伯，您看這涼皮的作法如何？」

朱掌櫃點點頭說：「的確是好東西，將來怕是要成泰興樓的招牌涼菜了！」

玉芝又說道：「這涼皮的顏色是白色的，若是有種類似的東西，彷彿白玉琉璃，可拌、可炒、可燜、可煮，冷食、熱食皆可，甚至還能煮湯，朱伯伯說這又能賣多少錢呢？」

朱掌櫃憑著商人的直覺，認定這是泰興樓分店無法完全掌控的生意，連忙仔細問道：「大姪女說的是何物？」

玉芝笑了笑，故作神秘地說：「這是我與哥哥無意間在家傳古籍上看到的一種吃食，涼皮也是那古籍寫的，是這吃食的一個分支，因為那東西做起來麻煩，我們家才只做了涼皮。

不知朱伯伯有沒有興趣呢？」

朱掌櫃想了想，問道：「黃金雀與蓮香富貴雞都是那古籍上寫的？」

玉芝警覺地回道：「不是，之前跟您說過那是祖傳的。我們家在我哥哥這輩之前不是讀書人家，這古籍是分家時收拾灶房，在柴火堆裡撿到的，不知道是誰扔在山上，被人撿回來的吧！我看上面寫了字，就拿給哥哥看，那時古籍已經殘破得只剩幾張破破爛爛的紙，上面就寫了涼皮這一支的東西。」

朱掌櫃惋惜道：「若妳家這古籍是完本，怕是妳家光靠賣食譜都能改頭換面了！」

玉芝也哭喪著臉道：「是呀，一想到爹娘還要早起奔波才能掙到哥哥們讀書的錢，我就心疼。」

陳忠繁和李氏露出感動中夾雜著幾分心疼孩子的表情，朱掌櫃一看就信了大半，認真地問道：「既然有那種白玉一般的涼皮，明日可否帶來讓我看看？」

玉芝脆生生地答應了，雙方約定明日午時左右在泰興樓碰面。

既然已經耽擱了大半個下午，陳忠繁三人就在回村前買了一大袋上好的綠豆、十個大木盆和最細的篩子。眼看差不多到了學堂下課的時間，乾脆等三個孩子一起回家。

一路上，兆志三兄弟聽到所謂的「白玉涼皮」都面面相覷，忙問這是何物，玉芝也解釋不清，只說回家做做就知道了。

回到村裡，陳忠繁帶著玉芝又去了一趟劉家，交代劉老實明日家裡有事，讓他一個人出攤，再請閔氏和劉小莊過去幫忙一天，兩個人給四十文工錢。

這幾日劉老實已學會怎麼做出一碗涼皮，只要切好青瓜絲、知道一碗的配料該放多少、淋醬料的時候不要過鹹或過淡就行，閔氏這種灶房老手很快就能上手。

定好明早劉老實來陳家端涼皮的面漿盆與調味料，父女倆離開劉家，開始準備專心做「白玉涼皮」。

一家人坐在地上，細細挑選買來的綠豆，去掉不飽滿或脫了殼的。挑好的綠豆用清水洗乾淨，稍微晾乾後直接用開水燙一遍，再放入微微燙手的溫水中浸泡，放在炕頭保溫。

這一浸就要三、四個時辰，眾人先去處理明日開攤的材料，忙好之後先歇息，過一會兒還要起來繼續做「白玉涼皮」。

到了子時李氏去叫玉芝，看見自家小閨女揉著眼睛睡眼矇矓的樣子，把李氏心疼壞了，把她抱在懷裡一邊拍背、一邊輕聲喚醒她。

三個男孩子也起來穿好衣服，等著幫家裡做一會兒活。

玉芝指揮三個哥哥將泡好的綠豆清洗兩遍去除雜質，瀝乾後放到洗乾淨的小磨盤裡磨，又要陳忠繁和兆志兩個人換著班邊添綠豆、邊均勻地加水，以綠豆和水約一比五的比例磨成細細的漿液。

李氏用兩個盆換著接他們磨出來的綠豆漿，又和兆亮、兆勇用最細的篩子過篩兩次，篩去豆皮和豆渣，再用水沖洗幾次篩子上的豆渣防止浪費，最後加入適量的油攪勻，放在一旁沈澱。

經過一個多時辰，十個木盆都裝滿了綠豆漿水，陳忠繁和李氏忙把幾個孩子趕上炕，讓他們把握時間休息，玉芝全憑毅力才堅持到現在，一沾枕頭就沈沈睡去。

等到玉芝睜開眼的時候，天已經大亮，三個哥哥早就去了學堂，陳忠繁和李氏在炕下小聲地說著話，生怕吵醒她。

玉芝迷迷糊糊地叫了一聲「娘」，李氏忙快步走過來抱起她，說道：「芝芝，綠豆漿水已經沈澱好了，上面浮了一層清水呢！」

聽到李氏的話，玉芝閉著眼說：「按理說要沈一、兩天呢！咱們別動它了，等到快午時的時候舀去上面的清水，直接端一盆去泰興樓吧！」

李氏有些好笑地說道：「還等午時呢！現在已經巳時五刻了，妳再不醒娘就得叫妳了。」

玉芝猛然驚醒，再過三刻就午時了！她急忙跳下地要去洗臉，被陳忠繁一把抓住，伸手拿起一塊乾淨濕涼的毛巾搗在她臉上，玉芝打了個冷顫，徹底清醒了過來。

午時正，三人站在泰興樓門口，小路依然笑咪咪地引他們到雅間裡。

朱掌櫃看到陳忠繁搬著一個大盆進來不免有些吃驚，他低頭看了看，說道：「這與昨日的涼皮漿看起來很像。」

陳忠繁笑道：「自然像了，涼皮就是這東西的一個分支呀！」

朱掌櫃喚小路將大盆搬去灶房，玉芝擔心大廚弄錯做法，便與小路一道去了灶房。昨日大廚學會做涼皮，今日自動舀起一勺子粉漿要往粉籮裡放。

玉芝就是擔心他會這樣，她急忙按住大廚的手道：「大叔先別急，這個粉漿和涼皮的不一樣，是要兌水的！」

大廚手一抖，差點沒把這勺粉漿撒個乾淨。

仔細詢問玉芝應該加多少水兌開這粉漿後，大廚才小心翼翼地在她的指導下做了幾張「白玉涼皮」。只見撕下來的白玉涼皮薄如蟬翼、色澤清透、光亮柔軟、摺疊不破，看著就讓人欣喜——其實這就是冬粉，也稱為粉絲。

大廚端著一盆泡著白玉涼皮的水和玉芝一起回雅間，朱掌櫃見他們進來，站起來好奇地看向水盆。

只見那「白玉涼皮」泡在水裡，如水母一般隨水波緩緩顫動。朱掌櫃心頭一驚，萬萬沒想到這涼皮竟能做得如此透明！

他伸手撈起一張揉捏了一下，涼皮瞬間變成了糊，緩緩地從他手中滑過。

朱掌櫃一眼就看出了「白玉涼皮」的價值，急忙問玉芝。「大姪女說說這『白玉涼皮』要怎麼料理才行？」

玉芝眨著眼睛問道：「朱伯伯，您這是要跟我買食譜嗎？」

陳忠繁覺得玉芝太過計較了，伸手拉了她一下，朱掌櫃反倒不介意地說：「當然不會讓大姪女吃虧了，一道十兩銀子如何？」

玉芝見好就收。「我這就去教廚子大叔一道菜吧，只要五兩銀子就好！」

說罷又跟著大廚去了灶房，指揮他切了細細的木耳絲、紅蘿蔔絲、雞蛋絲、青瓜絲，又燒火炒了個肉絲，將這些材料堆在盤子中間那切成窄條的「白玉涼皮」周圍，五彩斑斕的，十分好看。

玉芝調了一碗稀胡麻醬裝在小碗裡，又各裝了一碗蒜蓉醋汁跟辣油，把三個小碗和那一盤涼皮料理一起放上托盤端到雅間。

雅間裡的三個人有些心不在焉，有一搭、沒一搭地閒聊著。陳忠繁和李氏是擔心自家閨女不會做菜，朱掌櫃則是滿懷期待。

當玉芝和大廚一起進來時，朱掌櫃看到托盤上的東西，不禁暗嘆——這「白玉涼皮」被五色細絲包圍著，更顯晶瑩。旁邊三個小碗裝著淡棕色的胡麻醬、黑褐色的蒜蓉醋汁以及紅通通的食茱萸辣油，與盤中的五色配菜搭配得相得益彰。

玉芝示意大廚放下托盤，對朱掌櫃說道：「我不知道朱伯伯喜歡什麼味道，所以三種醬汁都調了一些，吃的時候可以自行澆在上面，拌勻之後就可以了。」

朱掌櫃點點頭，示意大廚去拿幾個小碗和幾副筷子過來，每個碗裡都放了一些五色配菜和「白玉涼皮」，接著倒入不同的醬汁，每種都嚐一口，只覺得這「白玉涼皮」入口彈牙、清香爽口，輕輕鬆鬆就滑入了喉嚨裡。

他又把醬汁各自混合起來品嚐，一大盤料理一會兒就被他吃光了。

朱掌櫃有些不好意思地輕咳一聲說道：「大姪女這菜的確不錯，只是不知這東西是否就叫『白玉涼皮』？」

玉芝假裝思索了一陣子才說：「這『白玉涼皮』不過是我隨口說的，那古籍上寫著它叫月……月皖！大概是說這是月亮皖下的一層皮吧？我只隨哥哥學了幾個字，並不是看得太懂呢！」

「月皖……好！這名字太貼切了，這般晶瑩透明之物，就是來自似銀盤、似溶水的月亮！」朱掌櫃興奮地說：「不知一盆月皖漿能做幾張月皖，又能存放多久？」

玉芝有些為難地說：「這……我也沒做過整整一盆啊，不過應該能做幾十張吧！至於存放……朱伯伯是否是想把東西送去府城？」

朱掌櫃越發不敢當玉芝是普通孩子，認真地說道：「我覺得這月皖留在我們鎮上委屈了，當然要把它送去府城給主子們看看！」

玉芝問道：「那從鎮上去府城要幾日呢？」

朱掌櫃回答。「快馬需要兩、三日，若是用馬車，怕是要五、六日。」

玉芝想了想，說道：「朱伯伯，我家還有九大盆月皖漿，其實需要沈澱個兩日左右才能讓最後做出來的月皖更清透，今日是急了，您看這還微微有些發白呢！若想送去府城，可以放一點冰在馬車裡，然後經常把上面的水舀掉，再加入新的涼水，這樣到了府城以後再處理也無妨。」

朱掌櫃大喜，不自覺地撇開陳忠繁，與玉芝商量起來。「這月皖價值幾何，怕不是我能做主的，得送到府城後由主子們決定。」

玉芝回道：「那我們就等朱伯伯的好消息了。另外，燉肉、燉魚或燉雞的時候，最後加一些月蜕進去燉個一刻鐘左右味道更好，還能像肉絲一樣拿來炒跟紅燒。我看廚子大叔也要跟去府城吧？依廚子大叔的能力，定能做好的！」

朱掌櫃連聲道謝，當下叫小路套上馬車去駝山村拿月蜕漿，並且大方地給了一兩銀子一盆的價格，加上他們今天帶來的那盆以及新菜「五彩月蜕」的食譜，一口氣給了陳忠繁十五兩銀子。

玉芝一顆心怦怦直跳，她知道月蜕一定能賣個好價錢，卻沒想到價格這麼高。現在方子還沒交出去，就已經有十五兩銀子的進帳了，令她歡喜不已。

小路駕著馬車帶陳家三人進村後，引起了大轟動。說起陳忠繁買板車那回，大家還只是看熱鬧，感嘆陳家發財而已，這次眾人卻多了些敬畏。村裡幾十年都沒見過馬車，畢竟光買一匹馬就要二、三十兩銀子，只有大戶人家才養得起，陳家三房竟然認識這種大財主?!

有人早早就通知老陳頭三房坐馬車回來了，老陳頭帶著陳忠華揣著一肚子的震驚和疑問等在院門口。

小路將馬車停在院門口，他跳下車，雙手一拱對老陳頭說道：「陳老太爺安好，小的給您請安了。」

一聲「陳老太爺」引得跟在馬車後的村民發出驚嘆聲，隨即飛快地憋住聲音，想看看這到底是怎麼回事。

老陳頭也被這一聲「陳老太爺」喊得差點癱軟在地，還是讓陳忠華扶了一把才站穩。

正當老陳頭不知所措的時候，陳忠繁跳下馬車，快步走到另一邊扶住老陳頭的胳膊道：「爹，這是鎮上泰興樓的小二哥，名叫小路，今日是送我們回家來，順便拿些東西走的。」

眾人一聽到「泰興樓」又是吃了一驚，陳忠華更是傻住了，沒想到三房與泰興樓有交情！他心中又悔又恨，臉色青白、表情扭曲，被剛跳下馬車的玉芝看個正著。

玉芝可不給他面子，直接當著眾人的面戳破。「叔叔，您身子不舒服嗎？怎麼聽了泰興樓，臉色突然變得那麼不好看？」

陳忠華萬萬沒想到玉芝會這麼說，嚇了好大一跳。玉芝這話引得眾人都看向陳忠華，所有人都看到他來不及收起的猙獰神色。

想起之前三房分家時，有四房想占三房買賣的傳言，村裡人都露出了然的神情，幾個碎嘴的更是湊在一起竊竊私語，讓陳忠華的臉上添了幾分難堪。

他勉強擠出笑容道：「方才叔叔在屋裡睡覺呢，忽然聽說三哥回來了，爹喊我一起來迎接你們，動作太急了，所以頭有些暈。」

玉芝長長地「哦」了一聲，隨即不再理他。

老陳頭回過神來，連忙拆了門檻，讓小路牽著馬車和三房的人進去，然後緊緊關上院門，隔絕了村民們充滿探究的目光與議論。

進門以後，老陳頭恢復了幾分理智，瞄了臉色依舊不好的陳忠華一眼後，對陳忠繁說道：「老三，這位小哥有正事要辦，你們先忙，忙完了你再來上房說給我聽聽。」

接著他一把拽過陳忠華的手，道：「老四，你扶著我去上房，我站得有些累了！」

說完也不管陳忠華願不願意，拉著他就往上房走。

小路與陳忠繁小心翼翼地端著一盆盆月蛻漿放在馬車車廂裡，車上早已放了幾大塊冰，方才陳家三人就是坐在這放了冰的車廂裡回家的，可把玉芝樂壞了，這跟有空調的車沒兩樣啊！

玉芝又跟小路講了一遍保存的細節後，陳忠繁又拆了門檻，送馬車出了陳家院門。誰知村民過了這麼久還在外面，他們看到馬車和陳忠繁出來了，都露出了殷切的眼神，彷彿等小路一駕著馬車離開，就要活活吃了陳忠繁一般。

小路這個做小二的自然與許多人打過交道，一見駝山村村民這眼神就知道是怎麼回事，於是他牽著馬嚼子回頭對陳忠繁道：「陳三爺莫送，陳老太爺還在等著您呢，小的怎麼能煩勞您送我呢？等陳三爺關了門，小的再駕車出村。」

陳忠繁看到門外眾人的神情也有些害怕，與小路客套兩句後，就飛快地閃進去把門關上，背對著院門長吁了一口氣。

門外的小路笑嘻嘻地對村民們拱了拱手，上了車轅，駕著馬車朝村口而去。

眾人不自覺地讓開一條路，直到馬車走遠了才回過神來，回頭看看陳家的院門緊閉，一時半刻怕是不會開了，只能懷著疑惑與好奇各自回家。

第二十五章　泰興東家

陳忠繁囑咐李氏把昨日自家做來試驗的幾張月蛻從水裡撈出來，放在盤子裡端著去了上房。

老陳頭等了一陣子，抽了好幾袋煙，整個上房瀰漫著煙霧，陳忠繁進去被嗆得咳了好幾聲才緩過來。

陳忠繁的咳嗽聲打破了屋內凝滯的空氣，老陳頭抬起頭看著他，心中不可說不意外。本以為三房做些小買賣已經了不得了，現在看來，他們是奔著發達去了。

他不禁回頭看了坐在凳子上的陳忠華一眼，煙霧中，陳忠華的模樣有些模糊，卻看得出臉色發青。

老陳頭嘆了口氣說道：「老三，今日泰興樓的小二過來有什麼事？」

陳忠繁端上月蛻道：「這是兆志幾兄妹從山上撿來的古籍中看到的方子，昨日我們做了幾盆試試，結果做出來的『月蛻』十分稀奇，泰興樓很感興趣，就叫小路把家裡剩下的都帶走，要送到府城總店給泰興樓的主子們看看，然後再跟我們談這月蛻的生意。」

不得不說陳忠繁還是有幾分小精明的，玉芝都沒來得及囑咐他到了上房以後該怎麼說，他就用了最適合的說法講出來。所謂山上的古籍不過是拿來忽悠人的，其實朱掌櫃也處在信與不信之間，但是他了解每個人都有秘密，所以不追問，只當這是真的。

至於老陳頭，自然信了自己這從不說謊的三兒子，暗暗感嘆三房一家真是好運，村子裡家家戶戶都有人上山，怎麼就讓兆志那幾個孩子發現這古籍了呢？

這月蛻看起來就清透討喜，放進嘴裡嚐了以後雖然沒什麼味道，卻如水一般溜進了喉嚨，何況泰興樓的掌櫃特地送月蛻去府城給主子們品嚐，肯定是個大買賣。

可是買賣再大和他有什麼關係？和大房、二房、四房又有什麼關係？他們已經分家了！

想到這一點，老陳頭難受不已，心中不知是什麼滋味。他右手握拳，用力捶了捶自己的胸口，這才稍稍緩了過來。

他低頭對陳忠繁揮揮手道：「你去吧！」沒再多說話。

倒是孫氏插嘴道：「老三，今日攤子的錢呢？你去劉家拿錢送過來。」

陳忠繁應了一聲，掀開門簾出了上房。

老陳頭瞥向一言不發的陳忠華，語重心長道：「老四啊！你可要記住，三房已經分家了，明年你三哥搬出去，跟你們就只是當親戚走動，而不是一家子攪和在一起了……」

陳忠華僵硬地點了點頭，站起來對老陳頭說：「我懂的，爹。我先回去了，方才起得太急了，頭還疼著。」

老陳頭嘆了口氣，讓他出去了。

陳忠華哭喪著臉快步回到小西廂，一進門林氏就迎了上去。

林氏還沒開口就被陳忠華推開，他三步併成兩步走到炕邊，拿起炕被跟枕頭就往炕上一陣亂扔，讓林氏和兩個孩子嚇了好大一跳。

發洩了一通後，陳忠華沈著臉坐在炕上不出聲。

林氏把兩個孩子安頓到小屋的炕上後，走到丈夫身邊坐下，伸手環住他的肩膀，輕聲道：「四郎，什麼事情這麼生氣？你看把孩子們嚇得……不管怎樣，還有我在呢！」

陳忠華回身抽出一隻手攬住林氏道：「三哥和鎮上的泰興樓勾搭上了，今日泰興樓的小二駕著馬車過來，就是要從他那裡搬走一個叫『月蛻』的東西，聽說要送到府城去，這次三哥要發大財了！」

林氏聽了也大吃一驚，她忍了又忍，最終還是啜泣道：「都怪我，若是當初我過了門就還三嫂那一兩銀子，今日我們定能沾光……」

陳忠華依然摟著林氏沒說話，林氏心底一涼，陳忠華竟然沒有哄她、說不關她的事，怕是真的要為這件事記恨她了。

林氏哭得越發楚楚可憐，不停地扭動腰肢蹭著陳忠華，直把陳忠華蹭出一股火來。

想到一個門簾之隔的兒女，陳忠華強忍下來，咬著牙在林氏耳邊小聲道：「晚上再好好收拾妳！」

接著又咳了一聲，恢復正常音量恨恨地道：「那一兩銀子的事不怪妳，當初我也沒想過要還三嫂錢，誰想得到三哥跟三嫂竟這麼記仇！」

林氏附和道：「都說親兄弟沒有隔夜仇，咱們錢也給了，玉茉也經常去找玉芝說話，可是三房這家人怎麼就這麼油鹽不進呢……」

不提四房背後是怎麼議論三房的，陳忠繁一家依然每日早起晚睡地忙碌著，轉眼間又過去了十來日。

這天玉芝在攤子前笑盈盈地招攬生意時，突然看到朱掌櫃和一個約莫八、九歲的小胖子一起走過來，後面跟著指路的小路與兩個小廝。

玉芝遠遠地和朱掌櫃對到眼後，知道這一行人是衝著他們家來的，連忙示意陳忠繁和李氏抬頭看。

陳忠繁和李氏急忙做完手邊的活計，把手擦乾淨後，帶著玉芝迎了上去。

朱掌櫃帶著小胖子走近攤子，拱手道：「陳老弟，幾日不見，今日我陪我家姪兒來嚐嚐你們的煎餅餜子跟涼皮，麻煩做幾份帶著，我們一起回樓裡談點事情如何？」說罷朝陳忠繁眨了眨眼。

雖然不知道陳忠繁明不明白，但玉芝可是看得清清楚楚，看來這小胖子來歷不一般。

只見陳忠繁連聲稱是，親手做了幾份煎餅餜子與涼皮遞給小路，囑咐劉老實一聲，他們要去泰興樓一趟。

小路剛拿好吃食，準備退後半步站到朱掌櫃和小胖子後面，這時小胖子忽然一把奪過一個裝著煎餅餜子的紙袋。

只見他小心翼翼地揭開油紙，「啊嗚」一口咬了下去，接著忍不住感慨道：「還是剛做好的好吃，這餜子真脆！」

玉芝忍不住「噗嗤」笑了出來，小胖子聽見了，低下頭看著她，一臉認真地說：「真的！小妹妹，妳家這剛做的煎餅餜子可好吃了，我家的廚子不知為何就是做不出這個味道！」

說著又咬了一口，納悶道：「明明是妳家的方子呀！為啥就是吃得出不一樣呢？」

玉芝已經猜到這個小胖子的身分，他大概是泰興樓的東家小少爺吧！

算算時間，月蜺的事也該有消息了，這時候泰興樓東家小少爺出現在鎮上，說明他們很重視月蜺。

想到這裡，玉芝喜孜孜地笑了起來，露出幾顆白白的小米牙，大大的眼睛瞇成彎彎的月牙，一副乖巧討喜的樣子。

小胖子看到玉芝這麼可愛，忍不住用油膩膩的手捏了一下玉芝的臉，咧開嘴笑道：「妹妹真可愛！」

玉芝反應過來後差點沒氣死，沒想到竟被一個小胖子占了便宜！她伸出手不停地來回擦自己的臉，想把臉上的油汙擦掉。

陳忠繁和李氏也有些不高興，臉垮了下去。

朱掌櫃忙打圓場道：「我這姪兒一片赤子之心，還未有男女之別的心思，今日是把大姪女當妹妹看呢！陳老弟和弟妹別生氣，回去我定告訴他爹嚴加管教！」

陳忠繁和李氏依然有些不悅，而小胖子這時啃完了一個煎餅餜子，他把油紙往身後的小廝手裡一塞，朝著他們兩個作了個揖，開口道歉。「叔叔、嬸嬸，是在下唐突了妹妹，日後必定多加注意，今日還請叔叔跟嬸嬸原諒在下吧！」說罷對陳忠繁夫妻鞠了個九十度的躬。

李氏本來就是愛孩子的人，看到小胖子這樣子有些心軟，於是輕聲道：「你這孩子，日後可不能隨便碰女孩子的臉了，要知道男女授受不親。」

看到小胖子嘟著兩坨腮幫子肉嚴肅地點了點頭，模樣很是逗趣，李氏忍不住伸手捏了捏他的臉。

這可把小胖子嚇壞了，他摀著自己的臉道：「嬸嬸方才教育在下，不要隨便碰女孩子的臉，為何嬸嬸能碰在下的臉？男女授受不親啊！」

一句話說得大人們都笑了起來，就連小路和兩個小廝都憋著笑，一掃方才略顯尷尬的氣氛。

小胖子揉了揉臉蛋，不懂大家在笑什麼，索性拱手對陳忠繁道：「家父正在泰興樓等候你們，還請各位這就隨我們去吧！」

眾人這才收起了笑容，一道往泰興樓走去。

一樣是熟悉的雅間，然而今日推門進去，裡面已坐著一個身形挺拔的年輕男人。

玉芝仔細觀察了一下這個人，他年約二十七、八歲，身著鴉青袍服，玄紋雲袖，頭髮高高束起，只用一根白玉簪固定。五官雖談不上精緻，卻眉目端正，別有一番味道。

見到有人推門走進雅間，他面帶笑容站了起來，那小胖子頓時像顆小肉彈一樣衝過去撲進他懷裡，歡快地喊了一聲。「爹！」

玉芝的嘴巴不禁張得老大。他竟然是小胖子的爹？那兩張洋溢著歡笑的臉，真是一點相似的地方都沒有……

她吞下差點溢出口的驚呼，低下頭跟在父母後面聽朱掌櫃介紹。「這位是我們泰興樓的少東家。」

陳忠繁和李氏的腦袋瞬間「轟」的一聲炸了，泰興樓的少東家對他們來說是遠在天邊的人物，現在竟然就站在他們面前！

夫妻倆作夢一般地看著那名青年鬆開小胖子走向他們，只見他拱著手微笑道：「在下姓單，單名一個辰字。之前朱掌櫃派人送了幾盆月蛻漿去總店，家中長輩嚐過月蛻後都說好，遂放在酒樓裡試賣，沒想到幾百張月蛻竟然三天內就賣光了，還不停有人上門預訂。正巧錦兒吵著要吃你們家的煎餅餜子和涼皮，我就帶著他過來，嚐嚐剛做好的是何等美味。」

陳忠繁有些受寵若驚，話都說不出來，只能回禮道：「過獎、過獎。」

玉芝倒是反應快，在背後悄悄掐了她爹一把，但是陳忠繁不懂她的意思，還在不停地客套，急得她就差抓耳撓腮了！

還是朱掌櫃明白玉芝在生意上能做一半的主，看到她的小動作，知道她肯定有話要說，乾脆點了玉芝道：「大姪女有什麼想說的嗎？」

玉芝猛然被點名，有些不好意思，看了憨厚的爹和羞澀的娘一眼，她忍不住在心裡哀號，若是大哥在場，何須她出頭……

雖然這麼想，她還是露出笑容道：「這位伯伯是為了我家的煎餅餜子和涼皮來的，還是為了月蛻來的？」

單辰完美的面部表情在聽到玉芝的稱呼時出現了一道裂縫。伯……伯伯？他看起來難道不比她爹小嗎？叫聲叔叔也好啊！

忍住想吐槽的強烈衝動，單辰面色和藹地對玉芝道：「自然是為了月蛻而來，不知小姑娘可有什麼想法？」

剛才叫單辰伯伯的時候，玉芝分明在他眼中看到了一絲驚詫，但是他掩飾得很快嘛……她在心底暗笑，愛惡作劇的心陡然歡騰起來，一口一聲「伯伯」地叫著單辰。

「伯伯，我家的月蛻味道好嗎？」

「伯伯，您看那月蛻是不是很透明？」

「伯伯，您家裡的人真的很喜歡月蛻嗎？」

「伯伯……伯伯……」

叫得單辰實在忍不住了，輕咳一聲打斷玉芝道：「小姑娘無須叫在下伯伯，叫『辰叔叔』就好。」

說完，單辰看到玉芝露出幾分得逞的笑容，才知道她是故意的，內心一哂：這隻小狐狸！

你來我往幾個回合後，雙方漸漸熟悉起來，陳忠繁和李氏也沒那麼僵硬了，坐在椅子上小口、小口喝著茶平復心情。

此時玉芝率先提起正事。「不知辰叔叔今日前來，是想怎麼收我家這月蛻？」

單辰端正了神色道：「一盆月蛻漿能做出四十餘張月蛻，若是按盆收的話，泰興樓打算一盆出三百文錢，也就是將近八文錢一張，這可是天價了。」

聽到這裡，玉芝說道：「我家哥哥們都在讀書沒空幫忙，我們也不放心把月蛻交給別人做，所以只賣方子不散賣，辰叔叔就說個方子價吧！」

單辰不由得審視起小小的玉芝，他的嘴角泛起一絲笑容，沈聲道：「若是賣方子，那就是一百兩銀子，從此以後月蛻就與妳家無任何關係了。」

陳忠繁有些著急，三百文錢一盆能賺得細水長流，明顯比用一百兩銀子買斷掙得多啊！他不禁拉了拉玉芝的衣角。

單辰是何許人也，陳忠繁這個舉動在他面前再明顯不過，他低笑一聲說道：「不如這樣，你們一家人商量一下，我先帶著錦兒去吃他買來的涼皮，看他急得像隻猴子一樣。」

小胖子的小臉瞬間變紅了，扭著手指頭、嘟著嘴不說話。單辰轉頭招呼朱掌櫃，一同帶著小胖子出了雅間。

陳忠繁看見房門一關，迫不及待地說道：「芝芝，為何不按盆賣呢？我和妳娘忙得過來的，妳別顧慮這個！」

李氏也在一旁不停點頭。

玉芝沒說話，聽到房外腳步聲漸遠，她才小聲道：「爹、娘，你們想想看，泰興樓的少東家專程跑這一趟是為了什麼？因為他們覺得這東西能掙大錢！如果是你們，願意把這種掙大錢的方子留在別人手裡，任憑人家擺布？他們總有一天會想辦法把方子搶走的，我們家鬥得過這種大商人嗎？既然早晚得把方子送出去，何不趁現在多要點錢呢？」

陳忠繁和李氏聞言驚出一身冷汗，他們都是沒怎麼見過世面的鄉下人，哪裡想得到這些?!細細琢磨玉芝說的話，可不就是這麼回事嗎？夫妻倆想到如果泰興樓起了邪念，整死他們就像捏死一隻螞蟻一樣容易，不禁緊握著手互相支撐著對方，才沒有癱在椅子上。

玉芝又道：「就算泰興樓一直和我們合作，沒起壞心思好了，這月蛻在山東道是獨一份，泰興樓要用的量肯定不少，就算我們做得完，日日供給泰興樓了，其他大酒樓也不瞎，估計沒幾日就能扒出來是咱們供應的，到時候我們家還能沒事？爹，前幾日大哥教我讀書，有一句話叫『商場如戰場』，那可是會死人的！」

陳忠繁和李氏久久說不出話來，只覺得自己原本想得太簡單了。

待在隔壁雅間的單辰和朱掌櫃，耳朵貼在木牆上，把這些話聽得一清二楚。

單辰眉目含笑地瞥了朱掌櫃一眼道：「這小姑娘有意思，年紀小卻這麼精明，是個經商的奇才呀！」

朱掌櫃抹了一把額頭的汗，道：「少東家，您歇了心思吧！這小姑娘可是人家父母的掌上明珠，不會賣的！」

單辰瞇起眼睛、咂了咂嘴道：「那還真是可惜了，我買了這麼多孩子，最多就是當個大帳房，這孩子天分如此之高，窩在小小農家真是埋沒了。」

待聽到隔壁三人商量好要賣月蛻的方子之後，單辰帶著朱掌櫃好整以暇地敲響雅間的門，玉芝隨即開門讓他們兩人進來。

單辰直接問陳忠繁道：「不知陳大哥想好要怎麼賣了沒？」

陳忠繁被玉芝的話嚇得還沒緩過來，現在看單辰就像在看什麼殺人凶手一般，日光透露著恐懼，看得玉芝只能扶額。

單辰自然知道陳忠繁為何會這樣看自己，他強忍住笑意，假裝不明白地問道：「陳大哥為何這麼看我？」

陳忠繁聞言，嚇得打了個哆嗦，趕緊低下頭看著地上，強裝鎮定地說道：「我們賣方子，家裡人太少，忙不過來。」

單辰點點頭道：「可以，只是以後這方子就是泰興樓的，你們可不能再私自做這門生意了。」

玉芝接話道：「當然，不過我們家能自己做來吃吧？」

單辰笑道：「這是自然。」說罷，吩咐朱掌櫃去取一百兩銀票過來。

第二十六章　大小狐狸

待朱掌櫃出門之後，玉芝嚴肅地對單辰道：「辰叔叔，其實古籍上還寫了月蛻的保存方法。」

單辰漫不經心地說道：「哦？妳不是已經告訴朱掌櫃可以放在水裡保存了嗎？」

玉芝笑了笑，說道：「自然不是月蛻漿的保存方法，我說的是月蛻！若是有方法能保存月蛻半年以上、甚至一年，不知道辰叔叔有沒有興趣？」

單辰不自覺地坐直身子，認真問道：「妳真有法子保存月蛻半年以上？」

玉芝點點頭道：「不知辰叔叔想不想買這法子？若是能保存半年以上，月蛻怕是能賣遍大周朝了，到時泰興樓的生意定能更上一層、兩層、好幾層樓！」

這孩子氣的話讓單辰笑了出來，他是個行事果決的人，直接拍板道：「若是這法子真的有用，那我泰興樓再出一百兩買下來。一樣月蛻就賣了兩百兩銀子，妳家都能買地買成小地主了吧？」

兩百兩這個數字，別說是陳忠繁和李氏了，就連重活一世的玉芝都嚇了一跳，當下歡喜道：「辰叔叔真是爽快，我還想磨磨您多賣點銀子呢，沒想到您給的超出我的預料了！」

單辰勾起嘴角道：「那我豈不是虧了？不如便宜一些，五十兩如何？」

玉芝氣鼓鼓地嘟起嘴「哼」了一聲不說話。

此時朱掌櫃進來遞上一百兩銀票，單辰接過以後，對朱掌櫃道：「你再去拿五十兩……」

說著他偷偷瞄了玉芝一眼，發現她不自覺地瞪大眼睛、皺起眉，才笑著繼續說：「不，一百兩銀票過來！」

看到玉芝長吁了一口氣，單辰不禁笑出聲來。

玉芝發現單辰是故意逗她的，小聲埋怨道：「哼，辰叔叔真是稚氣天真。」

單辰眨眨眼道：「誰說我稚氣天真，畢竟我都是被叫『伯伯』的人了。」

玉芝這才知道單辰是為了報復才戲弄她，忍不住在心底對著他的臉畫了個大大的叉，旁邊備註「幼稚」。

等兩百兩銀票到手，陳家三口人都激動得不得了，多少人一輩子也掙不到這麼多錢，才幾天他們家就揣著了！

李氏流下了眼淚，把玉芝心疼壞了，靠到她懷裡伸出小手為她擦眼淚，李氏不禁緊緊抱住玉芝，看得單辰直嘆氣，看來想買這孩子回去真的是奢望了。

月蛻漿的方子陳忠繁和李氏都知道，朱掌櫃陪他們兩人去了私密的小灶房，裡面只有單辰帶來的兩個廚子。李氏和陳忠繁一步步口述出方子，並回答廚子們的疑問。

玉芝則在雅間告訴單辰月蛻的保存法子——將做好的月蛻放進之前製漿時剩餘的酸漿浸小半刻鐘，就能增加光澤，再用硫黃熏一下，可以防蟲、防黴。經過浸漿或熏硫後的月蛻，攤在鋪有乾淨稻草的竹簾上晾乾，中間翻轉一次，使兩面乾燥均勻，待月蛻八、九成乾的時候，就能收起來包裝出售了。

單辰拿著一枝毛筆詳細地記下這方法，此時陳忠繁夫妻也教得差不多了，雙方約定明日再來看看成品如何。

回家路上，陳忠繁不安地揣著銀票，差點跌了幾跤，還是李氏沈穩些，只死死抓住玉芝的手不說話。

玉芝被爹、娘兩個人弄得也緊張兮兮的，生怕有什麼江洋大盜跳出來打劫，一路上不停地左顧右盼，甚至回頭看。

平安到家之後，三個人沈默地回到小東廂把門窗都反鎖好。陳忠繁小心地掏出銀票放在炕上，和李氏兩個人就這麼瞅著，彷彿能看出朵花來。

玉芝受不了了，撒嬌道：「爹、娘，你們在看什麼呀？不如把家裡所有錢都拿出來數數看有多少了吧！」

這句話提醒了李氏，她爬到炕櫃前打開一個抽屜上的銅鎖，直接拿出整個抽屜，把裡面的錢全倒在炕上。

看見這一抽屜的銅錢、銀子和銀票，三人真是滿足得不得了。數錢的時光很是歡樂，他們一邊數、一邊笑，最後不算那兩百兩銀票，只計賣食譜跟攤子買賣賺的錢，這段時間竟然掙下了將近三十七兩！

陳忠繁不愧是莊稼漢，看到這麼多錢，他第一個反應是說：「咱們明日找找看有沒有地能買吧，這些錢放在家裡太不安全了，早買地、早安心。」

李氏贊同地說道：「雖說咱們家明年才能搬出去，可今年就得把宅基地買好，農閒時就找人蓋房子，早點蓋好能散散濕氣，明年好住。」

玉芝則道：「爹、娘，我覺得咱們應該在鎮上盤個小鋪子做食鋪了，這樣日後若是做出名聲，說不定能成為像泰興樓一樣的老店。何況哥哥們都在鎮上讀書，若是颳風下雨、打雷下雪，也不用冒著壞天氣趕回家，能有個棲身休息的地方。」

一說到對孩子們好，陳忠繁和李氏就無條件投降了。尤其李氏一片慈母心，想起好幾回孩子們頂著雨把書抱在懷裡跑回家，撐傘也沒用，衣裳都濕透了。

她立刻拍了拍銀子堆道：「就在鎮上買間鋪子！」

陳忠繁也覺得在外擺攤風吹日曬的，不是長久之計，也點了點頭。

玉芝拿了個大布袋裝好銅錢，對陳忠繁說：「爹，明日去把這些銅板換成銀子吧，不然太占地方了。」

李氏刮著她的臉笑話道：「喲，小財主，都開始嫌銅錢占地方啦？」

說得玉芝吐吐舌頭，不好意思地笑了。

第二日陳忠繁支起攤子後，就揹著一大袋銅板去錢莊換銀子，玉芝則瞪著來來往往買吃食的人發呆，忽然間，一道胖胖的身影出現了。

玉芝雙眼一亮，跳了起來，朝著來人大喊道：「大嫂子！您可來了，我找您有事呢！」

胖大嬸被玉芝這激動的聲音嚇了一跳，她快步走上前來摸著玉芝的頭道：「小娘子找我何事？」

玉芝假意環顧了一下四周，壓低聲音說道：「自然是天大的事！」

她那賊兮兮的模樣逗得四周一群大人笑了起來，一個小媳婦說道：「哎呀，今日小姑娘不想理我們，只理嫂子呢！我們可醋著喲！」

玉芝露出哀怨的表情道：「小嫂子說的是哪裡話，我每日睜開眼就盼著你們來，您這麼說真是傷透了我脆弱的心呀！」

眾人又笑了起來，調侃了幾句才慢慢散去。

玉芝拉著胖大嬸走到角落，道：「大嫂子也知道我家在外擺攤不太方便，我爹琢磨著想在鎮上盤個小鋪子，可是我家一點門路都沒有。我記得大嫂子說您丈夫是在衙門做官的，能否請他幫忙介紹一個中人？」

胖大嬸還以為是什麼「大事」呢！原來是這點「小事」！她男人當衙役，三教九流都認識一些，自然知道哪個中人最靠譜。

她乾脆地答應了，又說道：「我家那口子可不是做官的，小娘子莫要亂說，他不過是個衙役。」

雖然胖大嬸嘴上這麼說，但是聽到玉芝說她男人是做官的，還是露出了笑容。

玉芝就是故意這麼說的，她聽了後笑道：「在我家看來，能在衙門做事的都是大官，還請大嫂子麻煩大哥了。」

拉著胖大嬸走回攤子，玉芝裝了幾斤炸野菇在油紙裡遞給她，說道：「今日這野菇炸得好，大嫂子帶回去給大哥嚐嚐。」

胖大嬸不太樂意地說道：「我答應幫你們找中人，是看在咱們有交情的分上，妳若是送我東西，我可不幫忙了！」說罷，轉身就要走。

平時總是笑臉迎人的胖大嬸態度竟然這麼強硬，玉芝忙拉住她道：「無論如何，到底是麻煩大哥跟大嫂子了。難道我爹娘和我看起來像是會心安理得占別人便宜的人嗎？這不是送您東西，而是表達我們的謝意，大嫂子誤會了。」

胖大嬸轉怒為笑道：「這事還沒辦呢，有什麼好謝的？待你們的鋪子開起來，請我與我家那口子去吃點新鮮的吃食，比什麼都好！」

說完，她也不拿玉芝裝好的炸野菇，只要了三個煎餅餜子，強行扔下銅板就走了。

不過兩日工夫，就有一個衙役帶著一個人奔著攤子而來，劉老實一見穿著皂服的人，嚇得腿都軟了，以為陳家攤子出了什麼事。

陳忠繁和李氏稍微好一點，但是臉色也不禁發白。

玉芝反應過來，上前笑道：「這位就是大哥吧！之前我託大嫂子尋大哥幫忙找個中人，這是找到了？」

只見來人濃眉大眼、留著絡腮鬍，若是沒穿著皂服，肯定會有人以為他是土匪。聽到玉芝笑盈盈地問他話，他忍不住挑了挑粗黑的眉毛——這小姑娘膽子還挺大的。

他臉色嚴肅地回道：「正是，那胖婆娘就是我媳婦。在下姓耿，是衙門裡的班頭；這是我幫你們尋的中人，姓王。」說完他側過身讓身後的中人站出來。

這位王中人眉眼帶笑、身材矮瘦，生得一副老實精明相。按理說，老實跟精明很少會同時出現在一個人身上，王中人卻完美地融合了這兩個特質，一看就覺得找他絕對不會吃虧。

陳家人光看王中人的樣子就頗為滿意，只見王中人上前作了個揖道：「在下名喚王德允，這位就是陳東家吧？不知您這裡什麼時候能收攤，咱們找個地方聊聊？」

玉芝看自家剩下的東西不多了，就捏了一下陳忠繁的腰。

陳忠繁這次福至心靈，連忙開口道：「這就開始收拾，我先帶兩位去前面的茶樓要個包廂坐一會兒，等收拾好了，我們再詳談。」

說著他解下圍裙、帽子，洗了洗手就從攤位後面出來，領著兩人向茶樓走去。

玉芝暗暗翻了白眼，心想：我的親爹啊！這都晌午了，您帶人家去茶樓喝茶？難道不吃飯了嗎？接著她又自我安慰，自家爹爹已經比以前好很多了，起碼不是讓人站在鋪子前傻等。

耿班頭走了以後，劉老實才能正常呼吸，他有些敬畏地看了他們三人離去的方向一眼，小聲對玉芝說道：「玉芝，妳家竟然認識衙門裡的人？真是大造化！」

玉芝抿嘴笑了笑沒說話，讓劉老實誤會也好，如果能在駝山村宣傳一下就更棒了。

她要劉老實切好剩下的十來份涼皮，然後站出來喊道：「今日家中突然有事，這些全都買一送一！」

一聽到「買一送一」這四個字，街上的人都跑了過來，涼皮很快就被搶購一空。

沒搶到的人不由得抱怨道：「小老闆，妳家買一送一怎麼就這點東西呢？才幾個人搶到而已！」

玉芝有些抱歉地說道：「對不住大叔了，您別急，日後我家說不定還會有這種賣法。」眾人得知日後還有機會，碎唸了幾句後就各自回家。

至於七、八份煎餅餜子的材料，玉芝要劉老實做完以後裝好，又囑咐劉老實把車推回村送到她家門口，才提著煎餅餜子、牽著李氏的手往茶樓走去。

等李氏跟玉芝抵達的時候，就見到在王德允的妙語連珠之下，沈悶的陳忠繁與嚴肅的耿班頭臉上竟都帶著笑意，有一搭、沒一搭地聊著天，甚至以兄弟相稱了。

玉芝大感佩服，王德允不愧是吃這碗飯的，什麼人都能拉攏在一起。

見過禮之後，玉芝拿出幾份煎餅餜子道：「不知道兩位大哥吃過午飯沒有，我捎了幾份煎餅餜子讓你們墊墊胃。涼皮不好裝，今日就沒帶，等咱們家的鋪子開起來，定請兩位大哥去嚐嚐鮮！」

陳忠繁這才覺得自己辦得不妥，頓時有些手足無措。

王德允笑著接話道：「早就聽說陳家的煎餅餜子是一絕，如今總算能嚐嚐了。」說罷他也不見外，拿起桌上一個煎餅餜子吃了起來。

「這煎餅餜子大名在外，今日一吃果然不同凡響，鹹香軟脆，怪不得陳老哥這麼快就要盤鋪子了。」王德允說道。

一番話說得陳忠繁放鬆下來，笑盈盈地把煎餅餜子推到兩人面前道：「多吃點……」

耿班頭根本不需要人催，他原本就餓了，又好這口，兩三下就吃完一個，又拿起一個，看得玉芝竊笑不已。

待吃飽了，耿班頭才開口道：「小娘子莫要叫我大哥了，都是我家那婆娘貪小娘子便宜，讓妳叫她當大嫂子，日後叫我耿叔，叫她耿嬸就好。」

王德允也笑著接話。「是呀，妳一口一聲大哥，我也叫妳爹大哥，咱們這輩分都不對了，快快改口，王叔請妳吃個改口茶。」

玉芝也不矯情，爽快地叫道：「耿叔、王叔。」又對耿班頭說道：「我叫耿嬸大嫂子，是看耿嬸年輕，才不是耿嬸占我便宜呢！」

她那嚴肅認真的表情，讓一屋子大人都發笑。

笑過之後，王德允清了清嗓子，說起正事。「不知陳老哥想要一個多大的鋪子？位置想在哪裡？預備用多少錢盤下鋪子？」

陳忠繁被問得啞口無言，只說要買鋪子，可是一家人啥也沒商量，他什麼都不知道啊……

還是玉芝說道：「王叔，您見多識廣，您覺得我家鋪子買在哪裡合適呢？」

王德允沒因為玉芝小就忽視她，認真地答道：「要我說，你們就在這市場攤子附近找，一是妳家現在也小有名聲，若是搬得遠了，怕是要流失一部分熟客；二是這邊的鋪子相對便宜一些；三是這附近住的都是正經人家或是做小買賣的人，不會有什麼地痞、流氓日日上門。」

耿班頭插話道：「我家也住在這附近，你們若是開在這裡，我下衙回家的時候就去轉一圈，保證沒瞎了眼的兔崽子來惹事！」

陳家三人在心底思量了一下，覺得市場旁邊不錯，於是陳忠繁開口了。「不知王老弟手裡可有這附近要往外盤的鋪子？」

王德允回道：「我手頭上有四家，其中一家是酒樓，你們現在沒必要盤這麼大的，所以就算三家吧！

「第一家離市場不過一刻鐘路程，大小合適，但這是家傳四、五代的老店，賣家是個敗家子，怕你們覺得不吉利；第二家位置居中，離市場不到一刻鐘的距離，前面一個小門臉能坐八、九桌人，後面的小院子有幾間能住人的廂房，就是價格貴了些；第三家離市場差不多也是一刻鐘路程，但是方向相反，更靠近鎮門，來往的人多，唯一不好的就是鄰居是屠夫，他脾氣火爆，家裡有些吵鬧。聽說陳老哥家裡有三個在讀書的孩子，若是晚上想歇在那裡，怕是有些不便。」

這三家各有各的優點，也各有各的缺點，陳家三人頓時陷入糾結當中。

王德允早就料到這種情形，也不著急，一口、一口喝著茶等待。

玉芝想了想，問道：「王叔，這三家鋪子的價格分別是多少？」

王德允回道：「第一間的東家急著用錢，四十兩就能買下來；第二間最貴，東家出價六十兩，我覺得五十五兩差不多；第三間雖說鄰居有些吵，但是在市場和鎮門之間行人多，稍微貴一些，四十五兩左右。」

聽完以後，玉芝覺得價格還可以，自家承受得起。看著猶豫不決的陳忠繁和李氏，她說道：「王叔，我們能挨個兒看看那些鋪子嗎？」

「當然可以，待會兒我就去跟這幾個東家拿鑰匙，明日午時左右咱們直接過去如何？」

陳家人自然答應。

第二十七章 尋找店鋪

晚上躺在炕上時，一家人開始商議到底哪間鋪子好。

兆志開口道：「我覺得第三間不錯，來往的人多，生意肯定好，價格也適中。我們三個人日日回家習慣了，爹娘不必顧及我們。」

李氏率先反對。「不行，去鎮上買鋪子的最大目的就是讓你們三個有落腳的地方，若是因為鄰居讓你們住不成，那不是白買了？」

玉芝也說道：「大哥，要是真買了這間鋪子卻讓你們休息不好，就是本末倒置了。」

一家人商量來、商量去，都沒能討論出個結果來，最後決定明日先去看看再說。

第二日王德允準時出現在攤子前，陳家三人已經準備好在等他了。一行人先去第一家，也就是敗家子那邊，還沒走近，就聽見一陣喧鬧聲。

幾人擠進人群，只見一個披麻帶孝的中年女人帶著兩個孩子，跪在鋪子門口哭訴道：「不孝的弟弟，這是要剜我爹的心呀！我爹才走了不過百日，他昨天就找我要鑰匙，我倒是要看看，誰敢買我吳家祖傳的鋪子！」

說完，她扯著兩個孩子的手道：「大姑母就帶你們跪在外面等，這可是以後要傳給你們的東西，快跪下磕頭，不准他賣！」

兩個孩子被嚇傻了，木木然地跪下，不停對著緊閉的鋪子大門磕頭，那中年女人惡狠狠地喝斥兩個孩子道：「快喊，快哭，讓你爹聽聽！」說著各掐了兩個孩子一把。

孩子們放聲大哭，一邊哭、一邊磕頭喊。「爹……開門啊！爹！」

那哭聲淒慘得周圍的人都不忍心看下去了，紛紛勸道：

「先讓孩子起來吧！」

「這麼小的孩子……妳看看，頭都磕出血了！」

「起來吧……起來吧……」

中年女人理都不理，只盯著鋪子大門看。

當孩子們嗓子都哭啞了的時候，門終於打開了，搖搖晃走出一個細眉細眼的男人，他駝著背，嘴角帶著一絲嘲諷的笑，對中年女人說道：「大姊，嫁出去的女兒潑出去的水，妳不管妳婆家的事，倒管起我吳家的買賣來了？」

說完他走上前把兩個孩子拽了起來，斥道：「不在家好好待著，跟著你們大姑母來鬧什麼？怎麼，日後想跟著她過活是嗎？行，我就當沒生你們兩個！」

罵完孩子，他看向吳氏道：「這兩個吃裡扒外的東西我不要了，大姊帶回婆家養著吧！我吳四郎不要這種兒子！」

這可把兩個孩子嚇壞了，一人一邊抱住吳四郎的大腿道：

「爹……我們錯了！您別不要我們，是大姑母把我們拉來的！」

「爹！求您了，別不要我們……」

吳四郎笑著問道：「如今爹要賣了這個鋪子去還債，你們倆答不答應？」

兩個孩子點頭如搗蒜，異口同聲道：「答應，只求爹別不要我們！」

吳四郎轉頭不屑地瞥了吳氏一眼，道：「大姊，現在我們吳家的男人都決定賣了這鋪子，妳這個外人就別摻和了。」

說罷，吳四郎正好看見王德允一行人，他不管還跪在地上的吳氏，甩開兩個孩子快步上前，諂笑著對王德允說：「王大哥來了，這是要買鋪子的東家吧？不是我說，買我家這鋪子最划算了！」

他邊說邊豎起大拇指，又熱情地招呼陳忠繁。

「走走走，大哥進去看看鋪子！」

陳家人有些猶豫，鬧了這麼大一齣，還要看嗎？

王德允也頗為無奈，剛想開口，就聽見「咚」一聲，圍觀者不約而同叫了起來。他推開擋住視線的吳四郎一看，吳氏竟然撞向鋪子的門柱，整個人癱在地上，頭部不斷滴著血，很快就匯成一條血流……

玉芝心裡打了個突，李氏迅速遮住她的眼睛，抱起她安慰道：「芝芝別怕，娘在呢！別怕、別怕……」

陳忠繁一邊拍著玉芝的後背，一邊對王德允道：「王老弟，我看這鋪子就算了吧！咱們去看看另外兩間。」

王德允深以為然，瞪了被嚇呆的吳四郎一眼道：「還愣在這兒幹什麼？把你大姊送去郎中那兒啊！」

見他沒任何動作，王德允掏出一把鑰匙扔給他道：「你家這大廟不是我這種人供得起的，咱們這買賣就此作罷。」

吳四郎這才反應過來，忙拉住王德允哀求道：「王大哥，今日我非還賭債不可，這生意要是作罷，我的命可就要沒了！」

接著又拉住正要離開的陳忠繁道：「大哥，這鋪子我便宜賣您，三十五兩如何？大哥就買了吧！」

陳忠繁一聽他是要還賭債就反感，他扯出自己的手，也不理吳四郎，只對王德允道：「咱們快走吧！嚇著孩子了。」

他一把從李氏懷裡接過玉芝，快步擠出人群。

王德允瞄了吳四郎一眼，掏出一小塊碎銀子，對聞風趕來的吳氏婆家人道：「不管怎麼說，她今日會鬧這一齣，也是因為我要做這買賣的緣故，這一兩銀子就拿去幫她找個郎中吧！」

說罷，王德允一拱手，擠出人群追陳忠繁等人去了。

四個人走在路上，氣氛有些沈悶，王德允滿是歉意地說道：「今日真是太對不住了，萬萬沒想到會出這種糟心事，讓大姪女受驚了。」

玉芝從陳忠繁懷裡探出小腦袋，安慰王德允道：「王叔說的是哪裡話，誰能想到會有這種事？幸好還有兩間鋪子能看。這家鋪子真的算了，我日後怕是經過都害怕呢！」

王德允摸了摸她的頭，帶著他們走到了另一間鋪子，也就是最貴的那間。東家早就派了一個小夥計等在那裡了，見陳家一行人過來，打開大門一一介紹起來。

這間鋪子地處市場與住宅區中間，門臉面朝主路，來來往往的人不少。前方的門臉雖然不是特別大，但是東家開了兩個大窗口，看起來像是賣包子之類的吃食，對玉芝家來說很適合——一個窗口能賣煎餅餜子跟涼皮，另一個則賣炸物。

走到後面，陳家人更滿意了，只見院子裡有一口小水井，用起水來非常方便，後院的廂房旁就是住宅區，很是安靜。

小夥計自豪地說道：「這間鋪子離學堂不遠。我家少爺本來住在後面廂房，去年他考上秀才後去了府城讀書，老爺怕少爺不習慣，想去府城開鋪子，打算把這地方賣了。」

陳忠繁和李氏一聽這裡出了個秀才，多了三分歡喜，畢竟大家做什麼都想討個吉利。

玉芝也很滿意，她主要是看中那口小水井，天熱的時候做點涼皮什麼的放進去冰鎮，短時間內都不會壞掉。

針對開價六十兩這件事，雙方一番討價還價，小夥計終於鬆了口。「東家說五十五兩是底價了，若是今日就能拿出現銀交割的話，只要五十二兩就成！」

王德允向陳忠繁使了個眼色道：「小哥在這兒稍等一會兒，我家這大哥需要與長輩商量一下。」

小夥計有些不高興地說：「還要等多久呀？東家已經在家收拾東西要去府城了，我要趕回去幹活啊！」

王德允拱手道歉。「麻煩小哥了，半個時辰之內我們必定回來。」

小夥計很是無奈，只好揮揮手道：「那你們趕緊去吧，我在這裡等你們。」

王德允道過謝，帶著陳家三人出了大門往最後一家鋪子趕去，路上才解釋道：「這間鋪子雖好，但是有些貴，今日本來就說要看三家，不如陳老哥去看看最後一家再決定。」

陳家人聽了當然沒有意見。

剛到最後一家的時候，他們就瞧見鋪子隔壁的屠夫在攤子上舉刀剁豬，一刀、一刀地血肉橫飛，李氏的臉都嚇白了。

玉芝膽子大，走到屠夫面前道：「大叔，這豬肉怎麼賣？」

屠夫瞥了面前的小豆丁一眼，撇撇嘴道：「去去去，搗什麼亂，讓妳家大人來買！」說罷又是一刀剁在骨頭上。

陳忠繁連忙上前把玉芝抱起來往後退，玉芝小聲對王德允說：「還是剛才那間吧！這屠夫大叔若是臉黑心軟的，我們進去看看也行，可是看來他心很硬，若是真在這裡開店，怕是客人都要被他嚇跑不少呢！」

三個大人一聽覺得有道理，於是王德允要陳家人避開，自己上前敲了鋪子的大門，沒多久就有一個掉了牙的老頭兒開了門。王德允告訴他買家已經定了其他鋪子，把鑰匙還給他以後，與陳家人一同回到第二間鋪子那裡。

小夥計坐在門口等得直發睏，看到他們就急得從凳子上跳起來道：「你們可回來了，再晚我就要睡著了！怎麼樣，家裡長輩同意了嗎？」

王德允道：「回去跟你東家說一聲吧，這鋪子今日就去交割。」

小夥計一臉興奮，胡亂拱了下手，話都沒說就往家跑去。

待陳忠繁等人從衙門出來，已經是兩個時辰以後了，這還是因為耿班頭在衙門口看到他們，帶著他們進去幫忙說了幾句話，才能「這麼快」處理好。

出了衙門後，玉芝悄聲要陳忠繁塞幾兩銀子給耿班頭，沒想到耿班頭臉色大變，怒道：「我看你們為人樸實才順手幫了一把，你們把我當什麼人了?!」

玉芝忙堆出諂媚的笑，對耿班頭道：「耿叔這是怎麼說的，這錢不光是請耿叔喝茶，還有方才幫我們按印子的文書先生呢！耿叔剛正不阿，可是以後我家還要買鋪子，若是那文書先生對我家印象不好可怎麼辦？我爹為人老實不會說話，這種在官場上打交道的事還是得煩勞耿叔，麻煩耿叔幫忙，請文書先生吃個酒……」

耿班頭的臉色這才好看一些，他從陳忠繁僵住的手中挑出一兩的小銀錠子，說道：「這些就夠了。」

說罷也不理身後的陳忠繁，一拱手就轉身進了衙門。

玉芝有些無奈，不是說衙役難纏嗎，怎麼這耿叔這麼的……正直呢？

付了王德允一些辛苦錢，又託他幫忙尋找二十畝左右的良田後，雙方就在衙門口道別了。

陳忠繁懷裡揣著蓋有官府大紅印的房契，激動得連路都不會走了，李氏卻淡定地牽著玉芝的手，慢悠悠地跟在他後面，看著他那傻樣子發笑。

直到回了村裡，陳忠繁都沒能緩過來，他一進院門就直奔小東廂，把房契拿出來擺在炕上看了一遍又一遍，過了一會兒玉芝進來的時候，被他那盯著房契的熾熱眼神嚇了一跳。

玉芝開玩笑道：「爹，快別看了，再看這房契就要燒起來了！」

李氏在她背後啐了一口道：「少笑話妳爹，妳爹這麼多年吃的苦太多了。」

陳忠繁也不在乎女兒笑話他，下地抱玉芝上炕，要玉芝把房契上的字一個、一個唸給他聽。

玉芝醒來以後基本上等於半個文盲，繁體字只能連矇帶猜，現在她不過是每晚跟著三個哥哥學些字，哪能把這密密麻麻的繁體字全唸出來？於是她認識的就讀，不認識的就編，磕磕絆絆地把房契唸了一遍，大體上意思差不遠就是了。

陳忠繁抱著玉芝哽咽道：「咱……咱們家有鋪子了……」

李氏聽丈夫這麼一說，心底一酸，忍不住掉下眼淚來。

玉芝暗嘆自家爹娘實在不容易，她連忙插科打諢起來，驅散這莫名的悲傷氣氛。

待夫妻倆情緒都平復之後，眼前有個嚴肅的問題需要處理，那就是到底要不要告訴上房他們買鋪子了。

玉芝是傾向不告訴他們的，但是她知道這種事瞞不了多久，畢竟陳忠富跟陳忠貴都在鎮上做活；不過她擔心告訴上房兩老後會節外生枝，若是老陳頭起了什麼心思，該怎麼辦？

不得不說，老陳頭喜歡剝削三房的印象已經深植玉芝心中，不管最近彼此如何相安無事，她心底總是隱隱提防著老陳頭和陳忠華。

想了想，玉芝開口道：「不如等哥哥們回來以後，讓大哥陪爹去上房一趟說說這件事？」

李氏聽了，推了推陳忠繁道：「也行，讓兆志跟你一起去，好有個照應。」

陳忠繁一臉堅定地說道：「不用等兆志回來了，難道我這輩子面對爹的時候，都要躲在孩子們身後嗎？今日我自己去跟爹說！」

說罷，陳忠繁收起炕上的房契，像個雄赳赳的戰士一般挺直身板走出小東廂，朝上房走去。

李氏和玉芝在小東廂等得心急，感覺像過了一甲子那麼久，陳忠繁才灰頭土臉地從上房出來進了小東廂。

看到他進門，李氏連忙迎上去問道：「爹怎麼說？」

陳忠繁沈默了一陣子後說道：「沒什麼，反正爹答應咱們開鋪子，也沒再多要求什麼。只是既然開了鋪子，那攤子關不關？每日給上房的錢又該怎麼辦呢？」

玉芝早就想過這個問題了，老陳頭和孫氏不過是要錢而已，也就是攤子每天淨利的一成，到時候可以直接與他們兩老商量，每日固定一個價錢，日日給或分月給都行。當然，若是他們獅子大開口的話，家裡其他人也不會容忍的。

陳忠繁和李氏聽完也覺得這主意不錯，但是這種事一定要等那幾個男孩子回來才能去上房談，每日都給幾十文錢，日積月累下來也是大額支出，總是要全家商議一下。

三兄弟返家後，陳忠繁就說了這件事，他們並不反對，不過兆志卻猶豫道：「咱家開了鋪子，自然掙得比攤子多，可是剛開始的時候定是不會掙錢、甚至虧本的，那段時間爺爺還要一成利嗎？等掙了錢以後，他們真的會甘心像以前那樣，只要攤子每日的一成利嗎？」

眾人聽了以後都沈默了，陳忠繁緩了緩情緒才開口道：「總是要跟你們爺爺談談，你們三個明日早些回來，吃晚飯前就去上房說這件事。」

第二日下半晌兆志就回來了，李氏吃了一驚道：「為何回來得這麼早？還沒下課啊？」

兆志悄悄對她說道：「今日夫子講的課我早就背過了，我是看爹昨夜輾轉反側的，早上起來眼眶都黑了一圈，怕是心中沒底，所以早早回來與爹同去，省得他坐立難安。」

李氏嘆了口氣，指了指家裡的小灶房道：「你爹在那裡忙呢，去找他吧！兆志，老人家說什麼你們聽著就是，只要不是太過分咱們就答應，我看你爹是真的不好受。」

兆志應了一聲，轉身去了小灶房。

陳忠繁正和玉芝在小灶房忙活呢！猛然見到兆志進來嚇了一跳，陳忠繁忙迎上去問道：「怎麼回來了？學堂出事了？」

兆志假裝尷尬地笑了笑道：「沒什麼，只是總想著今日要跟爺爺談錢的事，定不下心來，不如早些回來，了卻一樁心事。」

陳忠繁不贊同地搖頭道：「什麼事比讀書重要，你心中這麼存不住事，怎麼成呢？」

兆志連忙拱手，苦笑著道歉，看得玉芝摀住嘴才沒笑出聲來。

陳忠繁說了幾句，看到兆志的樣子就罵不下去了，說到底，都是因為他無法獨當一面才拖累孩子的。

把手洗乾淨後，陳忠繁就帶著兆志往上房走去。

第二十八章　衝突再起

孫氏從兆志進院門起，就躲在上房的門縫偷看，她見陳忠繁父子兩人往上房過來，忙跑回炕上，盤好腿、擺出老封君的架勢，接著戳了戳在一旁抽菸袋鍋子的老陳頭道：「來了，老三和兆志一起來的。」

老陳頭一聽兆志也來了，就覺得今日這事怕是不好，他維持著盤腿抽菸的姿勢，心想待會兒如何開口。

待陳忠繁和兆志行過禮，坐在炕下的椅子上後，老陳頭咳了咳，說道：「今日來想說什麼？你們不是要開鋪子了？」

陳忠繁看老陳頭裝糊塗，頓時不知怎麼回話，還是兆志說道：「爺爺，我家是要開鋪子了，只不過攤子就得關了，至於給您的那一成的攤子淨利，您看……」

老陳頭和孫氏現在可聽明了，兆志不說明白，他們就不接話。兆志心底一哂，也不再說下去。

四個人大眼瞪小眼，氣氛尷尬得不得了，兆志不知為何快憋不住笑意，只能低下頭咬牙微微顫抖。

陳忠繁在一旁看到兆志微微顫抖的肩膀和頭頂，以為是老陳頭的沈默讓他傷心抽泣，不禁痛恨起自己的軟弱，站起來大聲道：「爹、娘！我家想做鋪子，攤子就不開了，鋪子剛開定要虧本一些時候，這段時間能不能先不給你們一成利，等鋪子有盈利以後再給？」

老陳頭聽完這話，直接把煙袋鍋子甩向陳忠繁臉上，陳忠繁下意識地用手一擋，殘餘的火星迸了出來，濺在他的手與額頭上，他忍不住倒抽了一口氣。

兆志和孫氏都被這突如其來的變故嚇了一跳，兆志下意識地跳起來大喊一聲。「爹！」語氣中透露著驚慌與恐懼。

自從陳忠繁與兆志一起走進上房以後，李氏跟玉芝就在院子裡等消息，聽到兆志的驚喊，她們嚇了一跳，也不管什麼禮數不禮數的，直接掀開門簾跑了進去。

母女倆第一眼就看見站在中央的陳忠繁左手使勁捏住右手的手腕，右手微抖，額頭上有一片被煙灰燙出來的水泡，水泡上還沾著煙灰，樣子有些嚇人。

李氏控制不住自己，大喊一聲。「三郎！」

話音未落，她人已經撲過去抓著陳忠繁的胳膊，顫抖的手伸了出去，想碰卻又不敢碰他的傷口。

玉芝雙眼含淚，一步步走到陳忠繁身邊，路過丟在地上的煙袋鍋子時，她猛然朝它踢了一腳，只見那包銅邊的煙袋鍋子飛起來撞到炕沿，發出「咚」的一聲悶響，聲音不是特別大，卻嚇得孫氏打了個冷顫。

其實老陳頭只是想震懾一下三兒子，以前他也常向兒子們摔煙袋鍋子，卻沒想到今日隨手一扔竟傷到了陳忠繁，一時之間他為父的慈愛勝過好利之心，下了地就想過去看看陳忠繁的傷勢。

誰知此時玉芝那一腳，讓煙袋鍋子擦過老陳頭身邊，直接撞上炕沿，他呆住了，愣愣地低頭看向小小的玉芝，只見她眼裡的憤恨完全隱藏不住，他心頭一驚，又看向被兆志和李氏圍在中間低著頭、捏著手的陳忠繁。

多少年不見的老淚流了下來，自己與三房，今日怕是徹底離了心了……

陳忠繁抬起頭，看到老陳頭流著淚哀傷地看著他，頓時湧起一片難以言喻的心酸，方才被自己的父親傷害、那撕心裂肺的痛楚彷彿被他遺忘了。

他下意識地跪到地上，顫抖地叫了一聲。「爹……」

老陳頭眼睛一亮，這個兒子還叫他爹，他仍當他是父親！

看著跪在地上的陳忠繁，老陳頭用發抖的雙手摀住眼睛，過了好半天才緩緩移開。他紅著眼眶慢慢走近陳忠繁，輕輕撫摸他的頭，哽咽地叫了一句。「三兒……」

兩個字叫出了陳忠繁心中的委屈，他眼淚噴湧而出，嗚咽道：「爹，我沒有不想給您錢，我沒有！」

「爹知道，是爹錯了！爹看你過得好，就想讓你拿錢幫襯你三個兄弟，你日日給爹的錢，爹自己一文都沒用，全等著分給他們，是爹錯了……」

老陳頭覺得有些委屈，又有些替陳忠繁不值，五味雜陳的不知該說什麼，只能不停地重複著自己錯了。

陳忠繁抱住老陳頭的腿，像個孩子一樣放聲大哭，老陳頭半佝僂著身子摟著他，默默地流淚。

這讓玉芝的心受到了極大的撼動！從她來到這個家起，就不覺得自己與老陳頭有任何關係，除了三房，陳家其他人在她心中只不過是過客、是鄰居。一直以來，她都是冷眼旁觀陳家人的所作所為，從老陳頭到陳忠華，陳家這幾房人沒有一個省心的，所以她要求陳忠繁與他們站在一起，反抗他的父親跟兄弟，卻從沒考慮過他內心有多糾結。

看著面前抱頭痛哭的父子兩人，玉芝也流下眼淚，淚水裡包含了對陳忠繁的心疼、對自己的埋怨，甚至還有幾分對老陳頭的同情，那種強烈又複雜的情緒幾乎將她淹沒。

兆志一樣被眼前這一幕刺痛了雙眼，等他反應過來時，才發現自己已是淚流滿面。他與玉芝一樣，對陳家眾人略顯冷漠，自小老陳頭最疼的孫子就是兆厲，哪怕兆厲在鎮上生活，老陳頭日日念叨的都是他。

從四、五歲起，他就跟著爹娘在家裡做活，看著其他幾房的孩子都各自纏著爹娘玩耍，他的爹娘卻像老牛一樣做活沒停過，幼小的他慢慢對老陳頭以及幾位叔伯積攢了許多不滿。

說起來，他能上學堂讀書，也是因為老陳頭不想拖累大房才咬牙做的決定。從上學的第一天起，他就暗暗發誓，自己定要好好讀書，一定要讓爹娘離開這個家，脫離這種起得比雞早、睡得比狗晚、從睜眼做活做到閉眼的日子！

他努力學習，漸漸從土裡土氣的孩童變成文質彬彬的小書生，可是他內心深處總有一個黑暗的角落，那個角落在老陳頭的偏心、在陳忠富與陳忠華對陳忠繁的嫉恨之下越發膨脹，他冷漠有禮地對待陳家其他人，越來越鑽牛角尖。

今日見到老陳頭與陳忠繁罕見的情緒外露，兆志深深覺得自己錯了，他的心態出了極大的問題。喬夫子似是看出他心底有一股怨氣，多次找他想深談，他卻一直迴避，看來是時候找喬夫子好好聊聊了……

等到老陳頭跟陳忠繁父子兩人宣洩完情緒的時候，李氏上前兩步跪在陳忠繁身旁，朝老陳頭磕了個頭，道：「爹，是媳婦不孝，讓您和三郎都難做了，媳婦……」

她話沒說完就被老陳頭打斷了。「你們都是好孩子，是我想偏了，總想要壓著你們，可是人心怎麼壓得住，到頭來不過是傷了孩子們的心。日後你們掙的錢都自己拿著吧，不用往上房交了！這些日子，我與你娘靠著你們給的錢攢了不少銀子，夠養老了。」

孫氏拍了炕沿剛想說話，老陳頭猛然轉頭惡狠狠地瞪了她一眼，她要說的話就這麼憋在嗓子裡出不來，只能瞪大眼、鼓著嘴吐氣。

聞言，陳忠繁不禁抬頭喊道：「爹，這不成！」

老陳頭道：「有什麼不成的？那本來就是強要來的，爹豁出這張老臉，那些錢就不還給你們，自己留著了。日後你就按照一般分家的兒子一樣，年年給點孝敬錢就行。」

陳忠繁拚命搖頭，嘴裡一直說：「不成，不成，這不成！」

兆志擦了擦眼淚上前道：「爺爺，既然當初說好要給一成利，等鋪子緩過來了，還是日日按照攤子的一成利給您。」

老陳頭看向這個孫子，敏感地從他那一聲「爺爺」中聽出與以往不同的親近，他甚感寬慰，開口道：「不用了，若是你們日日給錢，那你分家出去的大伯父要給多少？日後你二伯父跟叔叔又要給多少呢？既然爺爺已經想通了，就不能再有差別待遇，不然你的伯父們與叔叔被養大了胃口，對你家也不好。」

玉芝被突然變得通情達理的老陳頭嚇著了，難道一個人的偏心真的能這麼快就扭轉過來？

李氏倒是心有所感，她也有兒有女，雖然不願意承認，但是兆志和玉芝在她心目中的分量略重於兆亮跟兆勇。

倘若日後兆志落魄，而兩個弟弟發達了，她怕是也會壓著兩個小兒子拿出錢來。做父母的，總是希望所有孩子都過得好，所謂「劫富濟貧」在有數個孩子的家庭中並不少見。可是那兩個小兒子若是因為自己的偏心而受傷，甚至鬧到要跟她離心，只怕她會後悔到死。孩子們各個是心頭肉，哪一個難過，她都不好受。

李氏深吸了一口氣，壓下哽咽聲，開口道：「爹，既然已經說好了，就按照原來的錢給吧！您莫再推辭了。」

老陳頭看著三房幾人的反應，一顆心熱呼呼的，想到自己之前的所作所為，不禁嘆息。「不用了，若是你們真的過意不去，那就每年過年給我們兩個老的十兩銀子孝敬錢吧！村裡分家出去的兒子過得好的，也不過一年給父母一、二兩，大多都是給個幾百文錢，你們給十兩是天大的情分了。這事就這麼決定了，日後咱們都好好過日子吧！」老陳頭邊說、邊踱步到門口，接著猛然掀開門簾。

站在門外的人都是熟面孔，范氏、陳忠華與林氏一個不少，甚至連玉荷都站在范氏身後。

他們幾個人是聽見兆志的叫聲才起了心思的，不約而同地從房裡出來，悄悄地隔著門簾偷聽。聽到老陳頭不要三房給的一成利時，幾個人都急得要命，范氏差點要掀門簾進去阻止老陳頭，但是被林氏死死拽住。

儘管如此，還是弄出了些動靜來，三房的人都沈浸在情緒中沒發現，老陳頭緩過來以後覺得外面有些不對，這才掀開門簾看看自己的好兒子跟好兒媳婦到底想做什麼。

四個人偷聽被老陳頭揭穿，表情都十分尷尬，吶吶地說不出話來。

老陳頭倒是挺淡定的，他看著門外的幾人道：「方才我說的話你們都聽見了吧？日後三房每年只給我們兩個老的十兩孝敬錢，你們別惦記人家了。」

陳忠華可是兩顆眼珠子發紅地盯著三房的錢的，聽見老陳頭這麼說，忍不住反駁。「爹，三哥一年掙的銀子不少，才給您十兩?!」

老陳頭嗤笑道：「那日後你們分家了，又能給我多少？」

一句話堵得陳忠華呆若木雞，還是林氏在他身後狠掐一把他才反應過來，想繼續頂回去吧，到底沒底氣，只能小聲道：「我……我要是有三哥的本事，肯定多給爹一些錢。」

這話說得自己都心虛，說完以後陳忠華就低下頭不看老陳頭了。

老陳頭也不管他在想什麼，嚴肅地重申了一次。「日後老三家的錢都是人家幾個孩子的，你們這些隔了房的就別惦記了，要是做出什麼丟人現眼的事，別怪我不客氣！」

說完他就轉身進屋，狠狠地甩下門簾，差點砸到最前面的陳忠華臉上。

陳忠華整個人有氣無力的，垂著頭、帶著林氏，一言不發地往小西廂走去。

范氏看看他們的背影，又看看上房那還在晃的門簾，想了想老陳頭方才的狠話，也拽著玉荷回到西廂。

進了門的老陳頭直接越過三房眾人爬上炕，從炕櫃裡翻出一張紙遞給兆志道：「幫爺爺看看，這是不是那給一成利的文書？」

兆志仔細看了一遍，點點頭道：「是的，爺爺。」

聞言，老陳頭放下心來，從兆志手裡接過那張紙，直接撕成兩半。

孫氏驚呼一聲，老陳頭沒搭理她，兩三下就把紙撕得粉碎，又對兆志道：「你爹現在不好出去見風，去把你家裡那張也拿來。」

陳忠繁吃驚地喊了一聲。「爹……」

老陳頭沒理他，看著兆志說：「快去！」

兆志有點暈乎乎地出了上房，門外的風一吹，他忽然清醒過來，站在門口想了想，還是飛快地拿了契約文書回來。

老陳頭接過紙，像方才一樣幾下撕成碎片，之後起身下地拍了拍陳忠繁，道：「別跪著了，你這傷還是讓兆志去尋薛郎中過來吧！」

陳忠繁搖搖頭道：「這是小傷，不礙事，不用尋薛郎中了，過幾日就會好。」

玉芝卻不理會陳忠繁說的話，拉著兆志就出門去尋薛郎中。燙傷後都過了一刻多鐘，自己這濃眉大眼、一臉正氣的爹若是臉上留了疤可如何是好?!

待薛郎中氣喘吁吁地被兆志和玉芝拉著到上房時，陳忠繁和李氏已經坐在椅子上了。陳忠繁的手與額頭都敷著涼水泡過的棉布條，像個孩子一般齜牙咧嘴地老想伸手去扯布條，李氏則在一旁不厭其煩地拽著他的手。

陳忠繁似乎特別享受這種感覺，眸中含著笑，繼續做著幼稚的動作。

玉芝跑得怦怦響的一顆心漸漸平靜下來，臉上浮現出幾分笑意。

薛郎中沒想到進屋後迎面而來的畫面竟然如此和諧，看到兩個孩子著急的樣子，他還以為老陳家又起了什麼衝突呢！

拿下濕布條，幫陳忠繁徹底清理傷口上黏的煙灰，又仔細抹上藥包紮好之後，薛郎中拿出一小瓶藥膏，開了一帖藥道：「我看三郎這燙傷不是特別嚴重，日日換三次藥，不用一旬就能好了，只是印子可能褪得慢些，要兩、三個月。」

收下診金後，薛郎中就收拾藥箱準備回去，老陳頭親自送他到院口。看到四下無人，薛郎中說道：「陳老弟，三郎這傷是煙袋鍋子燙的吧？不是我多嘴，你這一家兒子啊，最後能指望的還是三郎，別太苛待他了！往日我見你對三房一家都沒好臉色，話也不好多說，今日我看你與往日很是不同，所以多嘴一句，你別見怪。」

老陳頭有些羞愧，低下頭對薛郎中說出了心裡話。「唉，過去都是我的錯，日後我不會再虧待三房了。孩子們都大了，我還能管幾年呢？我啊，就老老實實、安心過自己的日子吧！下一輩的事我管不了、也不想管了！」

薛郎中贊同地點點頭道：「兒孫自有兒孫福，咱們老一輩的吃好、喝好、把自己身體養好、不給人添麻煩就是對他們好了。你現在想開也不晚，往後咱們這些老的之間多走動、走動，嘮嗑、種地、下棋的，不比盯著小一輩強多了？」

老陳頭深以為然，送走薛郎中後回到上房，把三房一家人趕回小東廂歇息，自己則坐在炕上抽菸。

孫氏憋了半天的話終於有機會說了。「老頭子，你怎麼不讓三房交錢了？這麼大一筆財富，你就這麼拱手推出去了？我看三房還是挺樂意給的，你這個人真是……唉……」

老陳頭磕了磕煙袋鍋子，轉頭問她。「這幾個月三房交的錢妳花了嗎？」

孫氏一愣。「沒有啊！除了付兆毅的束脩，其他的都沒動，你不是說咱們別花，都攢著嗎……」

陳家一大家子需要的開銷還是不小的，不過有三房給的油渣跟油，加上家裡原本的收入，除非是逢年過節，否則不太會動用到攤子那筆錢。

老陳頭又問：「這些錢我是想攢著，留給幾個孩子的，妳一直都知道吧？」

孫氏回道：「自然知道。」

老陳頭嘆了口氣道：「妳既然曉得這錢咱們倆用不著，何必執著三房給不給？以後老三每年會給咱們十兩銀子，這十兩銀子我就不打算留給孩子們了，咱們自己用。妳想想，一年十兩銀子養老，那可是頓頓都能吃上雞、鴨、魚、肉，隔三差五還能做幾件新衣裳，難道不比現在好？」

第二十九章　降低成本

孫氏沒想到，這十兩銀子老陳頭竟然準備全部留著自己用，不禁興奮地問道：「真的?!那之前攢的幾十兩呢？」

老陳頭吐了口煙道：「把之前的錢都拿出來數數，看看到底有多少吧！」

孫氏下地掀開門簾，確認外面沒人後，小心地鎖好門；回頭又把窗板裝上，點上蠟燭，這才打開炕洞門，費力地從裡面拖出幾個裝滿銅錢的袋子。

老陳頭坐在炕上直翻白眼，這死老婆子把錢藏得這麼嚴實，怕是賊進來了都找不著。

孫氏挑出最小的一個袋子，把錢倒出來一邊數、一邊對老陳頭說：「另外幾個袋子裡的銅板，我都是滿五兩就束口了，這個還沒滿，數這個就行了。」

兩個老人家一個、一個銅板地數著，數完以後又確認地上的袋子數量，算了算，沒想到這段時間以來，他們竟然已經攢下將近三十六兩多銀子了！

老陳頭要孫氏拿來一個整五兩的袋子，兩個人把袋子拆開，和炕上的零錢混在 起，一千個銅錢穿成一串，就這麼串了六串，又要孫氏收好剩下的幾十個銅板。

孫氏兩眼發光，有了這筆錢，在村子裡算得上是富戶了，一旁的老陳頭則是低頭看著錢，神情複雜。

偏過頭看了老陳頭一眼之後，孫氏小心翼翼地問道：「老頭子，你說這錢咱們該怎麼辦？」

老陳頭想了想，嘆口氣道：「妳把老大家的、老二家的跟老四兩口子都叫來吧！」

孫氏有些不甘心，但是又不好違抗老陳頭，只能氣鼓鼓地出去喊人進來。

一群人進來的時候都一頭霧水，方才老陳頭和三房鬧的那一齣，除了趙氏以外，其他兩房都知道了，他們直覺沒什麼好事，心中不由得忐忑。

老陳頭的眸光一一掃過兒子與兒媳婦們——老大媳婦目光端正，是個當家人的樣子；老二媳婦進來以後就賊頭賊腦地到處瞄，不一會兒眼睛就鎖定在地上擺著的幾個袋子，看起來頗為好奇；老四和老四媳婦都低著頭，模樣似乎很老實，但是仔細一看就能瞧見他們在用眼神交流，怕是又想說什麼了。

深吸了口氣，老陳頭狠下心說道：「你們都知道，這大半年來三房做生意都往家裡交錢，我與你們娘一分錢也沒用在自己身上，今日各分給你們每房一些……」

說著，他抬頭瞪了面露喜色的陳忠華一眼，又道：「但是日後三房不再往家裡交錢了，這些銀子就當他給你們這些兄弟、嫂子跟弟妹的念想，日後人家掙的錢和你們一點關係都沒有，別肖想那些不屬於自己的東西！」

只見陳忠華原本往上揚的嘴角僵住，臉色變得尷尬，老陳頭不理他，開始分起了銀子。

「這裡有三十六兩多的銀子，你們三家一家分十二兩，剩下幾十文零錢就不分給你們了。」

趙氏率先拒絕道：「這是三弟給爹娘的，我們不能要。這幾個月來，我們日日吃爹娘的、用爹娘的，現在怎麼忍心拿你們的錢呢？」

范式可沒趙氏那種想法，一聽趙氏拒絕就急了。「大嫂！你們家在鎮上算是有錢人，我們家的孩子們可都睜眼盼吃食呢！妳不要更好，那份就給我，我替妳拿著，省得讓爹娘著急！」

面對范氏這個糊塗蛋，趙氏連白眼都懶得翻，聞言看也不看她，只是一臉誠懇地看著老陳頭。

老陳頭心想，這個家到底有聰明人，還是長媳，日後陳家不會敗了……

想到這裡，他強硬地說道：「我說一家十二兩就是一家十二兩，誰都不用推辭，也別想多要。老大家的，妳拿著吧！明年兆厲要去考秀才，玉芳也要準備出嫁了，正是需要用錢的時候。我知道你們這些年攢了點錢，但是這兩件大事全在同一年，錢怕是不怎麼夠，有這十二兩就不用擔心了。」

想到自家那些事，趙氏不由得沈默了。這十二兩銀子對她來說真的挺重要的，但是平白拿了三房的錢，她又有些過意不去，一時間十分糾結。

老陳頭勸完趙氏以後就不再看她，轉頭看向眼睛都要黏在袋子上的范氏和陳忠華，他招了招手道：「來吧！一家兩袋銅錢，再拿兩串銅板，這就是十二兩了，想留著銅錢或想去鎮上換銀子都隨你們。」

范氏早就忍不住了，聞言一個箭步上前，把地上每個袋子都拎起來掂量一番，拿起這袋又覺得那袋好像沈一點，拿起那袋又覺得另一袋看起來更大，挑挑揀揀、猶豫不決。

看到她的樣子，老陳頭火氣都上來了，吼了一句。「錢都一樣多，挑什麼挑？再不拿就滾出去別拿了！」

嚇得范氏急忙隨便拿了兩袋跟兩串銅錢抱在懷裡，諂媚地笑道：「爹莫生氣，我這不是從未見過這麼多錢嗎？我這就回去收好！」說罷，轉頭出了上房往西廂跑去。

陳忠華和林氏灰溜溜地拿走錢後，道了聲謝，老陳頭看著他們道：「不用謝我，該謝的是你們三哥。」

兩人胡亂點頭應下後就離開了。

趙氏這時也想明白了，她上前行了個禮，拿起錢道：「爹說得對，是我著相了。三弟的新鋪子怕也是做吃食的吧？應該會需要許多米糧，我回娘家說一聲，讓三弟跟三弟妹去我娘家拿貨。我娘家賣給他們的價格肯定比鎮上別間店便宜，也算是我幫娘家拉了個生意，大家互惠互利。」

老陳頭聞言點了點頭，讚許道：「這主意不錯，妳跟三房說一聲就行！」

趙氏點點頭，費力地搬了兩回才將銅錢搬回東廂。

因為陳忠繁在家，趙氏不好直接去小東廂，就等晚上兆厲從學堂回來後，讓他去尋李氏過來，跟她說進貨的事。兆厲在家裡唸了一段時間的書，決定回鎮上的學堂，為明年的考試衝刺，反正當初趙氏不過是找個藉口躲回駝山村，如今一切都無所謂了。

跟著過去的玉芝一聽，簡直開心壞了。她與韓三娘有一面之緣，知道她疼閨女又潑辣，做起生意來應該是爽快的人。

玉芝自以為隱蔽地用力使眼色要李氏答應，眼睛眨得都瘦了，看得幾個大人忍不住笑了出來。

趙氏摸著她的小臉問道：「芝芝這是要和妳娘說什麼呢？大聲說出來給我們聽聽唄。」

玉芝尷尬地「呵呵」笑了兩聲，乾脆直說：「韓姥姥是個好人，我願意與她做生意，所以要我娘趕緊答應……」

趙氏笑著把玉芝摟在懷裡，捏著她的小手說：「這可多謝我們芝芝了，那明日讓妳大堂哥帶你們去妳韓姥姥的鋪子裡跟他們說一聲，大家再談談吧！生意成不成不要緊，反正都是自家人，也不會有什麼齟齬。」

李氏自是應下，趙氏又對李氏說起老陳頭在上房分錢的事。「雖然知道這錢我不該拿，但……」

顧及屋子裡的兆厲和玉芳，趙氏咽下了後面的話。

李氏拉著趙氏的手真誠地說：「大嫂，今日我們跟爹已經把心結解開了，日後咱們一家人就好好過日子。那些錢既然早已給爹，就是他的了，爹原本就打算分給你們，我們當然沒有意見。」

趙氏不禁淚盈於睫，略帶哽咽地喊了一聲。「弟妹……」

李氏懂趙氏心裡的苦，看到趙氏的樣子，淚水也湧上眼眶。

任誰攤上陳忠富這麼一個負心漢，都會被折磨得瘋了。趙氏現在如此堅強，不過是為了幾個孩子硬撐著罷了，他們做弟弟跟弟妹的能幫的就幫，畢竟是陳家對不住她。

玉芝乖乖地窩在趙氏懷裡，任她握緊自己的手來壓抑情緒，心中不由得為她嘆息。這個時代的女人真的太苦了，遇到負心漢就只能打落牙齒和血吞；若是在前世，趙氏這種三十五、六歲的女人遇到另一半出軌，離婚再正常不過，哪裡需要像現在一樣熬日子？

待兩個女人對著彼此默默流過一回淚後，玉芳洗了兩條帕子遞給她們，李氏道謝接過帕子，看著玉芳說道：「玉芳也是個大姑娘了，明年就要出嫁了呢！」

玉芳滿臉通紅，行了個禮就躲進裡屋，逗得趙氏跟李氏臉上泛起了笑容。

趙氏道：「是呀！等訂親的對象明年考完院試，就準備成親了，具體日子還沒決定。」

李氏恭喜了趙氏幾句，雙方閒話片刻，又約好兆厲明日早上在院門等之後，李氏就帶著玉芝回去了。

第二日，兆厲早早就在院門口等著帶李氏去自家姥姥那邊。今日陳忠繁不出攤，在家裡養傷，昨日兆志已經通知劉老實，希望閔氏這幾日再去幫忙，所以劉老實和閔氏一早就來推東西到鎮上去了。

為了趙氏的事，韓三娘總是鬱鬱寡歡。若不是自己的丈夫實在扶不起來，她早就不想管鋪子的事了，現在她也不像以往那樣，早早地開了鋪子等人來買米糧，結果兆厲帶著李氏母女到店門口的時候，大門還緊閉著。

兆厲尷尬地朝李氏笑了笑，上前使勁拍門。

趙大郎哭喪著臉打開門，發現外面的人是兆厲，忙堆起笑，道：「大外甥來了，你等著，我喊你姥姥去！」說完他也不管兆厲身後還有人，撒腿往店後跑去。

兆厲更尷尬了，他這是帶著自家二嬸上門介紹買賣呢！這大舅舅也太不像樣了，招呼都不打一聲。

他清了清嗓，帶著李氏和玉芝進店裡等候，不一會兒韓三娘就過來了。

兆厲連忙告訴韓三娘三房要開鋪子的事，這對趙家來說是一筆挺大的買賣，除了于掌櫃介紹的幾家小食鋪，他們基本上就只做做街坊鄰居的生意，這還是第一間主動找上門來、想進他們米麵的食鋪。

韓三娘聽李氏說出需求量後，沈思了一會兒，果然給了一個略低於市場批發價的價格。

玉芝琢磨著，這應該是韓三娘在確保最低利潤的情況下，能給的最低價格了，她偷偷戳了戳李氏的腰，要她把昨晚在家商議好的話重複一遍。

李氏第一次跟人談生意，有些緊張地說道：「我們自是信得過大娘這鋪子，請大娘在進貨之前先檢查一遍，不然若是交給我家的米糧有什麼問題，那可就說不清了。」

韓三娘聞弦歌而知雅意，笑著回道：「兆厲三嬸，妳放心，每次交給你們的貨，我必定親自檢查！」

李氏如釋重負，忙拉著韓三娘的手道：「大娘說的是哪裡話，我不過多嘴一句罷了，過兩日讓我當家的過來看看米糧如何，開業前先送一批試試。」

韓三娘到底在生意場上打滾多年，看得出李氏的緊張與青澀，她反握住她的手閒聊了好一陣子，好不容易才讓李氏放鬆。

玉芝真是由衷佩服韓三娘，這才是做買賣的人該有的樣子，怪不得她教得趙氏大方正直，只是不知為何兩個兒子竟如此糊塗？

想著、想著，玉芝不由得瞄向正在和兆厲閒聊、笑得有幾分傻的趙大郎。她的眼神可能太過明顯，結果被韓三娘發現了。

只見韓三娘拉著李氏的手，小聲說道：「別擔心，我做買賣丁是丁、卯是卯，絕對用最低的價格給你們最好的米糧。唉，說來好笑，我一輩子要強，可是兒女們讓我怎麼也要不起這個強來。我那公婆最是看重孫子，我兩個兒子剛落地就被他們帶到自己房裡養，我跟個奶娘差不多，每日只有餵奶時才能見孩子。

「等孩子長大，兩個老的撒手走了，我把孩子們接回來一看，才發現這兩個孩子像他們的爹一樣，養成了糊塗的性子，怎麼掰也掰不回來了。至於嬌娘……她從小就待在我和她爹身邊，是我們倆最疼的孩子，可是如今……唉！我只希望趁活著的時候多攢點家底，他們若是得糊糊塗塗地過一輩子也罷，別餓死就行了！」

李氏陪著掉了幾滴淚，一時心有所感地說道：「大娘別想太多了，我看他們都是淳樸、沒有壞心眼的人，日後定有福分。不管我家的鋪子開得如何，都會從妳這裡進米糧，咱們是一家人，得互相扶持嘛……」

玉芝的頭頂彷彿有一百隻烏鴉「嘎嘎」叫地飛過，她在心底嘆了口氣，自家的娘這是又進了套呀！

罷了、罷了，韓三娘應該不是黑心的人，再說了，這種事是陳家說了算，不是趙家能決定的。

韓三娘得到李氏的準話後心滿意足。陳家三房才擺了半年多的攤子就能在鎮上盤鋪子，這可不是一般人，日後若是做大了，日日都進他們家的米糧，豈不是好大一筆收入？

兆厲一邊同趙大郎說話，一邊不停地往韓三娘與李氏那邊瞄，看見兩人拉著手、露出微笑，心想她們應該談得差不多了，就走了過去。

「姥姥、嬸嬸，我該去學堂了，不知您倆談得如何？」

李氏站起來，笑盈盈地看著兆厲道：「自然談好了，那咱們趕緊走吧，別耽擱了人娘開鋪子！這一說起話就忘了時辰，大娘可別見怪。」

韓三娘也不是個拖泥帶水的人，聞言站起身說道：「哪裡、哪裡，是我這碎嘴老婆子耽擱你們了。兆厲三嬸怕是還要去打理鋪子吧，那就過兩日再帶妳那口子來詳談。」

李氏自是點頭應下，雙方行禮告辭後，牽著玉芝隨兆厲走了出去。

半路上兆厲急著去學堂，李氏讓他先離開，自己則帶著玉芝慢悠悠地往鋪子走去。

到了人少的地方，玉芝才小聲對李氏道：「娘，方才您中了韓姥姥的套啦。本來咱們商議的是等爹來看過米糧之後，再決定這買賣怎麼做，您卻直接給了她準話，日後定從她家進貨……」

李氏大驚失色，她到現在還沒感覺到有什麼不對，聽閨女這麼一說，可不正是這麼回事嗎?!她慌忙問道：「這該如何是好？」

玉芝拍拍她的手背，安慰道：「沒事的，娘，咱們本來就是一家人，一樣是品質好的米糧，在她家訂價格還低些呢，是我們占便宜了。若是不好，咱們就豁出去不要了唄，總不能砸了自己的招牌。不過我看韓姥姥只是想拿下這門買賣，不會坑咱們的。」

李氏稍微放鬆了些，但還是有些不高興地問道：「妳說都是一家人，那還使什麼心眼啊？」

玉芝笑著說道：「娘，人家是做買賣的，再說這也不算使心眼，只是對您訴訴苦，您不就馬上答應了？日後咱們家開了鋪子，您可別對不知道是好、是壞的人心軟啊！」

李氏認真地點點頭道：「鎮上的人都精明著呢，我是得提防著點！」

母女倆說說閒話，很快就到了鋪子。這間鋪子原本就是賣吃食的，而且上任東家走得急，桌椅、板凳、灶臺都還留著，完全不用裝修，省了他們不少事。

李氏和玉芝把鋪子從裡到外四處打掃了一遍，看著煥然一新的鋪子，兩人滿足得不得了，不料此時陳忠繁卻推開門走了進來！

看到陳忠繁，李氏走上前去，見他臉上略帶著急，她連忙問道：「你怎麼來了？可是家裡出了什麼事？」

——未完，待續，請看文創風706《妙廚小芝女》2

1月 PUPPY 萬象更新·愛情不老

Doghouse X PUPPY

老婆至上

老婆就像是上天給的禮物，
男人收禮時滿心期待，
拆開後或許驚喜、驚奇，甚或驚嚇……
得良緣乃前世修，成怨偶是今生業，
身為老公，就要努力做個疼某大丈夫！

NO／535

老婆，乖乖聽話！ 著 陶樂思

因爺爺渴望見到初戀情人，古雋邦信心滿滿接下任務，
豈料對方早已不在人世，只能寄望於初戀奶奶的孫女。
偏偏兩人素昧平生，看來他只好使出那個方法了——

NO／536

老婆饒了我 著 佟蜜

原本愛已憔悴，眼看只有離婚一途，這時卻遇上車禍，
雖然大難不死，但是向來冷冰冰的老婆卻失憶了！
而且她居然變得開朗活潑，彷彿十八歲少女?!

NO／537

老婆給你靠 著 香奈兒

英俊的他出手幫她解決困擾，又跟她算起九年前的一筆帳，
補償方式是當他的朋友，期限九年。這是什麼奇怪要求？
而且兩人才吃過一頓飯，他又改口說想跟她結婚?!

NO／538

老婆呼風喚雨 著 棠霜

他向來冷漠，更不愛管他人的閒事，
但說也奇怪，這哭得旁若無人又極不服氣的小女人，
卻意外地令他捨不得移開眼睛哪……

2019.1/22 萊爾富 新春有看頭 **單本49元**

文創風 705

妙廚小芝女 1

國家圖書館出版品預行編目資料

妙廚小芝女 / 風白秋著. --
初版. -- 臺北市 : 狗屋, 2019.01
冊 ; 公分. --（文創風）
ISBN 978-986-328-950-0（第1冊：平裝）. --

857.7　　107020338

著作者　風白秋
編輯　連宓均
校對　沈毓萍　林慧琪
發行所　狗屋出版社有限公司
地址　台北市104中山區龍江路71巷15號1樓
電話　02-2776-5889～0
發行字號　局版台業字845號
法律顧問　蕭雄淋律師
總經銷　知遠文化事業有限公司
電話　02-2664-8800
初版　2019年1月
國際書碼　ISBN-13　978-986-328-950-0

本著作物由北京晉江原創網絡科技有限公司授權出版

定價250元
狗屋劃撥帳號：19001626
網址：love.doghouse.com.tw　E-mail：love@doghouse.com.tw

版權所有．翻印必究　倘有倒裝、缺頁、污損請寄回調換